三國駿雲

卷 16

大結局

盛世帝國

水的龍翔 著

目錄

第一章

偷龍轉鳳

霍篤笑得尤其開心，對身後的部下道：「知府大人真是神機妙算啊，這下子這些水手們不睡上三天兩夜的，只怕很難醒過來啦。只要蘄春城裡不出現什麼岔子，這些吳國的將士們做夢都不會想到，咱們來了一個偷龍轉鳳。」

蘄春城是華夏國水軍的基地之一，也是防止潯陽城那邊的吳國的軍事基地，所以，在蘄春城的東、西各五十里處的小鎮上，各自駐守著兩萬大軍，分別隸屬於左將軍李典、右將軍樂進。

一旦戰端開始，李典和樂進的兩支兵馬便可以支援蘄春城，作為後續部隊以及登陸南岸作戰用的陸戰隊。

無獨有偶，虎牙大將軍張遼所在的下雉城也是如此。下雉和蘄春一樣，都是小縣城，在縣城百姓人口飽和的情況下，只能容納五千士兵。

但是這兩地卻又是緊要非常，如果不駐軍，就會受到吳國水軍的威脅，所以，高飛在經過慎重思慮之後，將左將軍李典、右將軍樂進安排在蘄春城附近，作為犄角之勢，又用同樣的方法將前將軍嚴顏、後將軍田豫安排在下雉城附近，以應不時之需。

除此之外，還在兩地的江岸邊上建立水軍基地，完全實現水陸一體化，並且控制住水上的交通要道。

蘄春城的西北方，李典一身戎裝，策馬狂奔，回過頭看了看後面迤邐而進的部隊，當即對身後的一個校尉道：「我帶領所有騎兵先行，你帶領後面的步兵緊緊跟隨，無論如何都要在正午時分趕到目的地。」

那個校尉點點頭，抱拳道：「是，將軍。」

於是，李典帶著五千騎兵先行在前狂奔，留下那個校尉在後面帶著一萬五千名步兵急速奔跑。

五十里的距離不算太遠，可也不算近，對於騎兵來說，可以很快抵達，但是對步兵來說，卻稍微有些難度。好在華夏國的所有軍隊都在幾年內響應號召加強訓練，所以士兵在體能上都有著強人一等的體魄。

南征之事，軍部早在五年前就提出來了，只是當時條件還不成熟，加上剛剛征服的荊州、益州、涼州、秦州等地民心還不夠穩定，以及西域諸國牆頭草的作風，讓華夏國受到了極大的牽制，所以讓高飛無法騰出手來專心對付吳國，只能暗中下達命令，讓士兵積極備戰，加強訓練。

為此，高飛所動用的大多都是駐守在荊州境內的原有降軍，華夏國真正在東南方的主力部隊不過才五萬人，還分散在五個不同的地方，武陵、江陵、下雉、蘄春、以及汝南。而在滅漢之後所收降的降軍卻將近二十萬，所以如何合理的利用這股力量，成為當年的一個難題。

最後，軍部的最高機構樞密院的幾個太尉討論出一個結果，就地訓練那近

二十萬的降軍，作為以後的南征主力。於是，高飛便將這些軍隊編成一個統一的番號，稱為**靖南軍**，顧名思義，就是為了以後平定東南之用的。

從此之後，靖南軍裡無論是水軍還是陸軍，開始加強訓練，加上分別從屬於張郃、張遼、陳到、文聘等華夏國的名將之下，所以倍加用心。五年磨一劍，終於成為一支堪比華夏國主力軍西北野戰軍、關東軍的又一支鐵軍。

李典所帶領的部下，正是這支鐵軍的一支，所以即使不是騎兵，士卒奔跑的速度也非常之快。

不過，人跑得再快，和四條腿的戰馬比起來，還是有一定差距，所以只用了一小會兒的時間，李典帶領的騎兵便和步兵分開了，而且距離越拉越遠。

未到午時，李典帶著五千騎兵便抵達了目的地，勒住馬匹後，部下紛紛下馬在原地休息，等待新的指令。

沒過多久，樂進帶著五千騎兵從東北方向趕來，兩撥人在這個寬闊的官道上相遇。

樂進讓部下休息，自己策馬來到李典身邊，翻身從馬背上跳下來，落在李典的面前，對李典道：「曼成，這次諸葛孔明是不是要動真格的了？」

「估計是吧，不然的話，給我的信中也不會催得那麼急。我一接到那封信，便立刻點齊兵馬一路奔馳而來。在路上的時候，我還在想著他應該也會叫你一起來呢，誰知道我剛到這裡沒幾分鐘，你還真的來了。」李典的臉上帶著欣喜。

樂進笑道：「你我兄弟向來都是同時受命的，有你自然就有我。等後面的步兵一到，我們便合兵一處，直接去蘄春城。」

「嗯，打虎親兄弟，雖然你我不是親兄弟，但是此情此義卻比親兄弟還親，一會兒咱們兄弟就放開手，好好的大幹一場。」

李典和樂進自從投降高飛之後，大小戰鬥沒少參加，可是真正作為主力來用的，卻沒有幾場，大多都是當後援，他們還沒有跑到戰場，前面的戰事就已經打完了，剩下的只是打掃戰場的活。

自從五年前組編了靖南軍後，他們兩個人從雜號將軍提升到正牌的將軍，一左一右，支撐起靖南軍裡的小半邊天，每次軍事會議都必須到場，給了他們一個極大的期待。

除了他們兩個之外，所有靖南軍中的降兵降將也都有了一絲的盼頭，而且前不久從帝都傳來消息，此次南征的主力部隊就是靖南軍，使得這些人都摩拳擦掌，恨不得能夠早日上陣殺敵，獲取自己應有的軍功。

李典、樂進兩個耐心地等候著大部隊的到來，期間再次收到霍峻傳來的信鴿，取下信看了之後，才知道吳國有兩萬九千名士兵在蘄春城北五里的山坡上駐紮著，因此要求他們在正午時分對此山坡展開包圍。

李典抬頭看了看天空，見一輪太陽快要到正中間的位置了，便對樂進道：「還有半個時辰，足可以等到大部隊到來。只是，信中說只圍不攻，那諸葛亮到底在搞什麼名堂？」

樂進道：「諸葛亮拿著雞毛當令箭，壓根就沒有跟我們商量過這件事，他不過才是一個知府而已，如果沒有那道聖旨，我們怎麼會聽命於他？既然皇上讓我們暫時聽命於他，那就別問那麼多，管他是搞什麼名堂呢，總之南征之後，我們要把自己的本領拿出來，好好讓他們這些自以為是的人看看我們的厲害。」

李典道：「嗯。」

此時，潯陽江的岸邊，霍篤帶著五百兵士坐在輕舟上，搖著櫓，一點一點的朝著江心中停靠著的吳國戰船駛去。

霍篤按照諸葛亮的吩咐，抵達江岸後，便詢問了一下江防的士兵，知道吳國的戰船上都留著水手，他便讓人準備了一些酒菜，在江岸上放著，準備款待這些人。

「船上的兄弟，你們車騎將軍今日大婚，你們的大都督都帶著將士們在城中飲酒作樂，我們知府大人吩咐了，你們在此留守很是辛苦，所以我們特來接你們上岸，岸上已經備好了美酒佳餚，只等著你們上岸吃喝了。大家都下來吧，給你們的車騎將軍一些祝福。」

霍篤站在船首，衝著戰船甲板上站著的水手喊道。

那些水手聽到霍篤的喊話後，心裡都癢癢的，眺望岸上確實準備了不少酒菜，許多人禁不住誘惑，紛紛下了戰船，坐著霍篤帶來的輕舟上岸去了。

江岸上的水軍營寨裡，擺滿了豐盛的酒席，兩千多水手跟著霍篤等人進了軍營就席，有好吃好喝的擺在面前，水手們自然不客氣，隨即便是一番風捲殘雲，桌上的酒菜很快便被吃得一空。

飯菜香氣十分的濃郁，而且酒香味也飄蕩在空氣中，這些水手吃飽喝足後，不禁都覺得有些頭暈，不管酒量如何，一個個陸續的倒下，然後便開始酣睡起來。

這時，霍篤帶著千餘人從四面八方包圍過來，看到倒在那裡昏睡的水手們，士兵們都哈哈大笑了起來。

霍篤笑得尤其開心，對身後的部下道：「知府大人真是神機妙算啊，這下子這些水手們不睡上三天兩夜的，只怕很難醒過來啦。只要蘄春城裡不出現什麼岔子，這些吳國的將士們做夢都不會想到，咱們來了一個**偷龍轉鳳**。」

「將軍，這些水手該如何處置？」霍篤手下的校尉問道。

「全部抬到後面的軍營裡去，然後把他們的衣服給我扒下來，由你們換上，再通知蘄春城，一切就緒。」霍篤指揮道。

「可是將軍，這些衣服根本不夠我們一人一件啊。」

「笨啊，有多少穿多少，沒有的都藏在船艙裡，等待知府大人，然後傍晚的時候一起去吳國的水軍大營裡走上一遭。」霍篤吩咐道。

「諾！」

霍篤的手下便毫不客氣的將吳國水手的衣服給扒了下來，然後換在自己身上，最後又調集三千士兵登船，躲在吳國戰船的船艙裡，靜靜地等待蘄春城那邊的情況。

蘄春城裡。

魯肅拜完天地，將新娘子送回房間後，便出來和周瑜、諸葛亮、周泰等賓客把酒言歡。

雖然說這件婚事是諸葛亮暗中搗鬼硬塞給他的，但是不管怎麼說，新婚的妻子是個美人，娶了也沒啥壞處，他索性就把這樁婚事當真了。

酒宴上，諸葛亮、周瑜、魯肅、周泰以及諸葛亮屬下的一個主簿、一個書記以及霍家的二老，一共是八個人，一同圍坐在一張桌子上，彼此敬酒，熱鬧非凡。

府衙外面，更是熱鬧得很，周泰帶來的那一千名精銳大部分都被拉去喝酒吃肉了，只有少數的百餘人留在崗位上。

諸葛亮見到這種情況，當即對周泰道：「周將軍，這大喜的日子，你為什麼不讓你的屬下全部入席呢？是怕我在酒裡下毒呢，還是覺得我們華夏國的東西不好吃？」

周泰道：「別誤會，我絕對沒有這個意思，而是他們要保護大都督的安危，時刻不能離開。」

「聽說吳國鎮東將軍周泰勇冠三軍，剛膽過人，如今在座的都是一些手無縛雞之力的人，有周將軍保護周大都督，難道還嫌不夠嗎？倒是周將軍事事都將我華夏國當成小人一般防範，此種行徑有失大丈夫所為吧？」諸葛亮譏諷道。

「這……諸葛大人多慮了，我沒有這個意思……」周泰瞅了瞅周瑜，似乎在向周瑜求救。

「不是這個意思？那是哪個意思？如果我真的想害你們的話，根本不會讓你們登岸，直接在你們登岸的時候，擊其半渡便能使得你們損兵折將。」諸葛亮進一步說道。

周泰被諸葛亮逼得一時詞窮，急忙對周瑜和魯肅擠眉弄眼。

平時他看人家的眼色行事已經成為習慣了，今天突然向周瑜和魯肅使眼色，人家是不動聲色，一個眉目傳情，可是周泰的臉上表情豐富多樣，眼色使出來十分滑稽，弄得諸葛亮這邊的人都暗自發笑。

魯肅也是第一次看到周泰給人使眼色，這一看之下，知道的曉得他是在使眼色，不知道的還以為他是在玩變臉呢，讓他忍俊不住，竟「噗哧」一聲笑了出來。

「對不起，我失態了，真不好意思……」魯肅不小心笑出聲後，立刻感覺自己在人前失態了，急忙表示歉意。

周瑜見到周泰那個樣子，尷尬地道：「幼平，諸葛大人說得沒錯，如果他真想搞鬼的話，早就搞鬼了，又何必等到現在？讓你的部下去喝喜酒去吧，別站在那裡了，看著極為礙眼。」

有了周瑜這番話，周泰心裡算是有底了，便按照周瑜說的話去做，讓門外的士兵都去吃喜酒，就連身後一直侍立的五名士兵也去了。這樣一來，在周瑜和魯肅身邊的，只剩有周泰一個人了。

「大都督百忙之中還不忘記抽空前來參見婚宴，小老兒實在感激不盡。小老兒就這麼一個女兒，視她為掌中寶，能夠得到魯大人這樣的佳婿，更是小老兒幾輩子修來的福氣。大都督，魯大人，小老兒在此敬兩位一杯。」

霍老頭端起手中的酒杯，走到周瑜和魯肅的身邊，畢恭畢敬地說道。

周瑜和魯肅見霍老頭親自敬酒，不好推脫，便只好飲下。

誰知道這第一杯下肚之後，霍老頭又有另外一番說辭進行勸酒，一勸之下，周瑜和魯肅連連飲下了五杯酒。

平時周瑜很少喝酒，今天破例喝了那麼多，不一會兒便覺得頭昏眼花，看人都是重影。

「我怎麼那麼快就醉了？才這麼幾杯而已……」周瑜端著酒杯自言自語地說道。

魯肅也是如此疑問，看到霍老頭還想勸酒，忙搶先打住了霍老頭，對霍老頭道：「岳父大人，你光勸酒，怎麼不喝酒啊，小婿敬岳父大人一杯……」

霍老頭笑道：「好好好，那我先乾為敬！」

說完，霍老頭一仰脖子，便將那杯烈酒喝完了，之後又將酒杯舉起，對周泰道：「周將軍身兼要職，就連在喜宴上也不忘記保護大都督和我的佳婿，是個難得的將才。周將軍，小老兒敬你一杯。」

周泰擺擺手，然後抱著膀子靠在桌椅上，對霍老頭道：「抱歉，我從不飲酒，今日周泰職責在身，就算能飲酒，也不能在這裡喝。」

霍老頭見周泰態度堅決，便笑著說道：「周將軍，今天是小女和魯大人的大喜之日，看在魯大人的面上，就喝一杯，如何？」

周泰執拗不過，只好答應，便接過那杯酒。

此時，周瑜晃了晃昏昏沉沉的腦袋，略微覺得有些不對，平時雖然他很少飲酒，但是絕不會幾杯酒下肚就成現在這個樣子，唯一不對勁的地方恐怕就在這杯酒裡。

他在心裡暗暗想道：「**難道酒裡被下了藥？**」

「匡噹」一聲，魯肅直接醉得不醒人事，腦袋狠狠地落在桌上，之後便昏沉沉進入了夢鄉。

「幼平，別喝，這酒裡……有問題……」

周瑜見到魯肅如此，急忙伸出手想去抓周泰的酒杯，可惜他現在已經是四肢無力了，手剛抬到一半，便眼睜睜地看見周泰一股腦的將酒喝進了肚子裡去。

周瑜想喊卻喊不出來，舌頭麻痹，嘴巴也麻麻的，只能動動生硬的嘴唇，什麼聲音都沒有。

周泰一飲而盡，看到周瑜的嘴唇蠕動了幾下，問道：「大都督，你剛才說什麼？」

周瑜還沒回答，只覺得頭疼欲裂，然後頭向下一歪，眼前一黑，整個人便倒下去了。

周泰見狀，以為周瑜和魯肅相繼醉倒了，暗自為自己慶幸，卻覺得頭也有些疼痛，眼睛也變花了起來，看誰都是重影，這才意識到周瑜和魯肅似乎遭遇了同樣的事，那就是酒裡被下藥了。

一怒之下，周泰掀翻桌子，桌上的酒菜灑落一地，頓時一片狼藉。他二話不說，急忙朝外面跑了過去，大聲叫道：「來人啊，來人啊……」

可是不管他怎麼叫，外面沒有一個人進來。

他好不容易跑出大廳，赫然看見大廳兩側，自己的部下都已經趴在桌子上了。

他大吃一驚，轉過身，指著諸葛亮罵道：「諸葛村夫，你竟然敢……敢在酒裡下藥？真是卑鄙無恥！」

諸葛亮冷笑一聲，道：「為達目的，不擇手段，這可是我從你們大都督身上學來的。周將軍，你就跑吧，你跑得越快，這種藥的作用力也就越快。為了對付你，我早已讓人在你剛剛喝的那杯酒裡下了雙倍的藥，只怕過不多久，你就會和周瑜、魯肅一樣，躺在那裡不省人事了。」

周泰指著諸葛亮道：「你們也喝了那酒壺裡的酒，為什麼你們沒事？」

諸葛亮笑著將酒壺拿了過來，掀開酒壺的壺蓋後，酒壺的機關立刻展現在周泰眼前，對周泰說道：「這酒壺的妙用，你看仔細了吧？給你們喝的時候，只要輕輕按下這個機關，那些摻了藥粉的酒便會倒入你們的酒碗裡，而我們喝的是另外一半。」

「你……你……你究竟有什麼企圖？」

不等諸葛亮回答，周泰整個人先是感到四肢無力，緊接著便是頭昏腦脹，然後是眼前一黑，最後整個人便「噗通」一聲倒在了地上。

諸葛亮看到周泰也倒下了，當即冷笑一聲，對周瑜說道：「周公瑾啊周公瑾，**當年我受到的恥辱，今日終於要加倍讓你還回來了。**」

話音一落，諸葛亮便抬起手，「啪啪啪」連續拍了三聲響，霎時間，大廳外面的衙役立刻衝了進來，每個人都身姿矯健，抱拳道：「大人有何吩咐？」

「解去周泰和外面所有吳國將士的兵器、盔甲以及衣服，然後全部運到城南門外，把周泰及這些士兵全部關入地牢。」諸葛亮一反剛才對周瑜的和和氣氣，厲聲說道。

「諾！」

「將魯肅看守好，把周瑜送到江岸邊交給霍篤，讓霍篤在那裡等著我。」

「諾！」

之後，諸葛亮喚人牽來戰馬，他騎上戰馬，便朝城北而去。

蘄春城北五里的地方，有一座小小的山丘，山丘附近綠樹成蔭，是納涼的好地方，凌操、潘璋、蔣欽等兩萬九千人就在那裡納涼，一邊吃著霍峻帶人送來的飯菜，一邊喝著霍峻派人送來的美酒。

許多士兵酒足飯飽後，便昏昏沉沉，東倒西歪的，看上去甚是狼狽。

不過，這其中有一支大約兩千人的軍隊自始至終什麼都沒吃，什麼也都沒喝。

這支部隊是蔣欽的部下。蔣欽治軍嚴謹，他不吃喝，部下也絕對不會吃喝，美酒美食就擺在他們的面前，眼看正午就要到了，可是蔣欽以及那兩千將士連看都不看一眼。

霍峻見狀，極為驚奇，便親自來到蔣欽這裡，先是朝蔣欽拜了拜，然後問道：「蔣將軍與旁人不同，對我送來的美酒佳餚碰都不碰一下，這是什麼原因？」

蔣欽急忙道：「霍將軍不必在意，我的部下從不飲酒，也不吃葷，霍將軍送來的都是肉食，所以我們只能暫時忍著了。美酒容易使人喪失理智，戰時雖然可以壯膽，但是一旦喝醉，卻也容易誤事。我曾經因為喝醉酒而酒後失德，放火燒毀了營寨，從那以後，我便發誓從此再也不飲酒，所以請霍將軍不要介意。」

霍峻聽後，便道：「既然如此，那我讓人送些素食和茶水來，這樣你們就可以飽食一頓了，喜酒就改為喜茶吧，也不枉你們大老遠的從吳國來參加婚禮。」

「這……」

蔣欽剛想開口拒絕，他的肚子便在這時咕嚕嚕的叫了起來，弄得好是尷尬。

霍峻笑道：「蔣將軍，你且在此稍候，我這就吩咐人去城裡取……」

就在這時，滾雷般的馬蹄聲從遠處傳來了過來，華夏國的軍旗迎風飄揚，李典、樂進帶的兵馬浩浩蕩蕩的從北邊奔馳而來，萬馬奔騰所造成的態勢，使得大地都為之顫抖。

蔣欽聽到滾雷般的馬蹄聲後，急忙向後眺望，但見華夏國的大軍如同洪水般襲來，路上捲起的煙塵遮天蔽日，一眼望去，猶如一條盤旋著的巨龍，只用肉眼粗略估計，來的人不下兩萬。

此時，霍峻的心裡一驚，忙抬頭看了看太陽的位置，心中暗道：「不好，此時正是正午時分，可惜千算萬算還是算漏了蔣欽這夥人。娘的，好好的酒不喝，喝什麼茶啊！又非要吃什麼素。李將軍和樂將軍來得真是及時，像是掐準了時間一樣，可是還有兩千多人沒倒下呢，難道一會兒真的兵戎相見？諸葛大人，你快來啊，這會兒我可不知道該怎麼辦才好了……」

正在霍峻暗自擔心的時候，蔣欽掃視一圈，但見除了自己這兩千部下外，其餘的士兵全部趴地倒下了，不像是喝醉，反而像是被迷暈的，山坡下面也不知道從哪裡鑽出那麼多人，將山坡下的馬匹盡皆給牽走。

他當即拔劍而出，猛地一回頭，已經尋不見霍峻了，極目四望，但見霍峻已經溜到了山坡下面，那些從四面八方湧出來的將士紛紛將下山的要道給堵得死死的，張弓搭箭，連弩戒備，看來是早有準備。

「霍將軍！你們這是什麼意思？」

蔣欽處變不驚，謹記周瑜的吩咐，千萬不能發生衝突，雖然李典、樂進的大軍片刻就到，但是他還是要問個明白，「你把我們吳國的將士都怎麼了？」

霍峻聳聳肩，笑著說道：「蔣將軍，你放心，我們只是在酒裡下了點特製的藥，這藥可以讓人昏昏沉沉的睡上三天兩夜，不會有性命之虞。蔣將軍，出此下策，事出無奈，實在是你們周大都督欺人太甚了。不過，我沒料到你們竟然滴酒不沾，反倒是僥倖沒倒。可是，我華夏國的大軍已經抵達了，左將軍和右將軍的兵馬片刻便到，只憑你區區兩千人，如何是我華夏國數萬人的對手？所以，請蔣將軍和我們合作，脫去你們的盔甲，放下武器，然後在我們的看守之下在這裡過上三天兩夜即可。」

「你們這樣做，簡直是有損我們兩國邦交。這種下三濫的行徑，實在是可恥！」蔣欽生氣地抗議道。

「你怎麼說都成，勝者為王敗者為寇，自古就是這個道理，你今天要不就放下武器束手就擒，要麼就死在這裡，我不介意用你鎮南將軍的一顆人頭來換取我的軍功。」霍峻冷言回道。

「無恥！你們竟然敢不宣而戰？你們華夏國的行徑，日後必會受到天下的唾棄，受到世人的指罵。既然天幸我等沒有中計，也就是讓我們以死明志，我們不會任由你們擺布的！」

蔣欽話音一落，將手中長劍向前一揮，大聲喊道：「弟兄們，殺出去！」命令一經下達，蔣欽身先士卒，第一個便衝了出去，身後兩千將士紛紛呼喊著，從山坡上呼嘯而下。

霍峻見狀，也不心慈手軟，當即叫道：「放箭！格殺勿論！」一聲令下，華夏國這邊弓弩的箭矢一起射了出去，霍峻等人死守著下山的道路，箭矢如同雨下。

蔣欽衝鋒在最前面，一柄長劍舞成了劍團，遮擋住身前不少箭矢，但是他身後的士兵卻不是每個人都有他的身手，立即死的死，傷的傷。

就在這時，李典、樂進的騎兵隊伍從背後直接撲了過來，看到吳軍和霍峻的兵馬已經交戰了，李典、樂進二人立功心切，二話不說，立刻帶著騎兵隊伍衝上山坡。

李典、樂進的出現，讓蔣欽的後軍備受打擊，步兵抵擋不住騎兵，何況李典、樂進又都是猛將，兩個人各自使用一桿長槍，一經和吳軍接觸，雙槍便立刻展現出威力來，從吳軍背後殺出了兩條血路，像是兩把尖刀直接插在吳軍的背脊上，並且這把尖刀的利刃還在不斷的向裡深入。

後軍突然遭逢重創，蔣欽聽到後面一陣慘叫，便大聲喊道：「只管向前衝，奪下馬匹，殺回城裡，救大都督出險境。」

長劍叮叮噹噹的擋著前面射來的箭矢，蔣欽看似要衝向華夏國所守住的地方了，霍峻突然放出一支箭矢，蔣欽應弦而中，肩膀上直接插入一根箭矢，登時鮮血直流。

「哇……」

蔣欽大叫一聲，但是卻沒有止住他向前衝鋒的步伐，看看和華夏軍的將士只有幾步路遠了，他長劍陡地向前擲出，一柄長劍直接插進面前一個士兵的喉嚨，自己則向前一撲，直接撲向華夏軍的士兵陣營裡，以一己之力壓倒了幾個士兵，雙臂緊緊地箍著兩個士兵的脖子，使出全身的力氣灌注在手臂上，將兩個士兵的脖子給扭斷。

「砰！」

蔣欽身後，數百名吳軍士兵蜂擁而至，和華夏國的士兵衝撞在一起，舉刀便砍，殺死不少來不及更換兵器的華夏國士兵。

蔣欽在這時候急忙抽出華夏國死去士兵的佩刀，一手持著一刀，雙刀就在人堆裡亂砍了起來，一時間血肉橫飛。

正所謂擒賊先擒王，蔣欽看見霍峻已經換成了佩刀，正在一邊斬殺吳軍士兵，當即調轉方向，衝著霍峻大聲喊道：「霍峻！」

霍峻手刃一人，聽到蔣欽的喊聲後，轉臉看過去，只見蔣欽雙目中冒著怒火，整個人鮮血淋漓，也不知道是他流的血染成那樣的，還是沾上的是別人的血。

他冷笑一聲，一刀砍翻一個吳軍士兵，大聲地對蔣欽道：「來得正好，你的人頭我要定了！」

蔣欽和霍峻都極力向對方靠攏，可是雙方的士兵來回衝撞，反而將他們兩個越擠越遠，這邊剛殺了一個，另外一個士兵又來了，使得兩個人只能乾瞪眼，比誰殺的對方的士兵多，你殺一個，我就殺兩個，你殺兩個我就殺四個，就是要多過對方。

蔣欽腹背受敵，兩千軍士本就不多，此時背後李典、樂進的騎兵隊伍殺到，瞬間便將霍峻、蔣欽等人包圍了起來，剩下的一千多吳軍將士已經成為大海中的一葉扁舟，在人海裡蕩漾著，支持不了多久了。

不到一刻鐘的功夫，李典、樂進帶領的騎兵隊伍便將蔣欽的部下分割成數

塊，在長槍如林、弓弩齊發的華夏軍猛烈的攻勢下，蔣欽這支軍隊的人數越來越少，只剩下跟在他身邊的這兩百多人仍在堅持戰鬥，其餘的盡皆陣亡。

「蔣公奕，你若是放下武器束手就擒的話，可饒你不死！」霍峻喊道。

「陛下待我恩重如山，我寧死不降！」

蔣欽一邊說話，還不忘記揮刀斬斷一個華夏國士兵的手，鮮血噴湧而出，濺在他的身上，弄得他現在成了一個真正的血人了。

他的身上滿是傷痕，鮮血在不斷汩汩的向外冒，背上的傷口尤為嚴重，不知道被哪個士兵砍的，那一刀下去，皮開肉綻，甚至不曉得是不是還能看到背脊上的骨頭。

饒是如此，蔣欽卻連哼一聲都沒有，咬緊牙關，帶著殘軍繼續作戰，雖然眼前一片茫然，也知道自己是不可能從數萬大軍的包圍中衝出去了，但是帶著一腔熱血以及那顆忠誠的心，他繼續廝殺著，直到他無力揮刀，或者被某個人徹底斬殺為止。

「少跟他廢話，這顆人頭我要了！」

李典策馬喊道，刺斜裡殺了出來，舉起手中的鋼槍，冷不丁的朝著蔣欽刺了過去。

突然，兩個士兵撲了過來，替蔣欽擋下了這一槍。

「噗！」一聲悶響，鋼槍透入吳軍兵士的戰甲，當胸貫穿進他的體內。

這一槍李典用盡了全力，在刺穿前面那個士兵的同時，透出去的長槍還刺進了後面那個士兵的體內，槍尖勢如破竹的透過兩個人的身體，力道也頓時減弱下來。

李典一擊未中，想抽回鋼槍，可惜他的鋼槍卻被那兩個刺穿身體的士兵緊緊地握住，一時間無法抽出來。

這個時候，已經是滿身傷痕的蔣欽突然一個轉身，雙手握著鋼刀便朝僵持在那裡的李典砍來。

李典大吃一驚，急忙丟棄鋼槍，拔出腰中鋼刀，剛舉刀到面前，蔣欽的雙刀便如期而至，「錚」的一聲響，三把鋼刀便碰撞在一起。

蔣欽的雙刀壓在李典的鋼刀上，這一擊，蔣欽用盡了全力，李典突然受到如此大的作用力，手臂慣性的向後去，刀背撞在了胸口。

李典吃力的握著手中的鋼刀，用力向前推。

蔣欽雙刀的刀刃登時和他的身體近在咫尺，只要蔣欽再稍微一用力，雙刀的刀刃便會立刻架在李典的雙肩上，從而傷到李典。

可是，上天沒有給蔣欽這個時間，他只覺得背後一股冷意襲來，一桿長槍便從後背透到了前胸，槍尖上還帶著濃稠的血液。

李典看了一眼蔣欽背後的人，正是樂進，他的臉上露出了笑意。

蔣欽受到重創後，雙臂上的力道頓時失去，李典恰巧順勢反擊，收起一刀，砍向蔣欽的脖頸。

一道寒光在蔣欽的面前閃過，他的人頭便脫離軀體，飛到了半空中，脖頸的鮮血不斷地向外噴湧，鮮血染紅了李典和樂進的戰甲。

蔣欽一死，剩下的吳軍士兵也難以維持，在很短的時間內便被華夏軍的將士盡皆屠戮。

空氣中瀰漫著一股刺鼻的血腥味，逐漸向四周散開，霍峻命令手下人開始打掃戰場，自己卻到了李典和樂進的跟前，拜道：

「末將參見李將軍、樂將軍！」

李典道：「知府大人呢？」

「應該快來了。」

正說話間，正南方的官道上翩翩駛來一騎，正是諸葛亮。

諸葛亮看到前面剛剛血戰過的戰場，不禁皺起眉頭，快馬加鞭趕了過來。

一到李典、樂進、霍峻面前，急忙勒住馬匹，揚起馬鞭對霍峻訓斥道：「怎麼回事？怎麼會出現這麼大的衝突？你是怎麼辦事的？」

霍峻一臉委屈地道：「啟稟大人，末將也是按照大人的吩咐辦事，哪知道蔣欽和他的兩千名親軍不喝酒不吃肉，說什麼只吃素食，以至於有所偏差。正好左將軍和右將軍的兵馬如約趕到，蔣欽見狀不妙，便要逃走，末將這才率軍堵住去路，苦勸不聽，衝突就這樣發生了……」

諸葛亮聽後，環視狼藉的戰場，蔣欽和那兩千吳軍全部陣亡，可是屍體中也有不少華夏軍的將士，遍布在各處，不下八百。

他嘆了口氣，緩緩道：「殺敵兩千自損八百，本來萬無一失之計，竟然會出這種紕漏，白白葬送了這八百將士的性命，戰端未開，已經開始損兵折將，於出師不利。也都怪我，沒有仔細調查清楚，才會出現這種衝突。」

說到此處，諸葛亮翻身下馬，很有禮貌的朝著李典、樂進拱手道：

「李將軍、樂將軍，雖然我手中有聖旨，負責調動江夏境內的兵馬，可是畢竟你們是軍中宿將，這次讓你們聽我這個晚輩的命令，我的心裡真是過意不去。但是公是公，私是私，咱們公私分明，現在我們所做的是公事，咱們就說公事。霍篤在江岸那邊已經全部準備妥當，還請兩位將軍就地換上吳軍將士的服裝，然後將部隊開到江岸，登上吳國的戰船，咱們來個**以假亂真**，對吳國發動突然襲擊。他們水軍精銳盡皆在此，留在岸上的見到我們歸來，肯定無所防備，我們這次必然能夠一戰而定。」

李典、樂進這才知道諸葛亮的用意何在，兩人也不多廢話，當即按照諸葛亮的說法去做。

隨後李典、樂進的精銳部隊都換上了吳國將士的衣服，沒有換上的也都跟著走，諸葛亮讓霍峻留下些人料理沉睡中的吳國將士以及掩埋戰死的兩國將士屍體，他便帶著李典、樂進、霍峻一起浩浩蕩蕩的朝江岸而去。

第二章

臥薪嚐膽

張遼笑道：「諸葛亮真是一個奇才，沒想到真的如他所預言的那樣，完全控制了潯陽城。當年他敗給周瑜，我還有些擔心皇上為什麼用他的計策，看來，這個諸葛亮定然是臥薪嚐膽、勵精圖治，才能徹底擊敗周瑜的。」

抵達江岸後，已經過了午時，此時周瑜也已經被送上了戰船，諸葛亮、李典、樂進、霍峻等人便陸續登上了吳國的戰船。

吳國戰船雖然比華夏國的略小，但是承載量還是不錯的，周瑜帶來了三萬大軍和幾千名水手，在各個船隻上還有空閒的地方，所以華夏軍這一登船，也不顯得擠，反而剛好可以全部登上船隻。

開船後，已經是下午了，諸葛亮讓人將昏睡中的周瑜擺放在鬥艦的頭部，其餘人都偽裝好，向吳國所控制的水域緩緩駛去。

吳國的水軍大營裡，橫江將軍呂蒙帶著剩餘的五千多水軍將士遠遠地看到自己的戰船歸來，便令人打開水軍營寨的大門，盡數放戰船進營，自己也駕著輕舟親自去迎接周瑜。

呂蒙帶著兩名隨從登上了周瑜所在的艦船，卻看到周瑜醉得不醒人事，意識到不對勁，一看，本來熟悉的面孔竟然全部變成了生面孔，周泰、凌操、潘璋、蔣欽等人更是不知去向。

他心中大叫不妙，剛想轉身逃走，背後霍篤、霍峻二人便閃了出來，直接將刀刃架在了他的脖子上。

「哈哈哈……將呂蒙綁了，所有將士下船，這座營寨是我們的了！」

諸葛亮從船艙中走了出來，看到呂蒙被制服後，大笑道。

呂蒙看到諸葛亮後，吃了一驚，急忙問道：「諸葛孔明，你竟然敢公然撕毀盟約？」

「盟約？呵呵，恐怕你還不知道吧，貴國的平南侯呂範去帝都覲見陛下，卻公然唆使細作去竊取我國的重要情報，證據確鑿，我皇已經派人將呂範扭送回國，公然撕毀盟約的是你們，不是我們。我皇盛怒之下，決心御駕親征，對貴國興師問罪，如今我皇已經在來的路上，到時候**百萬雄師過大江**，**要將你們東吳徹底納入我華夏國的版圖**！你們消息閉塞，這不怪我們，按照時間估算，這個時候呂範應該剛剛渡江回吳吧。」

呂蒙聽後，還來不及做任何反應，士兵已經衝上來將呂蒙五花大綁了起來。

隨後，諸葛亮命令將士下船。先是李典、樂進、霍篤、霍峻帶著穿著吳國將士衣服的人下船，然後瞬間將整個大營包圍住，之後以周瑜的性命威逼他們放下武器，兵不血刃的占領了水軍的營寨。

占領水軍營寨後，諸葛亮不敢稍作停留，留下霍峻和一萬將士守水軍營寨，自己則帶著李典、樂進、霍篤和在沉睡中的周瑜去潯陽城。

潯陽城中，歐陽茵櫻還在為周瑜的事情擔心，收到的回信卻是令人一知半解

的「請一切安心」的這幾個字。

她越想越覺得這是敷衍，就像她敷衍華夏國的人一樣，於是急忙讓人喚來徐盛、丁奉，準備讓他們過江去打探消息。

徐盛、丁奉二將抵達周瑜的府中時，歐陽茵櫻已經在那裡等候多時了，看到他們兩個人來了，歐陽茵櫻急忙說道：「兩位將軍請坐。」

徐盛、丁奉拜道：「不知道夫人喚我們何事？」

歐陽茵櫻道：「大都督過江多時，我眼皮子一直跳，唯恐大都督出什麼事，所以想請兩位將軍派人過江打探一下，不知道可不可以？」

徐盛道：「夫人只管吩咐便是，這件事不難。請夫人放寬心，大都督走的時候曾經留下話，說一切盡在他的掌握當中，我們只管守好營寨便可，所以……」

「夫人……大都督回來了！」

老胡忽然從大廳外面闖了進來，看到徐盛和丁奉也在時，急忙向徐盛和丁奉行禮。

歐陽茵櫻道：「回來就好……」

見徐盛、丁奉也是笑吟吟的，心中總算放下了擔心。

這時，諸葛亮帶著人從外面大步流星的走了進來，歐陽茵櫻、徐盛、丁奉、老胡看了都是一陣驚訝。

徐盛立即挺身而出，擋在眾人的前面，問道：「諸葛大人，你怎麼會在這裡？」

諸葛亮道：「呵呵，我是來送你們大都督回來的。」

歐陽茵櫻聽了，急道：「諸葛大人，你剛才說送大都督回來，大都督有手有腳，為什麼要你送回來？對了，怎麼不見魯大人、周將軍和凌將軍他們？」

諸葛亮從未見過歐陽茵櫻，今天是第一次，見到歐陽茵櫻後，先是打量了一番，然後見徐盛、丁奉對歐陽茵櫻都十分的恭敬，便猜出她是誰了，便朝歐陽茵櫻拱手道：「這位一定是大都督的夫人，我華夏國的郡主了？」

歐陽茵櫻點點頭道：「正是。」

諸葛亮拜道：「江夏知府諸葛亮，見過郡主殿下。」

「免禮，我且問你，大都督人呢？」歐陽茵櫻的目光掃視了一圈諸葛亮的背後，卻沒有看見周瑜的身影，便問道。

「哦，在府外。」諸葛亮轉過身，對身後的霍篤道：「將大都督抬進來。」

霍篤領命而去。

歐陽茵櫻、徐盛、丁奉等人聽到諸葛亮說「抬進來」三個字，頓時緊張起

來，歐陽茵櫻質疑道：「諸葛孔明，你把大都督怎麼樣了？」

諸葛亮見到眾人如此緊張，笑道：「你們別慌張，大都督一切無虞，只是喝多了，醉過去罷了。其餘諸將也是如此，今日是魯大人的新婚之日，所以吳國的將士們都是盡情歡飲，個個喝得酩酊大醉。我怕你們擔心，所以先行將周大都督親自送回來，其餘的人還留在蘄春城裡。」

話音落下，周瑜正被人抬了進來，此時的周瑜一身的酒氣，正倒在木板上呼呼大睡。

歐陽茵櫻見周瑜無礙，這才鬆了口氣，對老胡道：「將大都督抬進房裡去。」

老胡喚來兩個家丁，將周瑜抬進後堂。

歐陽茵櫻對諸葛亮道：「諸葛大人，家夫的事辛苦你了，本來我是想留你喝杯茶水的，可是諸葛大人一向繁忙，我怕留你在此，江北會出什麼岔子，所以諸葛大人就請回吧。徐將軍、丁將軍，勞煩兩位將軍送諸葛大人回去，順便帶人將魯大人、周將軍、凌將軍等人全部接回來。」

徐盛、丁奉可能是習慣於聽令行事，對歐陽茵櫻的話沒有一點感到不適，反而畢恭畢敬的遵從下來。兩個人徑直走到諸葛亮的身邊，對諸葛亮道：「諸葛大人，請吧。」

諸葛亮笑了笑，對歐陽茵櫻道：「早就聽說郡主才智過人，曾經跟隨皇上參與平定東夷以及討伐袁紹的戰役，也是華夏國中第一位女性的軍師，開闢了華夏國女子不能上戰場、女子不能為官的先例，更是娘子軍建立的元勳。以前我只當是別人吹噓出來讚美郡主的，今日見到郡主言語中帶著陽剛，並且調度有方，實在是佩服萬分。不過，有件事情我想告訴郡主，**此時此刻，潯陽城已經不再屬於吳國了，城頭上插滿華夏國的軍旗，這裡是華夏國的治下了。**」

「你說什麼？這裡已經成為華夏國的治下？這怎麼可能……」

歐陽茵櫻聰明過人，此刻靜下心來，聯想到諸葛亮之前說的話，一下子明白過來，緩緩道：「從魯大人赴約開始，你就設下了一個圈套，然後靜等吳國將士跳進去，然後你再以假亂真，率領華夏國的將士喬裝一番，乘船過江，然後就可以並不血刃的拿下水軍營寨以及潯陽城，對不對？」

「郡主聰慧過人，諸葛亮佩服萬分。」諸葛亮微微低頭說道。

徐盛、丁奉聽後，知道事情的緊急程度，互相對視了一眼，還沒有來得及行動，一大隊人便衝進了整個大都督府，華夏國的將士充塞著整個府邸。霍篤看到自己的部下衝進來，便明白了一切。

霍篤手下一名校尉來到諸葛亮的身邊，對諸葛亮道：「啟稟大人，李將軍和

樂將軍的兵馬已經完全控制潯陽城，所有吳國軍隊盡皆被繳械，目前被關在營房裡，由樂將軍的部下看守。」

諸葛亮聽到後，笑了起來，對徐盛、丁奉說道：「沒想到吧，你們的那一萬五千名部下這麼容易就被繳械了。我進城的時候，他們誤以為是你們的軍隊，所以便沒有防備，給了我們一個契機。」

他又對歐陽茵櫻道：「郡主，下官還要感謝郡主及時的召見徐盛和丁奉，要是他們兩個有一個在城門邊，必然不會如此。本來我還打算用周大都督的性命作為要脅，然後騙開城門，迫使他們放下武器呢，沒想到進城居然這麼容易。」

歐陽茵櫻臉上一陣慘白，雖然她知道高飛早晚都要攻擊吳國的，卻沒想到是這樣不聲不響，突然便發動襲擊。

她轉身朝後堂走去。快要進入後堂時，忽然停下腳步，側過臉對諸葛亮說道：「沒有皇命，你是不敢如此的，看來皇上已經在來的路上了，如果皇上到了，請告訴皇上，我想見他一面。」

「郡主放心，皇上早有安排，郡主和周大都督我們一定會妥善安排的。」諸葛亮道。

歐陽茵櫻轉身離開，整個大廳裡只剩下徐盛、丁奉以及華夏國的眾多將士，而徐盛、丁奉前來參見歐陽茵櫻，並沒有攜帶兵刃，現在赤手空拳的站在那裡，彷彿任人宰割一般。

「徐將軍、丁將軍，你們已經沒有退路了，不如束手就擒吧，皇上一向愛惜人才，一定會善待你們的。」諸葛亮勸道。

徐盛、丁奉見大勢已去，再反抗也無濟於事，同時發出一聲長嘆，對諸葛亮道：「諸葛大人神機妙算，我等被玩弄於股掌之間，事到如今，還有什麼可說的?!」

諸葛亮道：「兩位將軍是東吳的年輕才俊，如此識時務，確實令人讚嘆。不過，為了以防萬一，還是要先委屈兩位將軍一下，暫時在牢房中待上幾天，等到我皇抵達後再行釋放。」

徐盛、丁奉並非是策瑜軍的將軍，而是後來周瑜發掘出來的，加上就算反抗也無濟於事，只能束手就擒。

霍篤帶人將徐盛、丁奉給捆綁起來，然後走到諸葛亮的身邊，對諸葛亮說道：「大人，一切就緒，去軍營吧。」

諸葛亮點點頭，對徐盛、丁奉道：「委屈兩位將軍了，煩勞兩位將軍跟我到軍營走一遭，說服你們的部下放下武器，以免有更多的傷亡。」

徐盛、丁奉聽後，頓時大吃一驚，這才知道諸葛亮之前是在騙他們，原來自己的部下並未全部被繳械。

兩個人瞪著諸葛亮的眼睛裡充滿了怒火，可是怒火再大，身上已經被繩索捆綁住，再掙扎也不能逃脫，只好任由諸葛亮等人帶著他們兩個去軍營。

走的時候，霍篤留下部眾五百人，將大都督府的閒雜人等一應驅逐出去，然後接管大都督府，將大都督府完全包圍起來，等於是將周瑜給軟禁了。

徐盛、丁奉被諸葛亮帶到軍營時，李典、樂進已經將軍營包圍得水泄不通，但是軍營中的將士們卻拒不投降。

「諸葛大人，這夥人很是頑強，拒絕投降。不如強攻吧，以目前的兵力來看，我軍完全可以不費吹灰之力便殲滅這夥人。」李典見諸葛亮到來，抱拳道。

諸葛亮搖搖頭道：「蘄春城北的衝突已經折損了八百將士，這次我們面前的是敵軍一萬五千名訓練有素的士兵，他們要是抱著必死的決心戰鬥，只怕我們會損失更多。我曾經向皇上保證過我的計策萬無一失，不會殃及太多人的性命。現在死了八百將士，我已經無顏面對皇上；如果再執意錯下去，定然會損失更多的兵將。吳國有正規軍三十萬，沒有編制的後勤軍隊也差不多有二十餘萬，如果只知道一味攻殺的話，即使滅掉吳國，我們也會損失慘重。」

李典道：「那怎麼辦？他們不投降，又不讓我們殺進去，如何能勝？」

諸葛亮想了想，還是把希望寄託在捆綁著的徐盛、丁奉身上，於是道：

「兩位將軍，恰才孔明欺騙了你們，是我不對，可是也是事出有因，不想看到更多的殺戮。如今擺在你們面前的是一萬五千名活生生的性命，他們已經被完全包圍了，即使他們不降，或是你們不願意勸降，我也無所謂。我可以斷絕他們的糧食和水，軍營裡的存糧一定很少，只怕他們也支持不了幾天，到時候都會活活的餓死。與其讓他們這樣白白的死去，不如好好的活著，如果不喜歡給我們華夏國當兵，就遣返回鄉，分給他們土地耕種。兩位將軍，要如何做，就看你們了。」

徐盛、丁奉聽了，衡量眼前情勢後，徐盛對丁奉道：「他們如果死了，就會有至少一萬戶人陷入哀傷之中，我們身為他們的將軍，不能讓他們死在戰場上，帶領他們保家衛國，是我們的錯誤，與他們沒有關係，如果讓他們這樣白白的餓死，我們於心何忍……」

丁奉聽後，明白徐盛的意思，嘆了口氣道：「就照你的意思辦吧。」

於是，徐盛對諸葛亮道：「我願意勸降他們放下武器，至於他們肯不肯給華夏國當兵，這就不是我所能決定的了。」

諸葛亮笑道：「給徐、丁兩位將軍鬆綁。」

手下人照做，鬆開了徐盛和丁奉，然後兩人朝諸葛亮拜了拜，進入吳軍的營寨。

李典、樂進、霍篤見後，都有些擔心，對諸葛亮道：「他們會不會進去之後，鼓動吳軍和我們血戰？」

諸葛亮道：「我以仁義告知他們，他們非大奸大惡之人，絕不會做出此等事情，請耐心等待即可。」

徐盛、丁奉二人進入軍營後，一直沒有再出來，時間一點一點的流失，李典、樂進、霍篤都開始擔心起來，但是諸葛亮卻仍是胸有成竹。

傍晚時分，徐盛、丁奉終於帶著眾多將領從軍營中走了出來，大部分的人脫去了戰甲和武器，表示願意歸順華夏國，只有少數幾百人寧願解甲歸田。

潯陽城在徐盛、丁奉的帶動下，和平解決了衝突，諸葛亮對徐盛、丁奉也是信賴非常，當晚親自宴請徐盛、丁奉，並且讓徐盛、丁奉去勸降呂蒙，呂蒙考慮之後，也表示願意歸順華夏國。

至此，僅僅一天的時間，諸葛亮便占領了潯陽城，不僅控制了吳國的水軍，還突破了吳國的第一道防線，華夏國的大旗在夜間迎風飄揚。

與此同時，下雉城裡，張遼已經點齊了兵馬，正等待著前將軍嚴顏、後將軍田豫的到來。諸葛亮的飛鴿傳書中將整個計畫寫得明明白白，張遼只需依計行事即可。

不多時，嚴顏、田豫先後到來，張遼便聚集眾將，將諸葛亮的計畫說了出來，眾將聽後，都覺得此計甚妙。

張遼道：「按照時間推測，如今諸葛亮應該已經占領了潯陽城，等到確切消息一到，我們便可以出發了。」

大廳裡，嚴顏、田豫、張謙、和洽四將便陪同張遼坐在那裡靜靜的等待，而張遼也做出自己的部署，準備水陸並進，直接攻擊柴桑城。

高飛為了攻吳，將軍隊編成四個集團軍，張遼和諸葛亮統統隸屬於高飛直接領導的第四集團軍，所以高飛在接到諸葛亮制定的計畫後，便決定以潯陽、柴桑兩地作為突破吳國防線的重要地點，同時也作為四大集團軍裡對吳國發動的第一

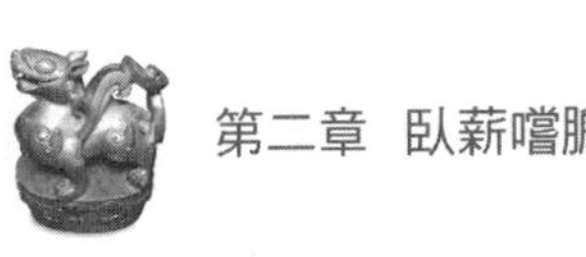

場戰役。

其他三個集團軍由於諸將調動問題，所以發起戰爭顯得略晚。吳國最使人恐懼的就是周瑜率領的這十萬駐守在潯陽、柴桑兩地的水陸大軍，所以以此為突破點，先行占領潯陽、柴桑兩地，就可以敲山震虎，使得在華夏國強大的軍事面前徹底的顫抖。

不多時，一名斥候進了大廳，將剛剛接到的諸葛亮發來的飛鴿傳書呈給張遼看。

張遼看後，笑道：「諸葛亮真是一個奇才，沒想到果真如他所預言的那樣，已經完全控制了潯陽城。當年他敗給周瑜，我還有些擔心皇上為什麼用他的計策，今日看來，我是太過擔心了，這個諸葛亮定然是臥薪嚐膽、勵精圖治，才能徹底擊敗周瑜的。」

嚴顏道：「大將軍，那我們現在也開始行動吧？兵貴神速啊！」

張遼點了點頭，說道：「出發。」

深夜的柴桑城裡格外的幽靜，將士們大多都已經歇息了，然而在從潯陽到柴桑的夜空中，一隻信鴿正在拼命地拍打著翅膀。

牠的腿上拴著一封密信，飛快的向柴桑城裡駛去。

到了柴桑城上空，信鴿盤旋而下，然後便落在牠此次的目的地，柴桑城的車騎將軍府中。

一經落下，牠便開始歡快的鳴叫起來，負責飼養信鴿的人急忙跑了過來，取下牠腿上拴綁著的密信。

信鴿此時完成任務，便飛入籠中休息去了。

將軍府本是車騎將軍魯肅的府邸，魯肅被周瑜調到潯陽代替他當大都督，因而留下朱然、陳武、董襲把守柴桑，將所有的軍政大事全部委任給桂陽王孫靜。

孫靜是孫堅的胞弟，在吳國的地位舉足輕重，孫策登基後，追諡為昭武皇帝。幾年後，孫策思念其父，便一應封父親的胞弟為王，孫靜便是在那時被封為桂陽王。

桂陽王孫靜此時已經入睡，忽然聽到有人敲門，說是急報，孫靜便從床榻上下來，披上一件外衣，打開房門後，接過來人送過的急報。

回屋之後，點亮蠟燭，映著火光匆匆看了一眼後，立刻緊張萬分，急忙衝門外喊道：「即刻去傳朱然、陳武、董襲到府中來。」

他自己也立即穿上衣服，然後在大廳裡等待著朱然、陳武、董襲的到來。

朱然、陳武、董襲都已經睡下了，忽然聽到傳喚，便迅速地趕往將軍府。

將軍府裡，朱然、陳武、董襲參拜了孫靜後，不等三人問話，孫靜便開口道：「三位將軍，請即刻點齊兵馬，去增援潯陽。」

朱然、陳武、董襲面面相覷，齊聲問道：「大王，到底發生了什麼事情？」

於是，孫靜便將那封密信遞給朱然、陳武、董襲傳閱，說道：「這是徐盛親筆寫的信，說華夏國不宣而戰，並且騙走大都督到北岸參加魯車騎的婚禮，如今大軍包圍潯陽城，用大都督和魯車騎的性命相要脅，逼迫他們交出潯陽城。徐盛祈求增援，並且用圍魏救趙的策略攻擊華夏國蘄春城。」

信中內容比孫靜說的還要詳細，孫靜簡明扼要的說完後，朱然、陳武、董襲再看了一次信，齊聲道：「事情如此緊急，不可怠慢，我等這就水陸並進，去救大都督。」

孫靜道：「如此最好，朱將軍和董將軍可以率領兩萬水軍去潯陽江，陳將軍帶兩萬馬步軍去支援徐盛，我率領這一萬水軍防止華夏國的攻擊。」

計畫好之後，四個人沒有感到有什麼異常，便連夜點齊兵馬，分兵而進。

與此同時，張遼的兵馬也緊鑼密鼓的悄悄從下雉城駛向柴桑，水軍暫緩進攻，馬步軍則人銜枚、馬裹足，趁夜色濃鬱便開始行動。

張謙、和洽統領水軍，等張遼、嚴顏、田豫離開差不多一個時辰後，才開始行動，沿江東下，大小戰船數百艘，七萬水軍浩浩蕩蕩的朝柴桑而去。

此時，朱然、董襲的水軍逆流而上，要從長江轉入潯陽江，時值三更，江上又降下了大霧，能見度極為低下，但是由於事情緊急，走到這段彎道時，朱然、董襲的水軍沒有太留意。

誰知道，張謙、和洽率領的水軍突然從濃霧中殺了出來，戰艦直接撞上了吳國水軍，「轟隆」一聲，立刻將吳國的水軍其中一艘戰船撞翻了，隨後便是無數「轟隆」聲響起。

華夏國的水軍將吳國的水軍攔腰衝斷，加上華夏國的水軍是順流直下，所以占著優勢，而吳國水軍沒有防備，突然遭受華夏國水軍的撞擊，濃霧中也不知道來了多少人，只覺得四面八方全部都是敵人，驚恐萬分，又被攔腰截斷，首尾不能兼顧，以至於指揮失靈，各個船隻各自為戰。

張謙率領前鋒驅逐艦船，按照計畫將吳國水軍斬成一小段一小段的，弓弩也開始亂射，並且射出華夏國水軍專門配備的弩炮，將吳國水軍打得落花流水。

弩炮是華夏國新發明的作戰武器，適合攻城戰以及大型水戰，是用巨弩車的弩箭拴綁著少量的炸藥包，然後點燃發射出去，借用炸藥的威力殺傷敵人較為集中的地方。

在水戰時用上弩炮，威力更勝，由於古代的戰船多是用木頭造成，所以弩炮一發，船體便被破壞了，還會使得船體著火。

和洽率領水軍在後，見張謙的水軍已經徹底將吳國水軍打散，他的大軍便直接撲上，華夏國兵多將廣，又得弩炮武器的威力，加上是突然襲擊，致使吳國水軍很快落敗，潰不成軍，死傷也過半。

吳國水軍在華夏國水軍的大舉包圍之下，很難再有突出去的機會，江面上水流湍急，那些被撞翻船隻而落入水中的吳軍士兵雖然水性好，但是在激流之下，再怎麼掙扎，也顯得是那麼的無力，多數人被江水沖走，只有少數的人僥倖活下來，游到岸邊得以逃命。

朱然和董襲分別在兩艘不同的戰船上，受到突襲時，朱然的艦船被張謙的艦船給撞翻過去，朱然整個人也被江水沖走，生死不明。

剩下的是董襲這艘指揮船，被華夏國的水軍分成數塊之後，董襲身邊的幾艘戰船紛紛向主艦船靠攏，在董襲的指揮下，對華夏國的水軍進行反擊。

不過，董襲的反擊顯得很是無力，水戰一般是遠距離進行較量，在估算對方戰船的戰鬥力後，才直接衝撞過去。但是這次華夏國的水軍是直接衝撞上來，船與船之間緊密相連，水軍們揮舞著兵器向對方的船上衝去，**一切遠程的攻擊都失去了作用，剩下的只是生與死的較量，誰的兵多、誰的兵厲害，誰就可以完全控制對方的船隻。**

不幸的是，吳國的水軍天時、地利、人和三者皆失，就算抵抗再怎麼頑強，面對如此多的華夏國水軍將士，早晚也只是一個死。

董襲握著劍，整個人已經殺紅了眼，但是時間每流逝一分鐘，他身邊的人就少了幾個。戰鬥到最後，喪膽的士兵們只想到投降和逃跑，不願意再待在船上任人宰割。

士氣在瞬間崩潰，董襲親自斬殺數名士兵並且高呼道：「擅退者死！投降者殺！」

可是，董襲的行為非但沒有震懾住將士們，反而使得將士們跑得更快了，不願意投降的士兵便從船上縱身跳入江中，希望憑藉著自己的水性僥倖逃脫，但有的害怕死亡，便就地棄械投降。

這時，張謙從人群中衝了出來，斬殺一人後，忽然看到董襲正在自己眼前不足五米的地方斬殺逃走的士兵，便直接舉刀衝了過去，手中長刀一揮，兩顆人頭

便血淋淋的落在甲板上。

一顆是董襲斬殺的潰逃士兵的，另外一顆則是董襲自己的，死的時候，董襲毫無防備，而且張謙的刀很快，一刀下去，幾乎毫無痛苦之狀。

董襲一死，吳軍士兵更為恐懼，面對突如其來的華夏軍，不由得紛紛投降。

張謙擊潰董襲這支武力後，聽到濃霧中不斷傳來廝殺聲，由於能見度很低，所以張謙不敢亂來，讓部眾將降兵聚攏起來。

半個時辰後，廝殺聲完全停止下來，華夏軍用他們特有的軍號吹響了勝利的曲目，水軍將士盡皆振奮不已。在確定各個船隻都可以出征之後，便帶著俘虜以及吳國沒有損毀的船隻繼續沿江東下。

這場遭遇戰很快就結束了，是靖南軍在重新改制後的第一戰，也是漂亮的一戰，八萬水軍，前鋒只有一萬，參戰人數只有一萬五千人，其餘的人因為事出突然，加上無法確定敵軍的正確方位，所以只能搖旗吶喊，擂鼓助威。也許正是因為如此，才使得吳國水軍心驚膽戰，迅速潰敗。

不過，這場遭遇戰也是靖南水軍沒有想到的，雖然他們早已做好了戰鬥準備，但是由於江上突然起了濃霧，讓人的視線受阻，所以他們直到艦船快要撞上吳國水軍時，才發現情況不對。

但是，突發的情況下，靖南水軍並沒有感到驚慌失措，反而是更加的期待，他們知道無法阻止戰鬥，便只能熱情洋溢的投入到戰鬥中來。

反觀吳軍，在受到衝撞後，前後失去了聯繫，無法得到有效的指揮，只能各自為戰，可是各自為戰的結果是被分割成好幾個部分，只能任由敵軍聚而殲之。

但不管怎麼說，靖南水軍能夠在不到一個時辰的時間裡就取得這場戰鬥的最終勝利，也算是一場十分漂亮的大勝仗。

與此同時，陸地上，張遼率領嚴顏、田豫正在加緊趕路，可是行軍到了一半的時候，突然起了大霧。

他們在夜間行軍，人銜枚，馬裹足，不敢有一點星光，走路十分的小心，因為吳國在附近設有哨所，他們必須秘密地抵達哨所，然後解決掉哨所裡的吳軍，才算是沒有後顧之憂。

夜間行軍本來就有很大的困難，突然又起了大霧，讓他們的行軍變得更加困難。

嚴顏看到這種情況，便對張遼道：「大將軍，這會兒天氣突然起了大霧，就連月亮也躲在雲層裡不出來，夜路難走，不如點燃火把行軍吧？」

張遼還未回答，田豫便阻止道：「千萬不可，我們秘密行軍，下雉到柴桑一帶沿途設有十幾個哨所，一旦被發現，那就無法起到突襲的效果了。大霧給我們帶來困難，可也給他們的哨所帶來困難，我們看不見他們，他們就能看見我們嗎？」

張遼聞言道：「田將軍言之有理，**為將者，當觀天時，懂地利，還要能夠隨機應變**，嚴將軍，這一點，你可就不如田將軍了。」

嚴顏一臉的慚愧，說道：「大將軍教訓得是，嚴某倒是成了一個莽夫了。」

「嚴將軍，你可別這麼說，嚴將軍也是求戰心切，一時沒有想到而已，不必放在心上。」田豫寬慰道。

張遼道：「如果嚴將軍是莽夫的話，那我豈不更加是莽夫了嗎？上次氣周瑜那件事，聽大殿下說，是嚴將軍自己想出來的虛張聲勢的妙招，這才使得周瑜退走，如果沒有嚴將軍的出力，我看那次也難逃被周瑜逼迫的厄運。」

嚴顏道：「過去的事情就不提了，田將軍剛才說得極有道理，我們不如就利用這次機會，就算直接從哨所的眼皮子底下過去，只要不弄出太大的聲響，他們也絕對發現不了。不過，為了保險起見，我建議分兵而進，吳國哨所的分布圖，情報部的人已經幫我們弄到手了，只要按照這個分布圖前進，先解決了哨所，然後再合兵一處直奔柴桑，便可以取得意想不到的效果。」

張遼聽後，點頭說道：「嚴將軍言之有理，正合我意，就這樣辦。」

之後，張遼、嚴顏、田豫便將騎兵分成三路，步兵由三人的副將帶領著繼續前行，他們三個則先行去掃蕩吳國在這條要道上分布的十三個哨所，然後再合兵一處，共同進攻柴桑。

半個時辰後，張遼、嚴顏、田豫率領的大軍在官道上會合。

兩萬五千人的大軍這次沒有了哨所的阻礙，暢通無阻，騎兵在前快速奔跑，步兵緊緊跟隨在後面，浩浩蕩蕩的朝柴桑城而去。

平明時分，天色大亮，但是太陽依然躲進了雲層裡，天空陰沉沉的，濃霧逐漸變得稀薄，視野也逐漸開朗。

柴桑城上，吳軍的大旗迎風飄揚，負責站崗放哨的士兵剛剛交接過崗位，新上崗的士兵或許是因為昨晚沒有休息好，或是還沒有睡醒，手拄著長槍，忍不住便打了個哈欠。

哈欠打完，他抬頭看了看陰沉的天，自言自語的道：「看來要下雨了。」

伸個懶腰，打起精神，看到其餘的士兵陸續換完了崗位，便準備開始他長達

一上午的艱巨任務。

沒有多久，便聽到滾滾的馬蹄聲，極目四望，但見從薄霧中駛出大批的華夏軍騎兵。他不敢怠慢，扯開嗓子大聲喊道：「有情況，快擊鼓！」

萬馬奔騰，地上捲起了一陣灰塵，但見無數將士從薄霧和灰塵籠罩的地方湧現出來，弄得柴桑城的守兵頓時緊張萬分。

「咚咚咚……」

這時，鐘鼓樓裡傳出一陣急促的鼓聲，這是在向整個柴桑城示警。

鼓聲響起後不久，吳軍士兵紛紛湧上城牆，一個穿戴整齊的守將極目四望，但見華夏軍來勢洶洶，而且人數眾多。

守將的心裡突然「咯登」了一下，因為他知道，就在昨夜，城中常備的兩萬馬步軍盡皆被陳武帶走，去支援潯陽了，而現在偌大的柴桑城裡，只有不到一千名的守軍，而且多數都是老弱病殘，如果華夏軍真是來攻打柴桑的，他們面對如此龐大的軍隊，只怕連一刻鐘也堅守不了。

不多時，桂陽王孫靜一身戎裝的登上城頭，眺望城外集結的大軍，領頭的那個頭戴鋼盔，身披鋼鎧的將軍，正是華夏國五虎大將軍之一的虎牙大將軍張遼！

左右兩翼分別是前將軍嚴顏、後將軍田豫，整個大軍放眼望去大約在兩萬到三萬之間，士兵個個都精神飽滿。

孫靜皺起眉頭，想起昨夜的那封信，便知道是中了華夏國的調虎離山之計了。他凝視城外華夏國的大軍只片刻功夫，便對守將說道：「打開城門！」

「打開城門？」守將驚訝於孫靜的命令，用疑惑不解的眼神看著孫靜，等待孫靜的回答。

孫靜厲聲道：「少廢話，照我說的去做。」

「是，大王。」

守將雖然驚訝於孫靜的回答，但是卻很喜歡這個任務，城外的華夏軍實在是太過強大了，如果堅守的話，只怕他們將會死無葬身之地，打開城門是一個明智的選擇。這樣，他們也可以逃過一劫。

守將下了城樓，命人打開城門。

當柴桑城的城門緩緩打開後，孫靜也從城樓上走了下來，喚來四名親隨衛士，在衛士的耳朵旁說了幾句話，那四名衛士點點頭，臉色變得十分嚴肅。

城外。

張遼看到柴桑城的城門完全打開了，先是驚訝於對方的不抵抗，然後便看到桂陽王孫靜帶著幾名隨從從城門裡走了出來。

嚴顏、田豫策馬跑了過來，嚴顏問道：「大將軍，對方這是什麼意思？是放棄抵抗，直接開城投降了嗎？」

田豫道：「柴桑乃是吳國的軍事重城，孫靜身為桂陽王，是吳國的皇親國戚，怎麼會不做任何抵抗便這麼輕易的投降呢？其中必然有詐。」

嚴顏猜測道：「是不是諸葛亮的計策失效了，調虎離山沒有成功，城中有大軍埋伏，等待我們放鬆警惕，進入城內時便予以擊殺？」

「有可能，否則孫靜怎麼會不抵抗？大將軍，我願先去將孫靜的人頭取來，如果真有埋伏，他們不可能不會對孫靜坐視不理。」田豫抱拳道。

張遼聽到嚴顏和田豫你一言我一語的揣測之詞，笑道：「或許，正是因為他們中了調虎離山之計，城內沒有太多守軍，而我軍一旦攻城，就算有援軍從江岸來助，也是無濟於事，強攻之下，不出片刻我軍便可輕易拿下柴桑，所以不如不抵抗，免得有太多殺戮。」

「大將軍所言也是一種猜測，對方到底是真投降，還是故意引我們中計，不可就此下定論。為了保險起見，末將願意先取孫靜項上人頭，以試探對方虛實。」田豫自告奮勇道。

張遼道：「不必。孫靜開城出來投降，你若殺了他，只怕城中將士反而被激怒，城中百姓也不會投降，還會激起民變。我看，孫靜是真投降，不願意讓城中將士和百姓受苦。你們各歸左右兩翼，本將心中有數，自有定奪，只管在左右兩翼掠陣即可。」

「是，大將軍。」

嚴顏、田豫無奈，見張遼不聽自己的意見，都有些不高興，調轉馬頭，直接各回各處。

張遼則對身後的副將說道：「壓陣。」

「諾！」

話音一落，張遼單槍匹馬，策馬向前，迎著孫靜等五人。

兩下照面，孫靜向張遼參拜道：「吳國桂陽王孫靜，見到虎牙大將軍。」

「王爺身為皇室貴胄，遼不過區區一介武夫，何以受到王爺如此大禮？遼奉我皇之命，前來收取柴桑，身後又有大軍在，皇命和職責在身，所以不能下馬參拜王爺，就在馬上行此一禮，還望王爺見諒。」

張遼說話滴水不漏，目光緊緊地盯著孫靜及其身後四名健碩的衛士，五個人

年都攜帶有兵刃，低著頭，抱著拳頭，讓他看不見這五個人的臉上是何表情。

孫靜沒有抬頭，繼續謙卑的說道：「大將軍率領大軍到此，我已經知道是怎麼回事了，就算抵抗，又能抵擋得了幾時？所以索性打開城門。大將軍從此城門進入之後，我便成了亡國之臣，雖然不至於變成階下之囚，但是也不會再是王爵，所以比較起來，還沒有大將軍尊貴，大將軍若是一介武夫，那麼估計我連給大將軍提鞋都不配了。」

「王爺未免太過自謙了，不過王爺很有自知自明，哈哈哈……」張遼大笑了起來。

就在張遼笑得最開心時，孫靜及其身後四名衛士猛然間抬起頭，目光中充滿了怒火，臉上也甚是猙獰，右手迅速地拔出腰中懸掛著的長劍，一起刺向了張遼。

嚴顏、田豫以及華夏國的三軍將士看到之後，都是一陣驚呼，不約而同地喊道：「大將軍小心！」

「希律律……」張遼座下獅子驄突然受驚，發出一聲長嘶，身體也向後急退幾步，誓要保護主人不受到傷害。

孫靜等人與張遼近在咫尺，五柄長劍突然寒光閃閃的朝正在哈哈大笑的張遼襲來，張遼笑聲戛然而止，臉上也陰鬱下來，手中烈焰刀陡然使出，直接架住五柄長劍，然後用力擋開五柄長劍後，便是一記橫劈，烈焰刀所過之處，五柄長劍盡皆斷裂，果真是削鐵如泥的寶刀。

孫靜等人都是一陣驚訝，沒想到張遼早有防備，這麼說，張遼是早就看出了他們要就近行刺的心思。

五個人不做任何停留，劍尖雖斷，便將斷裂的劍身朝著張遼投擲了過去，可惜剛做出動作，還沒有投過去，十餘支箭矢便迅速飛來，貫穿了他們的手臂。

五聲痛苦的慘叫聲過後，五把斷劍盡皆落在地上，張遼、嚴顏、田豫率眾騎兵而出，迅速包圍過來，將孫靜等五人團團圍住，長槍一陣亂刺，便將除了孫靜以外的四名衛士全部誅殺。

與此同時，孫靜面前，一陣寒光快如閃電般的閃過，張遼的烈焰刀已經架在了孫靜的脖子上，力道乾脆俐落，並未傷到孫靜一絲一毫。

「殺了我吧。」孫靜面色沉重，左手握著受傷的右手手臂，鮮血不斷地滴淌下來，側著臉，淡淡地說道。

「殺你很容易，可惜我還不至於這麼愚蠢，你想用你的死激起城中守軍和百姓的憤怒，然後讓他們誓死守城，抵擋我軍的攻擊，以便爭取援軍到來的時間，

對不對？」張遼冷笑道。

「既然你都知道了，我沒什麼好說的……」話還沒說，孫靜便伸著脖子向張遼的烈焰刀上撞，想一死了之。

可惜，張遼已經看穿了他的心思，又怎麼會那麼輕易的讓他死去呢，孫靜剛動了心跡，張遼便撤掉了烈焰刀，同時大聲喊道：「綁起來，無論如何都要讓他活著！」

話音一落，士兵拿出絆馬索，便將孫靜五花大綁起來。

隨後，張遼便以孫靜作為要脅，策馬來到城下，對城裡的守軍大聲喊道：「限汝等一刻鐘內盡皆出來投降，不然的話，就格殺勿論。」

守將見孫靜行刺不成反被綁住，生怕受到連累，急忙對部下說道：「華夏國兵鋒甚為厲害，我等只怕難以抵擋，不如獻城投降，以求自保。」

眾人紛紛表示願意接受投降，便跟隨守將一起出城投降了。

張遼接受投降，隨即率部占領了柴桑城，並且嚴令軍隊不得騷擾百姓，只讓軍隊嚴守四門，以防止吳國的軍隊抵達。

與此同時，華夏國的水軍在張謙和和洽的率領下，借用吳國水軍的船隻，再次依葫蘆畫瓢，反穿上吳國水軍的服裝，假裝被華夏國水軍打敗，狼狽逃回來。

吳國的水軍大營裡留著一萬兵馬，見到自己的戰船被打得狼狽而回，便派遣船隊四處出擊，掩護船隊撤回。

可是，吳國的水軍哪裡知道這是計策，張謙率領著前鋒船隊偽裝的士兵進入吳國水軍營寨後，立刻發動叛亂，占領了水軍營寨，然後反戈一擊，從背後襲擊吳國水軍。

吳國水軍腹背受敵，水軍營寨也被占領，頓時陷入大亂。

華夏國水軍的弩炮便在這時派上用場，在弩炮的打擊下，一萬吳國水軍堅持了不到一個時辰後便宣告潰敗，戰船的船身支離破碎，江面上漂浮著琳琅滿目的破碎木片，許多吳國水兵的屍體更是在江面上浮蕩，鮮血將這片水域染成了紅色，當真是血流成河。

華夏國的水軍也由於吳國水兵的頑強抵抗，損失了大小戰船數十艘，數千人葬身在這片水域。

第三章

不宣而戰

周瑜整個人氣得發抖，道：「我真是太大意了，一直以為華夏國不會公然撕毀盟約，所以才有恃無恐。誰知道高飛竟然早就有了滅吳的打算，而且還是不宣而戰，這種人，應該受到天下人的唾棄。一切的一切，都是我的錯……」

戰鬥勝利後，和洽負責清掃戰場，張謙讓各部稟告人數，八萬水軍經歷兩場戰鬥，竟然折損了八千多人，巨型戰船一艘，大型戰船六艘，中型的衝鋒船損失達到了三十四艘，當真是一場慘勝。

隨後，張謙讓和洽守備水軍營寨，自己則帶著一小隊親隨騎兵去柴桑城見張遼，彙報戰果。

柴桑城裡，沒有勝利後的喜悅，反而多了一分沉重，天空越發顯得陰霾起來。當張謙抵達柴桑城後，天空立刻降下了傾盆大雨，彷彿是在為這幾天喪生的將士感到悲哀。

「啟稟大將軍，吳國水軍徹底瓦解，我軍已經進入吳國水軍的營寨，只是……在攻打水軍營寨的時候，我軍傷亡頗重。」張謙便將戰船以及作戰人員的損傷報告給張遼聽。

張遼聽後，長出了一口氣，道：「雖然吳國布置在潯陽、柴桑的兩座水軍大營盡皆被瓦解，但是從吳國水軍誓死不降，頑強抵抗來看，吳軍並沒有我們想像的那麼弱。此戰是我軍首次和吳軍作戰，之所以能成功，並非是正面交鋒，而是突襲造成的，以後要正面面對吳國大軍，只怕會是一場硬仗，大家做好心理準備，千萬不可放鬆警惕，等待皇上的進一步指示！」

「諾！」眾將齊聲答道。

「另外，陳武率領的兩萬馬步軍還沒有任何消息，周瑜的部下都是精銳之師，雖然只有兩萬人，但是也不可小覷。我們就在此地靜候潯陽那邊消息，只有消滅了陳武所部，潯陽、柴桑才算是真正的勝利。」張遼正色道。

當年孫策把吳國的軍隊分成東西兩個戰區，孫策親自率領東戰區十五萬兵馬，其中多是山越人，所以擅長陸戰。

自孫堅時代，孫氏便開始在鄱陽湖訓練水軍，直到周瑜接手後，水軍才逐漸初具規模，是周瑜一手將水軍訓練成型，精選士卒十萬，六萬作為水上作戰的精銳，四萬作為陸戰精銳，但是西戰區有十五萬兵馬，另外五萬分散在長沙、桂陽、零陵以及交州。但是在潯陽和柴桑兩地，就有正規軍十萬，可見周瑜把此地作為防守華夏國的第一線。

但是，**周瑜做夢都沒有想到，這一次十萬大軍竟然在不到兩天的時間全部瓦解，這可是他所依賴的精銳之師啊。**

潯陽城裡。

諸葛亮喚來斥候，問道：「陳武還沒有消息嗎？」

「暫時沒有。」斥候回答道。

又過了一會兒，諸葛亮又將斥候喚來，問道：「現在有陳武的消息沒有？」

「還是沒有。」

隨後，諸葛亮每間隔一刻鐘便問一次，一連問了三次，還是沒有陳武的一點音訊。

諸葛亮這個時候忽然忍不住想罵娘，想罵這些情報部的人為什麼那麼不盡心盡力，連陳武的一點消息都沒有。

諸葛亮焦急的在大廳裡走來走去，從昨晚接到潯陽那邊的密報說陳武率領兩萬馬步軍出城後，便下落不明了，甚至連張遼順利占領柴桑的消息都傳來了，陳武還是一點音訊都沒有，使他整個人變得十分暴躁。

忽然，一個斥候大步流星地跑了進來，一邊喘氣一邊說道：「啟稟大人，陳武……陳武有消息了……」

諸葛亮急道：「快說！」

那斥候略微喘口氣後說道：「啟稟大人，陳武自昨夜出了柴桑城後，便一路向潯陽趕來，屬下的部下一路上緊緊跟隨。可是夜間卻遇到了十分罕見的濃霧，我的部下一時間跟丟了，直到今天早上大霧慢慢散去，他才聯合那片地域所在的斥候找到了陳武的蹤跡。陳武不知為何，居然改變方向，向東朝湖口去了。」

「湖口？」諸葛亮聽後，立刻感到一絲不安，急忙道：「快拿地圖來！」

親兵遞上地圖，諸葛亮拿到地圖後，將地圖攤在桌子上，目光掃視位於柴桑和潯陽之東的彭澤縣，然後找到了那個叫湖口的小鎮，一看之下，眉頭不禁緊皺了起來。

這會兒，霍篤從外面走了進來，看到諸葛亮皺著眉頭，臉上也是陰沉沉的，便問道：「大人，你這是怎麼了？」

諸葛亮道：「陳武跑了，肯定是察覺到了什麼，因而帶著兩萬兵馬向東逃走了，看樣子是想占據湖口鎮，企圖阻止我軍的東進路線。」

霍篤正是為了陳武的事情來的，因為諸葛亮讓他隨同李典、樂進去柴桑通往潯陽的必經之路上埋伏，他們等了一上午，還沒有見陳武率兵來，李典、樂進便讓霍篤回來問問諸葛亮是怎麼回事。

聽到諸葛亮的話後，霍篤便道：「大人，既然陳武跑了，那我們是不是可以撤回來了？」

諸葛亮道：「速去請李、樂兩位將軍回來，計畫有變。」

霍篤聽後，立刻應聲跑了出去。出去時，剛好撞上徐盛、丁奉、呂蒙三個人

從外面走進來，霍篤來不及打招呼，只簡單的拱拱手，便快速離開了。

「我等參見大人。」徐盛、丁奉、呂蒙進入大廳後，對諸葛亮參拜道。

諸葛亮見徐盛、丁奉、呂蒙來了，道：「三位將軍來得正好，我有件事想請教一下，彭澤縣的湖口鎮是個什麼樣的地方？」

呂蒙答道：「湖口鎮是鄱陽湖入長江的交匯處，因而得名湖口，乃是吳大都督周公瑾所起的地名。前幾年，皇上要求吳國將彭蠡澤改稱為鄱陽湖，大都督得因於此，所以定名為湖口。雖然是一個小鎮，但是此地東南群山環抱，西北江湖環繞，中部小丘壟埂起伏，加上又是鄱陽湖東入長江的地方，所以地理位置十分險要。大都督曾上疏吳主，要求在此地建鎮。而且此地還有一處大山，名曰『石鐘山』，坐鎮鄱陽湖口，危崖高聳，形勢險要。總之此地是扼三江之門戶，當吳越之要衝，說是久後必然會成為兵家必爭之地。」

聽完呂蒙的回答，諸葛亮便知道為什麼陳武要去這裡了，看來是想在此建立一道防護網，然後阻止華夏國的軍隊繼續東進。

他對呂蒙流利的回答頗為欣賞，便道：「呂將軍，你在吳國現居何職？」

「慚愧，不過是個橫江將軍而已。」呂蒙嘆了一口氣，似乎在哀怨自己鬱鬱不得志。

徐盛、丁奉的心裡都很清楚，呂蒙當這個橫江將軍已經七年了，七年前他便被孫策破格提升為橫江將軍，七年中，比他從軍晚的丁奉比他的官職還要高一等，可他七年中依舊是橫江將軍。

徐盛也曾經旁敲側擊的對周瑜提過這件事，可惜周瑜卻認為橫江將軍這個職位很重要，由呂蒙出任他比誰都放心，所以一直沒有提升他的官職。

呂蒙、丁奉、徐盛都不是策瑜軍的成員，是後來從軍中選拔出來的年輕幹將，但是相比之下，職位卻遠遠比周泰、凌操、潘璋、蔣欽、董襲、陳武這些在策瑜軍裡當過將領的人要低出許多。雖然是周瑜時不時的會拿話鼓勵他們，可是周瑜卻不知道，他們需要的不是一句鼓勵的話，而是軍職的提升，只有官職提升了，他們才會覺得自我價值實現了。

諸葛亮從呂蒙的嘆氣中覺察出這微妙的變化，又看了看徐盛和丁奉，見兩人的臉上也有和呂蒙一樣的表情，心裡便有了主意，對徐盛、丁奉、呂蒙三人說道：

「我無權任命官職，但是皇上正在來的路上，不日即將駕臨江陵，屆時我會親自在皇上面前替諸位美言幾句。但是，皇上給我的敕命書還在，在皇上抵達江陵前，我有權對事情先斬後奏，現在……破虜將軍徐盛、討逆將軍丁奉、橫江將軍呂蒙，都給我仔細聽令。」

徐盛、丁奉、呂蒙三人帶著期待，紛紛抱拳道：「末將在！」

「我能保舉的軍職品級有限，所以只能是正四品的官，現在我保舉徐盛暫行左中郎將之職，丁奉暫行右中郎將之職，呂蒙暫行奮威將軍之職，在我們華夏國的軍職體系中，都是正四品的官，比你們原先的從四品破虜將軍、討逆將軍和正五品橫江將軍要高出一到兩個品級，只要你們肯替我華夏國拿下湖口，進而攻佔彭澤縣，我皇一向愛惜人才，必然不會吝嗇官職和爵位，對你們大家封賞的。」諸葛亮以官職激勵道。

徐盛、丁奉、呂蒙聽後，感受到一種前所未有的激勵，同時抱拳道：「大人請放心，我等必將竭盡全力，拿下彭澤縣。」

諸葛亮點點頭，卻擔心地說道：「我知道，讓你們這麼快對以往的同僚下手，有點太過殘忍了。我不知道你們是否真心投降我華夏國，但是如若你們抓住這個機會，便可以兵不血刃的將陳武一網成擒。」

徐盛、丁奉、呂蒙雖然和陳武等人共事多年，但是彼此間沒有什麼來往，而且他們這些策瑜軍的老將也時常會輕視他們這些年輕的小將，所以兩邊根本不對盤，因之三人異口同聲地道：「請大人放心，不抓到陳武，我等絕不會回來見大人。」

「不，如果出現什麼意外，不一定非要抓活的，有時候死的比活的更有用。」

諸葛亮的言下之意就是讓他們對陳武下殺手，這也是考驗他們是否真心歸順華夏國的時候。

徐盛三人想都沒想，便抱拳道：「領命。」

諸葛亮道：「嗯，去吧，率領你們的本部人馬，加一起也差不多是兩萬，剛好和陳武的部隊持平，我這裡還有一些迷藥，你們也一併帶上。雖然下迷藥的手法有點勝之不武，但是為了減少不必要的傷亡，未嘗不是一個好方法。」

徐盛、丁奉、呂蒙三人領命而出，隨即點齊兵馬，興高采烈的帶著本部人馬兩萬馬步軍出城去了。

這邊徐盛、丁奉、呂蒙剛走，諸葛亮站在城上目送了一會兒，那邊李典、樂進、霍篤的兵馬便撤了回來。

部隊剛到門口，諸葛亮下城去迎接，很有禮貌地對李典、樂進說道：「我已經派遣徐盛、丁奉、呂蒙去攻打彭澤縣了，陳武的兩萬部隊大致是逃向彭澤縣的湖口鎮，那裡是個險要之地，不能落在吳國人的手裡。我對徐盛、丁奉、呂蒙並不怎麼放心，害怕他們會出問題，想有請二位將軍帶領三萬兵馬跟在他們的後面，一來督促他們作戰，二來萬一他們有異動的話，就予以格殺。」

李典、樂進不禁想起自己當降將的時候，那種不被人信任的日子可真難熬啊，如果他們此去能夠證明徐盛、丁奉、呂蒙都是真心的，對他們來說，未必不是一件好事。

於是，兩人想都沒想，便爽朗地答應了下來，帶著兵馬，便向東而去，緊緊跟隨在徐盛、丁奉、呂蒙的後面。

這邊大軍走了以後，諸葛亮便和霍篤回城，剛走沒有幾步路，便見到城裡一個人跑了出來，對諸葛亮道：「大人，皇上手諭。」

諸葛亮急忙接過來，打開看後，對霍篤道：「霍將軍，皇上改了行程，沒去江陵，而是直接到了西陵，並且點名要周瑜和郡主，護送周瑜和郡主一家的事，只能交給你了。」

霍篤抱拳道：「榮幸之至。」

於是，諸葛亮讓霍篤準備車輛、船隻，他自己則徑直去了大都督府。

此時的周瑜還在床上昏睡著，歐陽茵櫻一直在床邊細心伺候著，生怕周瑜醒來了口渴。

她的心裡，將諸葛亮罵了千遍萬遍，竟然用這種手段對付她心愛的周郎。尤其是她獲悉諸葛亮對魯肅的做法本來是要用在周瑜身上的，對諸葛亮便更加的痛恨。

「夫人，諸葛大人來了，說是有要事求見。」老胡在門外敲了敲房門，說道。

「不見！」歐陽茵櫻正在氣頭上，沒好氣地道。

「大人，你看……」老胡在門外說道。

「無妨，我來喊門。」

諸葛亮的聲音在門外響起：「啟稟郡主，下官是受了皇命，皇上已經抵達西陵，要下官派人將郡主和郡馬一併送到西陵城……」

不等諸葛亮說完，歐陽茵櫻便打開了房門，怒視著諸葛亮道：「諸葛大人，你自求多福吧，到了皇上面前，我會不斷說你壞話的……」

「呵呵，那我可就有麻煩了。不過在這之前，敢問一句，郡主什麼時候啟程？」諸葛亮根本沒把歐陽茵櫻的話當回事。

「越快越好，就是現在，早點離開這個可以看到你的地方，我就早一天輕鬆。」

「郡主請稍等，我去安排一下，一會兒便可以送郡主和郡馬去西陵。」諸葛亮畢恭畢敬地道。

在諸葛亮的安排下，準備了一輛馬車，下令將周瑜、歐陽茵櫻一家三口全部送到西陵去，並且讓霍篤帶領一百人親自護送。

這邊霍篤離開後，諸葛亮如釋重負，開始整頓潯陽政務，將潯陽城裡的官員全部叫到了大都督府裡，恩威並用，使得這些官員全部信服。

歐陽茵櫻坐在馬車上，懷中抱著剛滿八歲的兒子，看著依然昏睡的周瑜，心裡是一陣悵然。

忽然，周瑜的手指動了動，緊接著眼睛睜開了，看到自己躺在一輛馬車上，身邊坐著夫人和孩子，便動了一下嘴脣，問道：「這裡是什麼地方？」

歐陽茵櫻見周瑜醒了過來，很是高興，兒子周淳更是興奮地想喊叫父親，歐陽茵櫻急忙用手捂住周淳的小嘴，然後小聲地對周瑜和周淳道：「外面有華夏軍，不要大聲說話。」

周瑜看到歐陽茵櫻緊張的樣子便明白了，他微微坐起身子，只覺得頭還昏沉沉的。他清楚的記得，自己喝下那有問題的酒之後便不醒人事了，此時他明白自己已經淪為一名階下囚了。

「告訴我，這一切到底是怎麼發生的。」周瑜握住歐陽茵櫻的手，小聲問道。

於是，歐陽茵櫻將事情原委告訴周瑜，當然，她不會告訴周瑜自己是高飛派來一直潛伏在他身邊的間諜。

馬車繼續顛簸著，霍篤帶著百名騎兵護送著馬車，卻不知道馬車裡面所發生的事情，一切都是那樣的正常，誰也不會留意到一個沉睡將近兩天的人已經醒了過來。

馬車內，周瑜聽完歐陽茵櫻所講的事情後，整個人氣得發抖，心中暗道：「我真是太大意了，一直以為華夏國不會公然撕毀盟約，所以才有恃無恐。誰知道高飛竟然早就有了滅吳的打算，而且還是不宣而戰，這種人，應該受到天下人的唾棄。還有，我太低估諸葛亮了，一切的一切，都是我的錯……」

歐陽茵櫻看到周瑜痛苦的樣子，忍不住問道：「你……在想什麼？」

周瑜回到現實中來，看著歐陽茵櫻和兒子周淳，雙手緊握住歐陽茵櫻的手，道：「夫人，你是高飛的義妹，是華夏國的郡主，如今高飛讓人把我們全家送到西陵，一定是想奚落我，想在我的面前展示他有多麼的偉岸，我心有不甘，不甘心就這樣被諸葛小兒如此的戲弄，我想……」

歐陽茵櫻伸出另外一隻手堵住周瑜的嘴巴，衝周瑜搖搖頭道：「你不要說了，我明白你的想法。可是華夏國實在是太強大了，吳國根本不是華夏國的對手，你又何苦這麼執著呢？皇上是一個極為愛惜人才的人，很早很早以前，我還在遼東的時候，他就跟我說起過你，那個時候，孫氏還沒有崛起，你也還沒有成名，我不知道他是怎麼知道你的，但是**我曉得他一心想得到你，不惜一切代價**，甚至……」

她說到這裡，聲音不禁哽塞，她很想告訴他，高飛為了得到他，甚至不惜故意撮合她和他，還讓她在他的身邊當間諜，刺探吳國的機要情報。

可是，她怕說出來之後，和周瑜之間多年的情分就會因此煙消雲散了，她不敢，也不能說出這個事實，如果告訴周瑜，他絕對不會原諒自己的。

「甚至不惜將自己的義妹不遠千里的送到吳國來，為的就是要嫁給我做妻子，並且在我身邊刺探吳國的機要情報，對嗎？」

周瑜見歐陽茵櫻沒有再往下說，幫歐陽茵櫻說了出來。

此話一出，歐陽茵櫻頓時驚慌失措，心裡一陣冰涼，驚訝地道：「你……你全知道了？」

周瑜輕輕地點了點頭，非但沒有生氣，反而眼神中帶著一股柔情，這含情脈脈的眼神，足以使得歐陽茵櫻的心理底線完全崩潰。

他緊握著歐陽茵櫻的手，見歐陽茵櫻目光閃躲，臉上更是浮現了一絲羞愧，便和聲細語地說道：「我不是一個傻子，多年來和我同床共枕的愛妻是什麼樣的人，難道我還不清楚嗎？你也有你的苦衷，只是高飛在政治手段上的一個棋子而已，我不會責怪你的，再說，你是那麼的深愛著我……」

雲霎時間，歐陽茵櫻的眼淚從眼眶中滾滾落下，順著臉頰滴落到了地上，並且將自己的兒子周淳也緊緊地抱住。

多年來心裡隱藏的秘密，今日終於得以說出來了，她如釋重負，整個人十分的輕鬆，在國與家之間，她選擇了家，為了自己愛的人不惜違背之前答應高飛的事。雖然她不清楚周瑜是什麼時候知道的，但是周瑜並未責怪她，這是讓她最為欣慰的一件事。

周瑜將哭泣的妻子緊緊地抱住，另外一隻手環抱住周淳，周淳一向懂事，一言不發，只是默默地注視著自己的父親和母親。

「茵櫻，你知道我的心思，我與陛下是生死之交，比親兄弟還親，他的國家受到摧殘，我又怎麼能坐視不理？宋王現在當政，宋王是陛下的親弟弟，孫氏待我恩重如山，陛下更是將半數兵馬委任給我，我……」

「你別說了，我都懂，我也明白。你說吧，要我怎麼幫你逃出去？」歐陽茵櫻打住周瑜的話，急忙說道。

周瑜於是詢問了一下外面的情況，知道快要到江岸了，便和歐陽茵櫻商量著

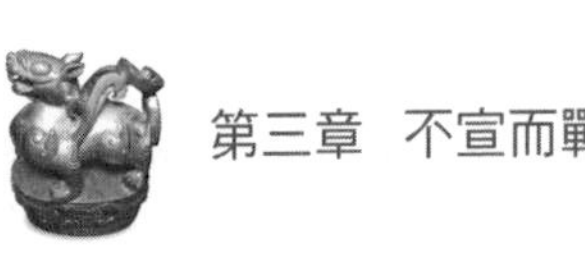

如何逃走。

霍篤騎著馬，走在最前面，抵達江岸後，弟弟霍峻已經準備好船隻，兩兄弟見面時也不寒暄，霍峻直接讓人讓開一條路，讓霍篤等人上船。

這是一艘不算太大的船隻，可以容納百餘人沒有問題，霍篤翻身下馬，來到馬車旁邊，畢恭畢敬地道：「郡主，已經到岸邊，要登船了。」

「老胡，直接將馬車趕到船上。」歐陽茵櫻沒有理會霍篤，而是對趕車的老胡說道。

老胡「諾」了聲，趕著馬車上船，霍篤也帶著人上了船，由於船隻的載重量有限，便將馬匹擱在江岸，準備到北岸的時候再換乘馬匹。

今天烈陽高照，霍篤等人一路護送辛苦，人也有些乏了。

霍篤擔心周瑜醒過來，便以吃午飯為藉口，試探歐陽茵櫻道：「郡主，午時到了，請郡主、郡馬一起下來吃點東西吧。」

歐陽茵櫻帶著周淳下了馬車，霍篤透過縫隙朝馬車裡看了一眼，見周瑜依然昏睡著，心中便稍微放心了些。

「別看了，郡馬還沒醒，有你們這麼多將士在，即使醒來，還能從你們手中逃走嗎？」歐陽茵櫻見霍篤的眼睛盯著馬車裡的周瑜，譏諷地說道。

「末將不敢，末將只是擔心郡馬而已，並沒有郡主所說的那種想法。」霍篤見歐陽茵櫻識破了自己的心思，急忙否認道。

「有沒有你心裡清楚，你們這一百人甲士，個個身材魁梧，諸葛亮說是讓你們護送，實則是害怕郡馬醒來後逃走，對嗎？」

「不不不，諸葛大人絕無此意，而是皇上召見，諸葛大人才吩咐我們保護郡主一行的，外面兵荒馬亂的，讓人很是擔心啊。」霍篤改口道。

歐陽茵櫻冷哼一聲，然後轉身對周淳道：「淳兒，我們去吃飯。」

周淳從歐陽茵櫻身邊跑開，頑皮地喊道：「母親，你來抓我啊，抓到我我就去吃飯。」

「你這孩子，我才懶得跟你玩呢，你愛吃不吃。」歐陽茵櫻撂下一句話，便進了船艙。

周淳撒氣道：「母親不跟我玩，我找別人玩……」說著，周淳便將目光盯在霍篤的身上，然後直接竄到霍篤的身邊，小手一伸，便將霍篤身上佩戴的鋼刀給拔了出來，也不知道他哪裡來的那麼大力氣，拎著重達十幾斤的鋼刀便跑開了。

霍篤大吃一驚，自己對周淳這個孩子一點防備也沒有，他突然衝過來的時

候，他也沒在意，此時鋼刀被抽走，頓時覺得很是震驚。

他急忙對周淳喊道：「小公子，你快把刀放下，那很危險的……」

「不，我就不，你抓到我我就放下。」周淳的調皮勁一上來，誰也擋不住，拎著鋼刀便朝船的另外一邊跑了出去。

霍篤一來怕傷到了周淳，二來想要回自己的鋼刀，急忙對部下道：「還愣在那裡幹什麼，快去抓住小公子，把我的刀給奪回來。」

話音一落，分散在船首的十幾個甲士便全部跟霍篤一起去追逐周淳去了，此時船隻也由岸邊駛向了江中。

只是，誰都沒有注意到，周瑜的身影從馬車中跳了出來，然後以迅雷不及掩耳之勢縱身跳入江中，一入江中，整個人便如同得到水的魚兒一樣，很快便游走了。

霍篤和一群甲士將周淳圍在船尾，周淳已經沒有了退路，霍篤便道：「小公子，快把刀給我，那玩意很危險的，不是你能玩的。如果你把刀給我，我就陪你玩躲貓貓，怎麼樣？」

周淳稍微沉思了一下，抬起頭後，便看見自己的母親歐陽茵櫻站在眾人的後面衝他點點頭，便道：「好吧，不過，我現在餓了，要先吃飯。」

說完，周淳便將手中的鋼刀丟在甲板上，然後歡天喜地的跑開了。

霍篤將鋼刀入鞘，扭過頭看了眼周淳的背影，心中突然有一絲不好的預感，於是跑到船頭，急忙掀開馬車的捲簾，卻看見歐陽茵櫻在馬車裡香肩微露。

他一臉的驚訝，還沒有反應過來，歐陽茵櫻便大聲地叫了出來。

「啊……」

女高音犀利的叫聲響徹整個船隻，引得後面的將士紛紛來到船頭。

霍篤更是被這聲尖叫弄的像是丟了魂魄，急忙放下捲簾，向後退了幾步，然後解釋道：「末將該死，末將該死，末將不是故意的，末將只不過是想看看郡馬在不在，末將……」

歐陽茵櫻在馬車裡坐著，厲聲喊道：「你是該死，現在就請自盡謝罪吧。」

霍篤頓時怔住了，不知道該怎麼辦才好，他只是這樣客氣的說說，並沒有想真的自殺，哪知道對方卻真的要求自己自盡。

這時，歐陽茵櫻從馬車裡走了出來，霍篤偷偷望了一眼，裡面確實還躺著一個人，被一張薄薄的毯子蓋著，他見周瑜還在，便鬆了一口氣。

「怎麼？你是捨不得死嗎？你犯下這萬惡的行為，以為你還能活得了嗎？就算我不殺你，此事若是傳到皇上的耳朵裡，皇上又怎麼會饒過你？」歐陽茵櫻步步相逼道。

霍篤背脊上冷汗直流，他深知冒犯郡主的後果，但是他是無心的，就這樣死，實在是太不值了。

霍篤澄清道：「末將並不是怕死，而是末將有公務在身，必須要安全的將郡主和郡馬送到西陵，到那時，末將再自刎而死。」

其餘的甲士見了，也跪在地上，替霍篤求情道：「請郡主息怒，霍將軍也是無心之失！」

歐陽茵櫻本來就沒打算逼死霍篤，只不過一船人只有霍篤比較精明，她擔心霍篤再找麻煩，所以先給霍篤一個下馬威，讓霍篤不敢再靠近馬車。

她見這麼多人為霍篤求情，正好給自己鋪了一個臺階，便順著話風道：「今天這件事，我相信霍將軍是無心之失，所以不打算再追究了。可是從現在起，你不得靠近馬車一步，我可能隨時要在馬車上換衣服。」

霍篤因為理虧，也不敢再說一個不字，便抱拳道：「是。」

於是，歐陽茵櫻又回到了馬車上，對駕車的老胡說道：「你去陪公子吃飯。」

「是，夫人。」

「夫君，我這樣做，也不知道是對還是錯，但是請你一定要記住，無論如何都不能丟下我們母子……」

歐陽茵櫻心裡一陣惆悵，**她不知道即將面臨的是什麼情況，昔年的義兄，當今的皇上，要是知道是她故意放走了周瑜，又會怎麼樣對她……**

潯陽江裡，周瑜拼力才游到岸邊，此時華夏軍控制了潯陽，潯陽江兩岸往來的巡邏船隻也相對少了，周瑜這才得以上岸。

他整個人濕漉漉的趴在岸邊的草叢裡，大口大口的喘著氣，心中尋思著該怎麼樣離開這鬼地方。

吳都建鄴。

平南侯呂範從洛陽被人原路送回，抵達江都府時，甘寧特地將呂範送過江，然後呂範便從曲阿一路返回建鄴。

可是，他連城都沒有進，而是直接奔赴孫策所在的翰林院。

翰林院的囚牢裡，孫策靜靜地坐在那裡，估算著呂範已經走了十多天了，為什麼還沒有一點消息。

義子孫韶看見孫策滿面愁容的樣子，便主動勸道：「陛下，您儘管放心，平南侯此去必然不會辜負陛下的。」

孫策搖搖頭道：「如今我們與華夏國是此一時彼一時，如果能夠保全東吳的話，我願意做出犧牲。只是，不知道華夏國那邊會不會同意我所提出來的建議。」

正說話間，有人進來報道：「啟稟陛下，平南侯回來了，正在翰林院外。」

「快讓他進來。」孫策站了起來，滿面春風地走出了牢籠。

不多時，平南侯呂範便走了過來，見到孫策蓬頭垢面的樣子，頓時潸然淚下。三年了，呂範三年來從未見過孫策，自從三年前宋王攝政後，外面都傳言孫策為武器而癡迷，整日在翰林院裡研究新的武器。可是外面的人卻不知道，所謂的翰林院，其實是關押孫策的囚牢。

「陛下……臣……臣對不起陛下啊……」

呂範見到孫策，心情十分的複雜，他們是昔年的好友，呂範又娶了孫堅的外甥女，所以兩個人之間還有姻親關係，跟朱治、吳景都是孫氏的重臣。

孫策扶起呂範，道：「沒什麼好傷心的，我大致已經猜到了，只是沒想到這件事會來得那麼快。」

「陛下，是臣不好……」

於是，呂範便將自己在洛陽的遭遇說給孫策聽。

孫策聽後，冷笑一聲道：「死無對證，他誣陷我的手段實在是高明，這樣一來，他就可以有充分的理由來進攻我吳國了……」

「陛下，臣在回來的路上，注意到一些細微的地方，華夏國的兵力調動十分的頻繁，我猜測，這是華夏國在向我吳國增兵了……」

說著，呂範掏出一份國書，遞給孫策，道：「這是高飛給陛下的國書，請陛下過目。」

孫策接過那封國書，拆開後，便見三個赫然的朱紅大字映入眼簾，竟然是「宣戰書」。

他匆匆流覽一遍，書中所寫，都是華夏國在責備吳國，然後便是勸降的字眼，上面讓孫策無條件投降，投降後，可繼續擔任吳侯，但是吳國的一切都要納入華夏國的管轄範圍，只給孫策一個府作為食邑。

「哈哈哈……我真是太天真了，**我就像是一隻羊跪在一頭凶殘的狼面前求牠不要吃我一樣**，哈哈哈哈……」

孫策突然哈哈大笑起來，兩年多來一直想不通的問題在看完這封國書後，頓

時豁然開朗，徹底想通了。**他不會再委曲求全，不會按照孫堅的遺命來做，他會帶著吳國的將士誓死抵抗華夏國的大軍。**

孫韶、呂範見孫策突然大笑，都不明所以，但是誰都沒有說話，只是靜靜地等著。

「備馬，讓所有的守軍全部跟我走，回京。」孫策邊走，邊對孫韶道。

孫韶聽了，立刻按照孫策的話去辦。呂範則緊緊地跟在孫策的身後，彷彿從孫策的背影中又看到了昔日的令人聞風喪膽的小霸王。

建鄴城的皇宮裡，收到華夏國宣戰書後，整個大殿上都鼎沸了。

宣戰書是今天早上送來的，書中揚言華夏國將動用百萬雄師進行統一戰爭，如果吳國願意投降，可以考慮文武百官以及孫氏一脈在華夏國為官，並且還會受到重用。

所有文武大臣立刻在這個問題上分成了兩派，以丞相張昭為首的文官大多贊同投降，因為華夏國有百萬雄師在枕戈待旦，對這些人來說，百萬雄師意味著，那是一個龐大的數字，有些人甚至想都沒有想過這個問題。

但是，以為太尉程普為首的武將卻主張死戰到底，並且陳說利害關係，誓死不降。

孫權坐在大殿上，聽到文武兩邊吵得喋喋不休，不可開交，他的頭都大了。周瑜前次來了一趟，目的就是先打一針預防針。可是面對華夏國百萬雄師的壓力，孫權又有些猶豫了，如果不投降，那麼受苦受難的將是江南百姓，到時候百姓流離失所，經濟上剛剛有些起色的江南便會化為一片廢墟，還有可能對江南造成很大的後果。

「夠了！」孫權實在聽不下去了，大聲喊了出來，整個人也從大殿上的座椅上站了起來。

他的座位就在龍椅的邊上，因為沒有正式登基，所以不能坐，否則就是僭越。大殿內因為孫權的這聲吶喊，頓時安靜下來，鴉雀無聲。

孫權掃視過文武大臣每一張熟悉的面孔，緩緩地道：「是戰是降，現在還言之過早，待本王寫信問過公瑾之後，再行定奪。」

就在這時，一個急報傳來，報信的人由於太過驚慌，當即在大殿上朗聲道：「啟稟大王，剛剛接到最新戰報，昨夜華夏軍對潯陽、柴桑兩地發動了突襲，大都督留在那裡的十萬大軍，除了左將軍陳武的兩萬大軍退到湖口外，其餘全軍覆沒，被俘的被俘，陣亡的陣亡……」

孫權聽後，嚇得腿都軟了，癱坐在椅子上，問道：「那周瑜呢？」

「周大都督……周大都督也被擒了……」

孫權的心彷彿一下子從天堂跌入了地獄，剛剛找到依靠的他，此時又失去了依靠，這該讓他如何是好？

張昭見孫權一臉的沮喪，急忙道：「大王，連周大都督都被俘虜了，恐怕吳國已經再也無人是華夏國的對手了，華夏國人才濟濟，文臣個個智謀超群，武將個個有萬夫不當之勇，我東吳人才凋零，軍隊還不夠華夏國的一個零頭，這仗實在是沒法打了。而且如果戰端一開，那就是生靈塗炭啊，到時候吳國境內的百姓都將流離失所，臣斗膽懇請大王獻上降書，向華夏國稱臣，如此一來，便可免去戰端，造福百姓啊。」

其他與張昭一樣心思的文臣紛紛附和道：「是啊，丞相大人所憂慮的極是，我等懇請大王獻上降書，造福百姓。」

「懦夫！你們一個個的都是懦夫，虧你們在吳國還享受高官厚祿，拿著吳國的俸祿，卻幫別人當說客。你們這種賣主求榮的行徑，實在是該殺！」韓當氣得差點沒吐出血來，指著張昭的鼻子厲聲說道。

黃蓋對孫權道：「大王，末將不才，願意率軍抵禦華夏軍，就算戰死沙場，末將也在所不辭。」

程普、祖茂齊聲道：「保家衛國，男兒本色，我等願意誓死保衛吳國，雖死無憾。」

凌統、朱桓也道：「大王，我軍尚有餘力，未嘗不可和華夏國一戰，我等願意衝鋒陷陣，雖死猶榮。」

其餘的武將紛紛表態道：「我等皆願誓死保衛吳國，請大王成全。」

未等孫權發話，張昭便譏諷道：「你們這些莽夫，不過是一時衝動而已，連周大都督都不是對手，你們就算去了，也是白白送死。吳國人口本來就少，你們還硬要帶著人去送死，到時候害得人家妻離子散，難道你們這樣就覺得好受嗎？你們以卵擊石，不自量力，這是愚蠢的做法，你們口口聲聲說保家衛國，你們帶著人去送死，把將士們的家都給拆散了，使得國家滿目瘡痍，一片荒蕪，百姓流離失所，這難道就是你們你們想要的結果嗎？只有投降，才是唯一的出路……」

「你個老匹夫給我嘴上狗嘴！」

忽然，一個巨大的聲音從大殿的外面傳了進來，聲音震耳欲聾，響徹整個大殿。

張昭不明所以，以他身居丞相高位，一人之下，萬人之上，誰敢如此罵他，這簡直是對他的一種羞辱。於是張昭隨口喊道：「哪個不要命的竟然敢這樣說老夫？」

「轟！」

一個魁梧健碩的身影出現在大殿的門口，那人手持一桿黃金長槍，頭戴金盔，身披金甲，腰中繫著一條金色絲帶，腳上穿著一雙龍騰戰靴，目光犀利，一派威風凜凜，正是吳國的皇帝孫策。

而那聲巨響，竟是他用長槍的柄端杵在大殿的漢白玉石磚造成的，由於用力過猛，漢白玉石磚碎裂開來，黃金槍筆直的矗立在那裡，傲然不動。

「陛……陛下……」

張昭回過頭，看到在陽光下全身泛著閃閃金光的孫策，驚訝不已，同時腿也開始發抖，顫巍巍的站不穩，他只覺得孫策的目光中帶著極大的殺氣，凌厲的眼神望得他都沒臉抬頭，不敢直視。

終於，張昭「撲通」一聲，雙膝跪在地上，整個人俯首在地，不敢多說一句話，腦門上的汗珠不斷地滾落下來。

孫策的突然出現，讓孫權以及在場的所有文武大臣都感到極為震驚，眾人立即跪在地上，俯首稱臣，齊聲高呼道：

「臣等叩見陛下，萬歲萬歲萬萬歲！」

「臣……臣……臣……」

孫策每向前走一步，便發出十分響亮的腳步聲，他身上的盔甲全部是黃金打造的，沉重非常，足有三四十斤，所以每走一步，都要有更大的力氣作為支撐。

當腳步停在張昭的面前時，張昭全身瑟瑟發抖，更不敢抬起頭來，對孫策十分的畏懼。

突然，孫策伸出手抓住張昭後背的衣衫，向上一提，輕而易舉的將張昭給提了起來，舉過頭頂後，他終於看到張昭那張驚恐的臉。

張昭滿臉通紅，被孫策的大手一把抓了起來，急忙說道：「陛下，剛才臣……臣不是有意的，臣不知道是陛下……」

孫策一言不發，眼睛直勾勾地盯著張昭，看得張昭心裡一陣發慌。

良久之後，他終於蠕動了一下嘴唇，道：「老東西，三年前朕瘋掉的時候，可是你主張要將朕關在那個地方的？」

「這……這是太后的意思，與老臣無關啊，老臣只是提了一個建議……」張昭趕忙撇清責任道。

孫策冷笑一聲，然後手掌一鬆，張昭整個人便掉在了地上，在著地的那一剎那，張昭的幾根腿骨都摔斷了，這把老骨頭看來真的在孫策的手中散架了，疼得他哇哇亂叫，卻不敢有半點怨言。

孫策徑直走上皇帝寶座，一屁股坐了下來，然後對群臣說道：「眾位愛卿，都請平身吧！」

眾人紛紛站起，只有張昭在那裡趴著，哀嚎聲不斷。

「老東西，把你的那張臭嘴閉上！」孫策聽張昭在那裡不斷的哀嚎，很是反感，怒斥道。

張昭咬緊牙關，不敢再出聲，大殿內霎時安靜下來。

這時，孫韶帶著一大隊人衝上大殿，盡皆是披甲的武士，手中還帶著兵刃，然後分成兩排，站在文武大臣的後面。文武大臣不知道這是什麼意思，卻不敢多言，因為張昭的下場歷歷在目。

緊接著，蒼梧王孫翊、南海王孫河、平南侯呂範、龍編侯朱治、尚書令顧雍、駙馬都尉陸遜、諫議大夫闞澤從外面一一走進大殿，異口同聲地向孫策跪拜道：「臣等叩見陛下。」

「卿等平身。」孫策見到這些人，臉上便去了一絲憂愁。

於是，孫翊、孫河、呂範、朱治、顧雍、陸遜、闞澤等人分文武而立，按照官職大小，各自在隊列中排開。

孫翊、孫河走到孫權身邊，和孫權並肩站著，呂範、朱治則緊挨著他們，顧雍則站在和張昭相隔兩個人的位置，陸遜和闞澤則站在第二排的文官之列中。

孫策環視一圈，然後緩緩地道：「剛才你們在大殿上的爭執，朕都聽得一清二楚，投降也好，死戰也罷，都是為了我吳國著想，朕不怪罪你們，但是從今以後，免去烏傷侯張昭的丞相職位，貶為庶民，在朕有生之年，不得再次錄用。」

張昭聞言，可憐巴巴的看著孫策，忍著痛道：「陛下，這是為什麼？老臣這樣做，也都是為了吳國啊，陛下……」

「你身為當朝丞相，竟然公然唆使宋王投降，對以太尉為首的武將的建議大加抨擊，豈是一國丞相所應該做的？你對我孫氏的功績，我孫氏會永遠銘記心中，從今以後，你就安心的回你的封地養老去吧。來人啊，送烏傷侯去太醫院治傷，然後派人送他回家，限三日內離京。」孫策道。

在場的文武大臣沒有一個人敢冒風險為張昭求情，自從吳國建立，張昭便是丞相，侍奉孫堅、孫策兩代，對吳國在內政上的治理確實是功不可沒，可惜的是他為人乖張，一旦面臨戰爭，便消極避戰，還對年輕才俊不時打壓。

這一點，孫策早有體會，當年孫堅用周瑜去平定山越時，第一個站出來阻止的就是張昭。如今大敵當前，他公然唆使攝政的宋王投降，對於孫策來說，只這一條，便是滔天大罪，沒有將他斬殺，已經是夠仁慈了。

張昭心中窩著火，被孫韶帶人抬走，大殿內的氣氛慢慢變得不再那麼緊張了。

孫策隨即宣布道：「從今天起，丞相一職，由尚書令顧元嘆擔任。」

顧雍急忙出班道：「臣必當竭盡所能，做好丞相一職。」

孫策點點頭，隨後擺擺手，示意顧雍回班位，接著說道：「大都督的事，朕都聽說了……不管怎麼樣，請大家寬心，只要朕在一天，吳國就會在一天，華夏國就永遠不會兵臨城下！蒼梧王孫翊、南海王孫河、平南侯呂範、龍編侯朱治、駙馬都尉陸遜、建議大夫闞澤上前聽封。」

孫翊、孫河、呂範、朱治、陸遜、闞澤六個人走上前去，齊聲道：「臣等跪聽聖旨！」

孫策道：「從今天起，駙馬都尉陸遜接任大都督一職，孫翊為左驃騎將軍，孫河為右驃騎將軍，呂範為左車騎將軍，朱治為右車騎將軍，闞澤為尚書令。」

「謝陛下隆恩。」孫翊、孫河、呂範、朱治、陸遜、闞澤六個人拜謝道。

「從今天起，誰再敢提及投降二字，立斬不赦。」孫策封完官後，朗聲說道。

第四章

取勝關鍵

甘小寧、郭淮、張雄、臧艾聽後，道：「大元帥，馬將軍和祖茂明明是勝負未分，怎麼大元帥說下一個回合馬將軍就會勝出？」

高麟笑道：「很明顯，前三個回合馬岱是在試探敵人的實力，第四個回合才是取勝的關鍵。」

吳國的皇宮大殿上，群臣莫敢不從，孫策的歸來，讓他們都感到了一絲的壓力。那些主張投降的文官在看到張昭的下場後，便一言不發，對他們的皇帝皆是心存畏懼。

此時孫權的心裡也不是滋味，當皇帝的哥哥突然回來，他這個攝政的宋王就沒有再處理朝政的必要性了，而且，他不像自己的哥哥孫策，他的意志不夠堅定，如果當時不是孫策及時從殿外進來，只怕他已經聽從張昭的建議，開始寫投降國書了。

程普、黃蓋、韓當、祖茂等武官見到孫策歸來後，心裡是極大的欣慰，個個都摩拳擦掌，對於他們來說，孫策就是他們的主心骨，可以沒有周瑜，可以沒有水軍，但是只要有孫策在，他們就甘願去拋頭顱灑熱血，為了保護這個國家而犧牲。

不過，這些都不算什麼，最讓群臣感到驚訝的是，駙馬都尉陸遜竟然一躍成為了大都督，不少大臣的心裡都很質疑這件事。

孫策環視一圈，看出群臣的擔心，便道：「卿等還有何顧慮，不如現在說出來。」

「臣有疑慮。」太尉程普第一個站了出來。

孫策道：「講。」

「大都督一職，關係重大，陸伯言年紀輕輕，又是一個儒生，從未參加過戰鬥，豈可如此草率的讓一個儒生擔此重任？」

程普是幽州人，北方人性子向來直爽，所以說話從不假思索，認為錯的就是錯的，黑白分明，言語中也難免會沒有顧忌。

話音剛剛落下，韓當便站了出來，附和道：「陛下，由駙馬都尉出任大都督一職，末將也不敢苟同，請陛下三思而行。」

孫策反問道：「那麼以兩位愛卿的意思，滿朝文武當中，誰可繼任大都督之職？」

程普、韓當都是武人出身，衝鋒陷陣還行，論起指揮大軍的本領，便有些強人所難了。所以兩人面面相覷一番，最後斜視一眼黃蓋，異口同聲地道：

「衛將軍黃蓋，忠君愛國，文武雙全，又是軍中宿將，當年曾經跟隨先王出生入死，征戰沙場多年，我等以為，黃將軍可擔當大都督之職。」

此語一出，黃蓋頓時吃了一驚，他非常有自知之明，吳國不設大將軍，而以大都督為重，所以大都督就相當於是統領吳國全部兵馬的要職，對他來說，他自然不會以此當作兒戲。

於是，黃蓋當即站了出來，畢恭畢敬的跪在地上道：「陛下，臣別無長處，但是自知之明還是有的，大都督一職關係重大，臣不過是一介莽夫，居此衛將軍之職尚且還覺得有些膽戰心驚，怕自己做不來，又豈可能做大都督？」

程普、韓當聽到後，不禁用眼睛狠狠地剜了黃蓋一眼，他們本來的意思是想讓黃蓋當大都督，因為他們都是跟隨孫堅出生入死的人，早已默契非常，四個人中，不管是誰做大都督，他們都不會說什麼，但是如果換成一個乳臭未乾的陸遜，則令他們無法接受。

黃蓋見兩人臉上露出失望之色，小聲說道：「大都督之職豈能兒戲，你們選我，我可擔當不起……」

孫策聽後，笑道：「黃老將軍請起，你的心意朕明瞭。程太尉和韓將軍的想法，朕也大概明白，朕並不會無理取鬧，如今公瑾、子敬、幼平等人盡皆被俘，國中能夠繼任大都督一職的，只有陸伯言。伯言雖然年輕，但是他的才華並不亞於公瑾，相信可以率領我吳國大軍度過一劫。伯言。」

「臣在。」陸遜抱拳道。

「大都督一職非你莫屬，但是朕恐怕你壓不住軍中諸將，所以特地讓孫翊、孫河做你的副將，如果誰敢不從，便可以立刻斬殺，不必奏報。」孫策道。

陸遜道：「臣遵旨。」

有了孫策的這句話，群臣誰也不敢再持反對意見，雖然程普、韓當心有不甘，也只能乾瞪眼。

「程普、黃蓋、韓當、祖茂。」孫策又道。

程普、黃蓋、韓當、祖茂四個人立刻站了出來，抱拳道：「臣在。」

「如今國難當頭，朕正是用人之際，四位將軍曾經跟隨先父東征西討，南征北戰，立下赫赫功勳，又是我吳國的開國功臣，不知道四位將軍可否願意跟隨朕的左右，為朕所驅策，率領我吳國健兒身赴國難？」

程普、黃蓋、韓當、祖茂四個人的資歷算是整個吳國中最老的，這些年不打仗了，還真是有些了無生趣，今天聽到孫策要再次啟用他們，便心花怒放，當即抱拳道：「陛下不嫌棄我等年邁，我等又怎麼會捨棄陛下於不顧？陛下儘管吩咐，就算是牽馬墜鐙，我等也義不容辭。」

孫策笑道：「好！從今天起，程普為鎮東將軍、黃蓋為鎮西將軍、韓當為鎮南將軍、祖茂為鎮北將軍，跟隨朕一起出征討伐背信棄義的華夏國。」

「出兵討伐？陛下要出兵討伐……華夏國？」程普、黃蓋、韓當、祖茂頓時驚聲道，就連在場的大臣也是訝異不已。

孫策的臉色突然變得陰鬱起來，靜默片刻後，對眾大臣道：「**朕要化被動為主動，以優勢兵力攻擊華夏國的薄弱地方**，眾位愛卿聽旨。」

群臣紛紛跪地，聆聽孫策的話。

「程普、黃蓋、韓當、祖茂、呂範、朱治等人隨朕一起出征，選精銳士卒五萬，從九江郡發起進攻，攻略華夏國的豫州諸郡。朕走之後，宋王繼續攝政、監國，丞相顧雍輔政，穩定局勢。大都督陸遜率兵八萬即刻趕赴彭澤縣駐防，率眾抵禦華夏國的兵馬。尚書令闞澤對全國發起徵兵令，凡國中男子，滿十五歲，小於五十歲的，全部編入新軍，發放武器、戰甲分別由孫賁、凌統、朱桓、孫韶統領，在城中堅守，全部歸於宋王調度。」

孫權聽後，心中感激不盡，孫策非但沒有責怪自己，反而重新讓自己攝政。他走了出來，對孫策拜道：「陛下，臣弟……」

孫策徑直走下來，握住孫權的手，道：「仲謀，攻城掠地，征戰沙場，於萬軍之中取上將首級，你不如朕；但是若論到知人善任，保家安國，守備一方，朕不如你。朕走之後，汝等勿要掛念，朕此行若能成功，吳國目前所面臨的危險可就此解決，也可使得吳國轉危為安，並且還能使華夏國生靈塗炭；朕要是不成功，也必然能夠使得華夏國受到重創，但是不管朕在北國如何，你都不要派人去找朕。朕走之後，你即可登基稱帝，內事不決時，可與顧雍商量，外事不決，則可問陸遜，九江郡、廬江郡可盡皆棄之，以長江天險為主要防守點，和華夏國劃江而治。」

孫權和群臣聽後，都知道這是**孫策要做魚死網破的一番拼殺，這是白白的去送死啊，更是想將主戰場從吳國移到華夏國。**

「陛下……」孫權感動得稀裡嘩啦的，當即跪在地上，眼淚滾滾而下。

孫策一把將孫權給扶了起來，然後在孫權的肩膀上拍了拍，對孫權語重心長地道：「仲謀，你也不小了，也該長大了。朕把整個國家都交給了你，雖然說是臨危受命，但是卻是能磨練你意志的最好的時候，我孫氏一脈，以武起家，雖然不希望你像我一樣勇猛，但是那種膽氣卻是你一定要有的。」

說完之後，孫策便手拉著孫權的手，對群臣道：「從今天起，朕去帝位，將帝位禪讓給宋王，汝等都是我吳國重臣，當竭盡全力輔佐宋王。不到萬不得已之時，千萬不要行投降之策。卿等謹記。」

話音一落，孫策便鬆開了孫權的手，大踏步的向前走去，同時大聲喊道：「程普、黃蓋、韓當、祖茂、呂範、朱治，跟我來。」

孫權含淚高聲叫道：「恭送陛下！」

孫策頭也不回的走了，走到大殿門口時，順手將他的那桿黃金大槍給拔了起來，身後程普、黃蓋、韓當、祖茂、呂範、朱治緊緊跟隨著孫策而出。

大殿中，群臣盡皆跪在地上，恭送孫策離開。

孫策離開後，當即便讓程普、黃蓋去點齊兵馬，韓當、祖茂去武庫調集兵器，呂範、朱治則去國庫調集糧秣，各有各的職責要做。

忙完之後，已經是傍晚時分了，駐守在建鄴城裡的五萬大軍便浩浩蕩蕩的開出了城池，朝著北邊的長江口岸而去。

五萬大軍一經離開，建鄴城裡的兵營便顯得有些空蕩，孫權也按照孫策留下的遺命，在群臣的擁護下登基為帝。同時，吳國發布皇榜，號召國中的男子積極備戰，自願參加軍隊，並且發放武器和戰甲。

孫策騎在駿馬上，心中抱著必死的決心，暗暗地道：「高飛，**我和你之間的約定，不久後，便可以實現了。**」

江夏府，西陵城。

華夏國皇帝高飛的突然駕臨，讓整個西陵城裡的官員都興奮不已，這還是他們第一次見到當今的皇上。為此，縣衙的官員們便和城中首富商量，將首富的府邸騰出來做為皇帝的行轅。

首富知道要將自己的府邸作為皇帝的行轅，欣然接受。

西陵行轅內，高飛正在和文武官員探討如何將傷亡降到最低，忽然聽到外面有人來報，說是霍篤護送周瑜和歐陽茵櫻回來了。

他的臉上帶著愉悅，對群臣說道：「東吳失去了周瑜，就如同國家失去了一根支柱，看來平滅東吳，是指日可待的事了。」

荀攸道：「皇上，現在既然已經對吳國發動了戰爭，就應該趁熱打鐵，令其他三路大軍也一起進攻吳國，令吳國首尾不能相顧，才是上上之策。」

高飛聽後，點點頭道：「你說得極有道理，即刻給另外三支大軍發出命令，令他們在接到命令後便對吳國發起總攻。」

這邊說完後，高飛便站了起來，對眾人道：「今天就先到這裡吧，公達、子龍留下，其餘人各自備戰。」

於是眾人盡皆退下，高飛扭臉對趙雲道：「子龍，高麟的龍鱗軍是否已經就位？」

「大元帥已經率領龍鱗軍全部就位，隨時可以展開對吳國九江郡的攻擊。」趙雲答道。

「很好，立即給高麟下聖旨，讓他開始對吳國的九江郡展開進攻，務必要攻取吳國的重城壽春，只要拿下壽春城，吳國在長江以北的勢力就會被瓦解。」高飛吩咐道。

趙雲點點頭，便讓身邊的親兵傳令去了。

之後，高飛在大廳內踱來踱去，以一種極為複雜的心情等待著。

不多時，霍篤從外面走了進來，一進大廳便跪在地上，頭也不敢抬起來，道：「啟稟皇上，郡主回來了，可是周瑜他……」

「周瑜怎樣？」

高飛聽霍篤的話音裡似乎夾雜著難言之隱，忙道：「講，朕赦你無罪！」

「周瑜他消失了……」

「消失？什麼叫消失？活要見人，死要見屍，消失叫朕如何理解？」高飛怒道。

於是，霍篤便將周瑜如何消失的情形一一稟報給高飛聽。

高飛聽後，陰鬱著臉，眉頭也緊皺著，怒道：「該死！真是該死！」

「是是是，微臣罪該萬死，請皇上懲罰……」

霍篤也是後悔非常，當時自己中了歐陽茵櫻的計策，竟然讓周瑜逃脫了，如果那時他再去查看一下周瑜，也許還有挽救的機會，可是現在，一切都晚了，周瑜身在何方，成了一個謎團。

高飛對霍篤道：「你起來吧，去將郡主叫來，朕不會怪罪於你。」

霍篤心懷感激，立即領命而去。

「皇上，看來郡主已經完全倒向了周瑜，不然的話，也不會做出這樣的事情來。」荀攸道。

高飛沒有說話，只是臉色愈加的陰暗起來，走回到座位上，靜靜等著歐陽茵櫻的到來。

不多時，歐陽茵櫻隻身一人走進大廳，見大廳內只有高飛、荀攸、趙雲三個人，大廳內氣氛也有些異樣，當即知道自己將要面臨的事。

「參見皇上，萬萬歲。」歐陽茵櫻朝高飛拜道。

「小櫻，有一件事朕想問清楚，關於……」

「皇上不用問了，是我做的，皇上要責罰的話，就懲罰我吧，與旁人無關。」歐陽茵櫻直接打斷了高飛的話，一肩承擔道。

「我只想知道，**你為什麼要這樣做？你可知道你這樣做的後果嗎？**」高飛眼神中帶著哀怨。

「因為他是我的丈夫，是我孩子的父親，我必須這樣做。」

「必須這樣做？難道就可以背棄你的誓言嗎？」

「我不會背棄的，所以，我沒有和他一起逃走，而是主動讓他們把我帶回來，然後交給你處置，你想怎麼樣都行，要殺要剮都可以。」歐陽茵櫻面無懼色的說道。

「看來，你已經無可救藥了。」高飛輕嘆了口氣，將雙目閉上，心中是一陣惆悵。

大廳內頓時陷入一種壓抑的氣氛，足以使人窒息。

「來人啊！」高飛突然睜開了眼睛，衝大廳外的甲士喊道。

不等甲士有所行動，趙雲突然跪在高飛的面前，替歐陽茵櫻求情道：「皇上，臣斗膽懇請皇上三思而行，郡主不過是為了自己的丈夫著想，正所謂嫁出去的女兒，潑出去的水，覆水難收啊。郡主雖然不是皇上的女兒，但好歹也是皇上的義妹啊，當年在遼東、在平定袁紹的戰役中都有不俗的表現，請皇上法外開恩，刀下留人！」

趙雲又扭頭對歐陽茵櫻道：「你還不快點向皇上求情，皇上並不是一個無情的人，你趕緊跪下向皇上求情啊……」

「趙將軍，你不必為我說話，我做的事情，我願意一力承擔後果。」歐陽茵櫻不改初衷道。

「子龍。」高飛看著趙雲，問道：「你如果是朕，你會怎麼做？」

「子龍永遠都不是皇上，也不可能是皇上。子龍自從跟隨皇上以來，從未求過皇上什麼，但是今天，子龍願意為郡主向皇上求一次情，希望皇上能夠法外開恩……」

「皇上……」荀攸向前挪了一步，插嘴道。

高飛抬起手腕，示意荀攸不要說話。同時，將趙雲給扶了起來，然後對歐陽茵櫻道：「你走吧，一會兒會有人替你安排驛館的，從今天起，你就暫時住在西陵城，看我如何把你心愛的人給抓回來，或者……把他的屍體抬回來……」

歐陽茵櫻聽到最後幾個字時，整個人一陣虛脫，剛才還理直氣壯的站在那裡，現在不禁跪在地上，朝高飛叩頭道：「皇上，請你看在我們昔年的情分上，千萬不要殺公瑾，我求求你……」

「你竟然為了周瑜來向我求情？在我的印象中，**你是第一次為別人求情，到底周瑜有什麼魔力，可以把你變成這個樣子？**」高飛狐疑道。

「他有一顆真正愛我的心，這已經足夠了。」

「愛你？如果真的愛你，就不會把你和兒子撇下不管不問了！你醒醒吧，周瑜只是利用你幫他逃走。」

「就算這樣，我也心甘情願的被他利用。」歐陽茵櫻執拗地道，話裡充滿了對高飛的不滿以及對周瑜的愛意。

高飛不再說什麼，朝外面擺擺手，心冷道：「你走吧，會有人為你安排驛館的。」

歐陽茵櫻見事已至此，也不再爭取，掃視了一眼趙雲，感謝趙雲為自己求情，之後便頭也不回地轉身走了。

歐陽茵櫻走了之後，高飛背著手，對趙雲道：「子龍，連你也認為朕會殺害小櫻嗎？」

趙雲沒有說話，也沒有做出任何表態。

趙雲和歐陽茵櫻曾經一起去攻打過瓔陶城，兩人一見如故，趙雲對歐陽茵櫻照顧有加，將歐陽茵櫻視為自己的妹妹，歐陽茵櫻嫁去吳國之後，兩人也會互通信箋，彼此問候，可謂交情非淺。

「子龍，朕從一開始就沒想殺她，而是想問問原因而已，你卻……」高飛說到這裡，重重地嘆了口氣，然後道：「子龍，軍中事務太過繁雜，你就到後軍押運糧草吧。」

趙雲抱拳道：「是！」

趙雲沒有多說半句話，他心裡很清楚，因為這件事，高飛可能會對他的忠誠有所動搖。

看見趙雲離開，高飛對荀攸道：「公達，你剛才想說什麼？」

「沒什麼，臣什麼都沒想說。」

高飛道：「不會連你也認為我可能要殺小櫻，所以想出面求情吧？」

荀攸道：「臣只是為了皇上著想，別無其他的想法，更沒有注意到今天所發生的事情。」

高飛心想：「為什麼我會給他們帶來那麼大的壓力，難道是我錯了嗎？」

「皇上，諸葛亮這個計策用得漂亮，雖然讓陳武僥倖逃掉，但是整體來說，還是不錯的，就連虎牙大將軍也對諸葛亮讚不絕口。此役讓我華夏國輕而易舉的占領兩座重城，並且使東線的吳國水軍潰敗，算是一件大功，不知道皇上將如何賞賜？」荀攸見高飛若有所思的樣子，便想岔開話題，使大廳的氣氛不要如此緊張。

高飛聽後道：「那以他的功勞，可以封為什麼爵位？」

「諸葛亮此番大功一件，論功可以封為侯爵。」

「那就封他為蘄春侯吧，就這樣。」高飛說完，快快不樂地走出大廳。

對吳國發起總攻的命令已經下達到各個戰區了，高飛坐鎮西陵城遙控指揮，荀攸、郭嘉、田豐、蓋勳、司馬懿為參軍，並且調荀攸到江都，按照原先制定的計畫擔任甘寧的軍師，又讓司馬懿去江陵，擔任高麒的軍師，讓郭嘉去下邳，擔任高麟的軍師，他則以田豐、蓋勳為謀主，在西陵統一調度各路兵馬。

另外，高飛讓虎牙大將軍張遼為先鋒大將，諸葛亮為軍師，率領所部水陸大軍一路向東攻擊，他則率領田豐、蓋勳、趙雲、馬超、徐晃、張飛等人一起從西陵去潯陽，讓高麒率眾去協助第三集團軍的張郃攻擊荊南。

第三集團軍的大帥要攻略的地方甚多，荊南、和整個交州都要他那一集團軍來完成，那裡雖然是吳國的薄弱環節，但是南蠻、山越等少數民族也不少，所以任務很重。

當所有的命令全部下達之後，高飛便從西陵啟程，所有的消息也迅速地傳遞著。

聖旨傳到了駐守在汝南府的第二集團軍大帥虎烈大將軍黃忠那裡。

黃忠一接到聖旨，便立刻點齊兵馬，全身披掛之後，便對手下的人說道：「讓軍師和偏將軍前來見我。」

不多時，軍師龐統，偏將軍高鵬走了進來，看到黃忠一身盔甲，便明白這是要出征了。

黃忠見高鵬和龐統走來，立刻說道：「皇上聖諭，讓我們按照原計劃先攻擊廬江郡，四大集團軍裡，就我們這一路軍人數較少，不知道我軍當以何策才能迅速的攻取廬江？」

龐統道：「當兵分兩路，一路率軍攻取陽泉、安風、安豐、六安、蓼縣、博安等縣，另外一路則直接南下，直取廬江郡城舒城，然後再分兵數路，襲取臨湖、襄安、居巢、皖城，以目前我軍的士氣和戰鬥力，不消三日，便可占領廬江全境。」

黃忠聽後，點了點頭，說道：「軍師所言甚是……」他看了高鵬一眼，道：「侯爺是皇上親自封的偏將軍，又是當朝的三殿下，雖然歸我節制，但是我軍中無甚將才，所以我想請侯爺獨自率領一軍，和我分兵而進，我取廬江北部諸縣，侯爺便可率領精銳部眾直接南下，逕取舒城，不知道侯爺意下如何？」

高鵬很清楚，這是黃忠故意將功勞讓給他，按照龐統的意思，定然是黃忠先

行採取攻擊，如此一來，必然會引來廬江諸縣的各路援軍，這樣一來，他只需一支輕騎便可以襲取廬江郡城。

「大帥的命令，末將敢不遵從，請大帥給我一萬輕騎即可，我必然會拿下廬江南部的所有縣城。」高鵬當仁不讓，自信滿滿地說道。

黃忠聽後笑道：「嗯，很好。士元，你就跟隨在三殿下的身邊，早晚謀劃。」

龐統道：「遵命。」

三人商議已定，黃忠便分出一萬輕騎給高鵬，自己率領馬步四萬先行出陣，攻擊廬江郡的陽泉縣。高鵬和龐統則率領一萬輕騎一路南下，以最快的速度朝舒城而去，所過之處，一律不予停留。

與此同時，汝南的龍亢縣城裡。

高麟和自己的五千龍鱗軍正在摩拳擦掌，每個人檢查自己的武器和戰甲，高麟更是穿梭在軍營裡，和部下相互問候。

巡視完營地後，高麟便將馬岱、甘小寧、張雄、郭淮、臧艾五個人全部聚集在一起，對五個人說道：「我龍鱗軍自從組建以來，從未有過敗績，不管是西羌、鮮卑、匈奴、烏孫還是西域各國，只要我龍鱗軍所到之處，盡皆聞風喪膽。

此次，我們即將和東吳交戰，你們都給我拿出十二分勇氣出來，要以最短的時間蕩平敵軍。」

「諾！」馬岱、甘小寧、張雄、郭淮、臧艾齊聲答道。

「今日飽食，今夜拔營起寨，目標直指壽春，明天一早，我就要看到壽春城的城樓上掛著我華夏國的大旗以及我龍鱗軍的旗幟。」高麟胸有成竹地說道。

馬岱、甘小寧、張雄、郭淮、臧艾五人聽後，都是愣了一下，齊聲問道：「大元帥，是不是已經接到出征的聖旨了？」

高麟搖搖頭道：「將在外，軍令有所不受，何況本王乃是天下兵馬大元帥，可以調動任何一支兵馬。如果要等到聖旨傳到這裡，只怕會遷延時日，貽誤戰機。你們無需擔心，皇上的聖旨也無非是讓我們出兵，只不過是時間早晚的問題。」

馬岱、甘小寧、張雄、郭淮、臧艾五個人對高麟的話惟命是從，所以也不再多問，紛紛離去，各自安撫各營去了。

傍晚時分，龍亢縣的縣令親自帶人送來酒肉，高麟毫不客氣的收下了，然後龍鱗軍開始埋鍋造飯，士兵們吃飽喝足後，天色已經晚了。

暮色四合，天地間一片灰濛濛的，趁著這個時後，高麟讓龍鱗軍拔營起寨，然後快速疾奔，讓前鋒營校尉馬岱在前開道，緊接著是左衛營校尉郭淮的兵馬，高麟則和中軍校尉張雄居中，後面依次是右衛營校尉甘小寧和後軍校尉臧艾。

龍鱗軍五千騎兵，一萬匹戰馬，每個人都騎一匹，牽著一匹，以便於在中途來回換馬，他們每人的身上都披著一件十分精良的龍鱗甲，身上背著弓箭，腰中懸著鋼刀、連弩，手中則拿著一根長槍，而另外一匹戰馬的背上，則是馱著乾糧和箭矢，浩浩蕩蕩的朝壽春一路趕去。

高麟等人走後不久，郭嘉便帶著聖旨到來，當從龍亢知縣的口中得知高麟已經離開時，郭嘉不禁失聲道：「簡直是胡鬧！」

隨後，郭嘉帶著親隨，換了馬匹，趕忙追趕高麟去了。

龍鱗軍萬馬奔騰，在夜間沿著官道向南，遇到岔口時，高麟便讓斥候去偵查，找出去壽春的道路後，便繼續上路，一路上還不停的更換馬匹，每跑五十里便更換一次，這樣不至於讓馬匹累倒。

平明時分，高麟率領龍鱗軍已經抵達壽春地界。

壽春城由於兩國之間的長年盟好關係，使這裡成為一個商業中心，客商往來十分頻繁，南來北往的客商也對這座城池做出了不少貢獻，正是這個原因，壽春的駐軍相對來說很少。因為吳國的國防力量基本上布置在長江一線，九江郡、盧江郡的大部分縣城只有寥寥的守備。

華夏國和吳國的戰爭爆發後，全天下的人幾乎都知道了，但是高飛上次將禍水東引，堵住了悠悠眾口，而華夏國內的百姓對於統一的呼聲也很高，都密切關注著這一場戰爭。

作為華夏國和吳國之間的緩衝地帶，壽春城必然會成為爭奪的焦點。雖然現在壽春城是屬於吳國的，但是在今天以後，或許就會屬於華夏國。

壽春城的城樓上，吳國的士兵看到外面揚起滾滾的塵土，遠遠望去，便見華夏國的騎兵從晨霧中出來，驚訝萬分，急忙向自己的上級報告。

屯長聽到士兵的報告，親自趕赴城頭眺望，果然看見華夏國的騎兵浩浩蕩蕩殺來，於是火速去報告給守將。

守將聽到消息，二話不說，立刻吩咐道：「快，卸下吳國的大旗，掛上華夏國的。」

吩咐完，守將便親自帶人打開城門，然後列隊在城門外面，準備迎接高麟等人的到來。

高麟此時一馬當先，身後馬岱、甘小寧、張雄、郭淮、臧艾五人緊隨在後，五營兵馬合兵一處，一字排開，看上去陣容龐大。

當他看到壽春城突然易幟，而且連城門都打開了，冷笑一聲，輕蔑地道：「吳國不過如此，看來今天可以兵不血刃的拿下這座城池了。哈哈哈……」

可是高麟的笑聲還在空氣中打轉時，忽然看到東南方來了一波騎兵，為首一人顯得甚是威嚴，看上去給人一種不怒而威的感覺。

守將瞅見吳國的騎兵也抵達後，急忙讓人退入城池，大聲喊道：「援軍來了，援軍來了……」

「匡！」

城門再次緊緊閉上，守將讓人重新換上吳國的旗幟，然後將華夏國的軍旗收了起來。

守將的反覆，讓高麟心中極為不滿，但是看到對方來勢洶洶，騎兵的數量不下於兩萬，便急忙勒住了馬匹，抬起手，止住了身後龍鱗軍的前進。

高麟看了眼對面的人，問道：「那個人是誰？」

龍鱗軍裡的士兵都是從各個軍隊裡選拔出來的，恰好軍中有一個都尉是原先在南方駐守的人，定睛一看，忙對高麟說道：「啟稟大元帥，敵軍領兵之人是吳國的開國功臣，姓祖名茂。」

「祖茂？老匹夫一個，誰去取他頭顱，以顯我華夏國的神威？」高麟問道。

高麟的話語剛落，前鋒營校尉馬岱便拍馬舞槍飛馳而出，同時大聲叫道：「我去將他的人頭拿來，獻給大元帥。」

「給馬將軍助威！」高麟衝後面的龍鱗軍將士喊道。

「嗚嚕嚕……」

高麟話音一落，身後五千龍鱗軍將士紛紛伸出右手，然後大聲地吶喊，右手則放在嘴上一張一合的。

這些人久經沙場，加上在西北多年，所以骨子裡透著一股狂野，許多地方都與游牧民族的粗獷相似，唯一不同的是，龍鱗軍平時散漫，可一旦面臨敵人，每個人都是遵紀守法，更是聽候命令的好將士。

祖茂親率兩萬步騎兵趕來，為的就是怕華夏國突然發起進攻，那麼壽春重城就會不戰而降。今日他來的時間真是巧得不能再巧了，如果再晚來一會兒，只怕壽春城的守將就將城池給獻出去了。

他看到對面一員年輕小將馳騁而出，便勒住馬匹，對身後的將士道：「擺開陣腳，看我先斬殺敵方一員大將，挫一挫華夏軍的銳氣。」

吳軍將士按照祖茂的話擺開，祖茂的兩個兒子分成左右兩翼，左邊是祖虎，右邊是祖豹，祖茂居中，手持雙刀，身披連環鎧，十分威風凜凜的樣子。

馬岱看到祖茂擺開陣勢，便朝祖茂喊道：「祖茂老匹夫，敢和我單打獨鬥嗎？」

祖茂雖然是四十多歲的人了，但是膽略和勇氣還在，當年跟隨孫堅征戰沙場時，單憑手中的雙刀，所斬殺之人多不勝數。雖然許多年沒有再打過仗了，但是自身武藝不敢荒廢，所以每天都會勤加練習，刀法更加精湛了。

「小子，老夫殺人的時候，恐怕你還在娘胎裡呢，居然敢在老夫面前叫囂？也好，老夫就讓你見識見識一下厲害。」

祖茂冷笑一聲，從背後拔出雙刀，揮舞在手中，目光犀利的盯著馬岱，然後雙腿一夾馬肚子，便朝著馬岱衝了過去，「小子，我刀下不殺無名小卒，報上名來！」

馬岱見祖茂衝出，亦策馬而出，大聲叫道：「華夏國龍鱗軍前鋒營校尉，涼州馬岱是也！」

祖茂哪裡聽過什麼馬岱的名字，心中根本不當回事，舉著雙刀，更不答話，便和馬岱衝撞在一起。

兩馬相交，馬岱、祖茂刀槍並舉，只聽「錚錚錚」的聲音不停響起，兩個人一經交鋒，便迅速纏鬥在一起，在兩匹戰馬相互衝鋒的時候，以自己最厲害的招式迎敵。刀來槍往，寒光閃閃，真是驚險萬分。

兩個人相互鬥了三個回合後，馬岱和祖茂勝負不分，馬岱槍法出眾，祖茂刀法精湛，一老一少，互不相讓。

當第三個回合分開之後，高麟評論道：「祖茂不過如此，下一個回合，馬岱必勝。」

甘小寧、郭淮、張雄、臧艾聽了，幾乎同時問道：「大元帥，馬將軍和祖茂明明是勝負未分，如此下去，只怕要戰鬥二三十回合才能壓制住祖茂，怎麼大元帥說下一個回合馬將軍就會勝出？」

高麟笑道：「你們都是我的心腹，我們共處多年，馬岱的武藝如何，你們難道還不知道？很明顯，**前三個回合馬岱是在試探敵人的實力，第四個回合才是取勝的關鍵**，你們睜眼看好就是了。」

甘小寧、郭淮、張雄、臧艾將信將疑，雖然四個人知道馬岱是他們當中武藝最為出眾的一個，可是他們也看得清楚，似乎馬岱並未相讓。

他們持著懷疑的態度觀戰，眼看就要進行第四個回合了，都屏住呼吸，想看看馬岱到底是怎麼樣殺死祖茂的。

戰場上，馬岱已經調轉了馬頭，看著對面的祖茂，他的臉上沒有一絲的表情，心中卻在暗想道：「什麼吳國四大將，簡直不堪一擊，祖茂的人頭是我的了。」

他雙腿夾了一下馬肚，立刻飛馳而出。對面的祖茂也舞著雙刀來與他相戰，距離在他的眼中是越來越近了。

在兩馬即將相交的時候，馬岱突然將手中長槍倒轉過來，手持槍頭，將槍尾指向了祖茂。

祖茂見狀，雖然感覺到有一絲異樣，卻也沒有多想，前三個回合都與他旗鼓相當，這一回合也必然不在話下。

於是，在和馬岱即將交馬的一瞬間，雙刀用力砍了出去。

他看到馬岱的嘴角露出一抹詭異的笑容，轉瞬即逝，那種笑容讓他心中極為不安。

馬岱的長槍在手中緊緊地握著，眼看著祖茂的雙刀砍了過來，他卻沒有出招，只是身體向後仰著，緊貼著馬背，避過了祖茂的雙刀。

「他為什麼沒有出招？」

祖茂見到馬岱的奇怪舉動後，心中便起了一陣狐疑，聯想到之前那個詭異的笑容，竟然愣了一會兒，連他想好的後招都忘記使出來了。

眼看就要分開了，誰曾想到馬岱突然倒提著長槍，身子同時向後回轉，大聲吼道：「回馬槍！」

祖茂大吃一驚，心中暗叫不好，這一槍來得實在太快，他無法躲閃過去，只好將身子向一邊側了過去，同時一股劇烈的疼痛感從背後襲來。馬岱的一記回馬槍直接刺中他的背脊，若不是背道而馳，只怕這一槍早已經將他的身體刺穿了。

「父親！」

祖茂中槍後，祖虎、祖豹自是無法淡定，紛紛舉著長槍從左右兩翼殺出，直接殺向馬岱。

馬岱刺傷祖茂，剛準備調轉馬頭乘勝追擊，忽然見到祖虎、祖豹攻了過來，便決定先解決祖虎、祖豹，再來殺祖茂。

於是，馬岱、祖虎、祖豹三槍並舉，祖虎、祖豹夾攻馬岱。馬岱槍法精湛，擋住了祖虎、祖豹的雙槍，然後開始反擊，只一個回合便將祖豹刺下了馬，祖豹當場斃命。

同時長槍一掃，打在祖虎的背上，將祖虎從馬背上掃落下來，祖虎還在滾落時，馬岱便用長槍向前一刺，直接刺穿祖虎的心肺，祖虎慘叫一聲，也立時斃命。

兩軍陣前，所有的人都看得很清楚，馬岱先是刺傷了祖茂，後刺死了祖豹、

祖虎，這番武藝，頓時讓兩軍盡皆譁然。

「威武！威武！馬將軍威武！」

龍鱗軍這邊不住的為馬岱歡呼，五千將士發出振奮人心的吶喊聲，整個龍鱗軍的士氣已經達到了最高峰。

反觀吳軍，祖茂見馬岱殺死了自己的兩個兒子，心中悲痛不已，加上自己身上還有傷，他突然調轉馬頭，朝自己的陣營裡奔馳而去，竟然不戰而逃。

吳軍的將士們本就是士氣低靡，見祖茂逃了回來，眾人紛紛沮喪著臉。

就在這時，壽春城的城門突然打開，守將在城門口大聲高呼道：「快退入城中，暫避鋒芒！」

於是，吳軍的後隊開始向城中撤退，祖茂也大聲喊道：「撤入城中！」

高麟見祖茂全軍想進入城中，二話不說，「駕」的一聲大喝，舉起手中的方天畫戟便飛馳而出，身後的甘小寧、張雄、郭淮、臧艾等五千將士也全部朝著前方衝鋒，萬馬奔騰，氣勢如虹。

馬岱追擊過去，手持長槍撥擋著吳軍射下來的箭矢，只一會兒工夫便直接撞在吳軍的陣營中，長槍突刺，連連刺死幾個士兵後，高麟也趕到了這裡，方天畫戟紛飛亂舞，所過之處如入無人之境，立刻殺出一條血路。

龍鱗軍五千將士接踵而至，高昂的士氣殺得吳軍血肉橫飛，吳軍則爭先恐後的想躲進城內，城門口一度擁堵。守將連斬數人才止住了混亂，讓士兵有序進城，並且安排城上的弓箭手開始射箭。

祖茂被擠在城門口，看到已經變成後軍的前軍混亂不堪，龍鱗軍肆無忌憚的屠殺著自己的部下，於是大聲嚷道：「全軍魚貫入城，弓箭手散開兩翼，騎兵在後面擋住！」

吳軍聽到祖茂的叫喊，方才不再混亂，大軍魚貫入城，弓箭手開始胡亂射擊，妄圖抵擋龍鱗軍的攻勢。

龍鱗軍奮勇殺敵，武器、鎧甲都很精良，正在和吳軍的騎兵廝殺，忽然射來許多箭矢，盔甲抵擋住了不少箭矢，但是身體的胳膊和腿都沒有防護，有不少人便被射傷了。

龍鱗軍並沒有因為這些小傷而退卻，反而許多龍鱗軍當場便將箭矢折斷或者拔出來，顯得極為血性。

「擋我者死！」

高麟方天畫戟一揮，身邊幾個吳軍騎兵盡皆被掃落下來，然後雙手抖動著方天畫戟，一番連刺，便將幾個騎兵刺死，同時大聲地吼了出來。

鮮血噴湧，高麟已經成了血人，經過鮮血的洗禮後，整個人更顯得勇猛，帶著身後的龍鱗軍直接朝城門口殺了過去。

吳軍入城後，漸漸地穩住了陣腳，祖茂更是親自登上城樓，忍著身上的疼痛，張弓搭箭，看見高麟正在廝殺，便瞄準高麟，「嗖」的一聲將箭矢射了出去，心中暗想道：「要你狗命！」

有道是明槍易躲暗箭難防，高麟正在拼力的廝殺間，頭頂上忽然射來一支冷箭，那支箭矢不偏不倚的朝著高麟的頭顱射去。

等到高麟發現的時候，已經為時已晚，他急忙將頭低下。就在這一瞬間，那支箭矢「咻」的一聲射中高麟頭盔上的盔纓，當真是驚險無比。

壽春城的城樓上，祖茂見一箭未中，甚為惋惜，同時射出了第二支箭矢。

高麟瞅見之後，怒視著祖茂，大聲叫道：「狗賊，我誓要取你項上人頭！」

一聲落下，方天畫戟急忙揮出，撥開了那支箭矢。

「大元帥，吳軍人數眾多，我軍硬拼下去的話，只怕會傷亡慘重，不如暫時退卻，再做打算。」馬岱策馬奔馳到高麟的身邊，長槍不斷地刺出，看到多如牛毛的吳軍，便對高麟說道。

「龍鱗軍身經百戰，何曾退卻過一步！」高麟聽後，登時大怒，「駕」的一聲大喝，便又朝吳軍的人堆裡衝了過去。

「大元帥，此一時彼一時啊，我軍突襲失敗，如此強攻，只怕……」馬岱苦苦勸道。

高麟壓沒有給馬岱再繼續說話的機會，怒喝道：「你給我閉嘴！」

馬岱知道高麟的脾氣，抬頭望了一眼祖茂，當即從背後取下弓箭，然後搭上箭矢，對身後的親隨喊道：「掩護我！」

十餘個親兵將馬岱圍繞成一個圈，馬岱張弓搭箭，朝城樓上的祖茂射了一箭。

祖茂早就注意到了城樓下的動靜，低身躲在城垛後面，箭矢從城垛的一塊牆磚上擦過，射得石屑亂飛，但是卻無法傷到祖茂。

壽春城的城門口最為擁堵，三千吳軍的騎兵殿後，其餘的吳軍魚貫入城，許多弓箭手也紛紛登上了城樓，拉弓搭箭，開始對華夏軍進行反擊。

一波波箭矢從壽春城的城樓上射了下來，三千吳軍的騎兵死傷大半，餘下的被龍鱗軍逼到了護城河的邊上。

數百騎兵被龍鱗軍活活的逼入了護城河，可是吳軍的箭矢卻將龍鱗軍給完全壓制住，讓他們再也沒有半點進展，反而是其餘的吳軍在弓箭手和騎兵的掩護下進入了城內。

祖茂透過縫隙，看到高麟一桿方天畫戟在手，舞動得天昏地暗，周圍的騎兵都有了懼意，那戟法堪稱一絕，也有一種似曾相識的感覺，只是一時間還沒有想到那戟法為什麼那麼眼熟。

「弓箭手準備，朝著敵軍的主將射，千萬要阻止他繼續前進，其餘的人把城門關上，吊橋拉起！」祖茂大聲叫道。

守將聽後，向城外望了一眼，對祖茂說道：「將軍，不行啊，敵軍主將身邊都是我軍將士，如果就這樣射過去，只怕自己人也會被射死的……」

「這是軍令，所有人不得違抗，如果能射殺敵軍主將，敵軍無主自亂，自然便會退去。」

守將無奈，瞅了一眼城外圍繞著高麟身邊的數百騎兵，一狠心，下令道：「關城門，拉起吊橋！」

吊橋被緩緩拉起，城門也緊緊地關上了，城樓上的箭矢如同暴雨般向外射去，地上、護城河中落了一大片。

「放箭！」

祖茂指揮身邊的幾百個弓箭手，命他們統一朝高麟放箭，隨著他的一聲令下，數百支箭矢便直接從空中飛向了高麟。

「啊……」

一通箭矢放完，圍繞著高麟周圍廝殺的吳軍騎兵開始慘叫連連，而高麟早有防備，長臂一伸，便拽過來一個吳軍騎兵，直接擋在自己的前面，他的耳邊聽到的淨是「噗噗噗」的聲音，不一會兒，座下汗血馬成了真正的汗血馬。

第五章

貴客臨門

一名老管家從門裡出來，問道：「貴客可是華夏國大將軍王、大元帥和鎮國公、太尉？」

高麟、郭嘉點點頭，那老管家對高麟、郭嘉說道：「我家主人說過，今日會有貴客臨門，所以讓老奴在此等候。貴客，快請進吧。」

壽春城前後兩門，此時高麟等人在東門，親眼見到壽春城的城門已經閉合了，壽春城的城牆上站著許多弓箭手，拼命的射箭，以阻止龍鱗軍的前進，而且吊橋也被拉了起來，讓高麟一陣懊惱。

「後撤五里紮營！」

高麟見已經失去了先機，自己的龍鱗軍雖然厲害，但是全部暴露在敵軍的箭矢下面，傷亡的代價實在是太高了，便撥轉馬頭，對部下大聲地喊道。

馬岱、甘小寧、張雄、郭淮、臧艾等四千多人撈起自己兄弟的屍體，便開始向後退去，但是每個人的肚子裡都憋著一肚子的火。

此戰，龍鱗軍雖然只傷了一百多人，陣亡了三十六人，但是對於高麟來說，這個代價不是一般的高。

本來他可以兵不血刃的帶著龍鱗軍占領壽春城，但是祖茂率領軍隊的突然到來，致使壽春城的守將改變了主意，現在壽春城裡一下子多了一萬七千多人，也有了堅守城池的打算，給他帶來了不小的麻煩。

再加上龍鱗軍的士兵都是從各個軍隊裡挑選的精良將士，在龍鱗軍裡，一個校尉級別的人物，就相當於華夏國的前、後、左、右等將軍，死三十六個人，等於陣亡了三十六個將軍，這讓高麟如何不憤怒。

高麟帶著龍鱗軍兵撤五里，同時把祖茂兩個兒子的屍體也帶回來了，將祖虎、祖豹盡皆斬首，頭顱高掛在龍鱗軍的軍旗上。

高麟卸去戰甲，用清水洗了洗身體，然後將馬岱、甘小寧、張雄、郭淮、臧艾同時叫到自己的營帳中，對五人說道：

「今日一戰，我軍陣亡三十六人，本來可以兵不血刃的，結果卻換來了這個結果。我軍已經是提前行動了，可為什麼吳軍的動作比我們還快？我們剛抵達壽春，吳軍的援軍就來了。現在，我們不得不面臨攻城戰，我龍鱗軍擅長野戰，在西北戰場上呼風喚雨，可是如今出征吳國的第一戰就如此不順利，真是晦氣。諸位，你們有什麼好辦法讓那祖茂與我軍再次決戰嗎？」

郭淮稟告道：「大元帥，今天馬將軍殺了祖茂的兩個兒子，祖茂差點就被氣暈過去。如果想祖茂出戰，不難，只要用他的兩個兒子做一做文章就行了。」

高麟等人都洗耳恭聽，聚精會神地望著郭淮。

郭淮道：「大元帥，我軍可以暫歇一個時辰，然後大元帥再率眾出征，將祖茂兩個兒子的屍體全部運到壽春城下，當著祖茂的面，讓人將祖虎、祖豹剁成肉泥，然後再讓人抓幾條野狗來，用他們的肉餵狗。祖虎、祖豹好歹是祖茂的親生兒子，正所謂人死不能復生，入土為安，祖茂若是見到我軍如此對待祖虎和祖

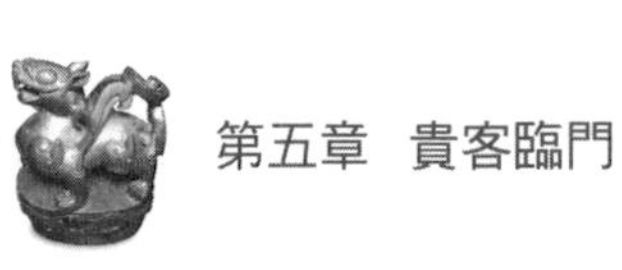

豹，必然會率眾出戰，到時候大元帥便可以一展雄風了。」

「此計甚妙，就這樣辦。」高麟聽後點點頭，笑道。

一個時辰後，經過一番休整的龍鱗軍再次出戰，此次高麟讓臧艾守備臨時搭建的營地，並且留下了數百龍鱗軍，自己則帶著四千龍鱗軍火速來到壽春城下。

壽春城裡，祖茂正沉浸在喪子之痛中，忽聞華夏軍又來攻打，急忙帶著悲傷的情緒登上城樓，親自指揮。

華夏軍和吳軍只有一條護城河之隔，華夏軍站在離護城河還有一二百米的地方，高麟騎在汗血馬上，看到祖茂露面，將方天畫戟一招，甘小寧便策馬而出，同時讓士兵舉著掛在旗桿上的祖虎、祖豹的頭顱，推著祖虎、祖豹的無頭屍體出現在戰場中間。

「虎兒！豹兒！挨千刀的華夏軍，竟然這樣對你們，為父對不起你們啊……」祖茂看到祖虎、祖豹屍首異處後，悲憤地說道。

甘小寧將手中的大刀向前一揮，士兵便將祖虎、祖豹的屍體撂在地上，然後對祖茂喊道：「祖茂，你可看清楚了，這兩具屍體是誰的。」

祖茂阱瞪著眼睛，滿眼怒火，卻一聲不吭，因為他已經不知道該怎麼說了。

「祖茂，只要你率眾離開此城，我家大元帥便會將兩位公子的屍首全部獻上，如何？」甘小寧繼續喊道。

「做夢！」祖茂忿忿地回道。

甘小寧道：「既然如此，就別怪我們無情了，來人啊，給我把祖虎、祖豹的屍體剁成肉泥，然後拿去餵狗！」

祖茂一聽，戟指指向甘小寧，叫道：「你敢！」

「我有何不敢？」

甘小寧將大刀一揮，只見身後的幾個親兵紛紛抽出鋼刀，然後在祖虎、祖豹的屍體上一陣亂砍。只一會兒功夫，祖虎、祖豹的屍體便被砍得稀巴爛，一片血肉模糊，根本分不清楚哪是哪。

「你……你……」

祖茂看了，心如刀割，氣得胸中氣血翻湧，但是他得到的命令是堅守壽春，不與敵軍戰，至少要堅守三天以上，才不會破壞大局。

甘小寧看到祖茂氣呼呼的樣子，挑釁道：「祖茂，感覺怎麼樣？心裡不好受吧？有道是人死之後，入土為安，現在你的兩個兒子已經快要變成一灘爛肉，你若見死不救，可真要變成肉泥了。」

祖茂沒有回答，只是呆呆站立著，看著自己的兒子被剁成一塊一塊的，有一種想吐的感覺。

吳軍將士們看到這一幕，心裡都很難受，他們留意到祖茂已經是火冒三丈了，拳頭握得緊緊的，可是卻站在那裡紋絲不動。

手下偏將走到祖茂身邊抱拳道：「將軍，末將願意帶領一支隊伍，去將兩位少將軍的屍體搶回來，請將軍准許。」

祖茂擺擺手，嗓子裡發出低沉的聲音，厲聲道：「傳令下去，全城戒備，無論如何都不能打開城門，沒有我的命令，任何人都不准出城！」

「可是將軍……」

「這是軍令！」祖茂怒吼道。

「末將遵命！」偏將無奈，只好將祖茂的軍令傳達下去，吳國將士們的心裡都充滿了悲憤與不平。

壽春城外，甘小寧見城樓上的祖茂無動於衷，於是讓手下人停止動作，自己策馬向後，來到高麟的面前，回報道：「大元帥，祖茂似乎並沒有中激將法，現在該如何是好？」

高麟閉上眼睛想了想，然後睜開眼，一拽馬匹的轡繩道：「那就餵野狗吧，我軍退回營地，再做其他打算。」

甘小寧點點頭，按照高麟的吩咐，讓手下人放出野狗，去吃祖虎、祖豹的那堆爛肉，然後下令撤軍，無功而返。

祖茂等高麟等人走遠了，這才派人出城，看著被野狗吃剩的殘羹，心中無比悲憤，拔出腰中佩劍，直接插在地上，恨恨地說道：「高麟，我祖茂誓要取你狗頭，以祭奠我兩個兒子的在天之靈！」

龍鱗軍悉數撤回，高麟命令龍鱗軍好生休息，將五個校尉叫到自己的軍帳當中，對五人說道：「此計不成，還有什麼計策可以讓祖茂出戰的嗎？」

郭淮道：「大元帥，我軍擅於野戰，不擅於攻城，龍鱗軍長期在邊塞縱橫，邊塞城池稀少，對付的都是一些蠻夷，可是現在對付的是吳人，他們固守城池，如果不強攻城池的話，只怕無法攻克壽春城。」

「強攻城池的話，傷亡就會很慘重，付出的代價也很大，而且壽春城有護城河作為第一道防線，我軍都是騎兵，如何能夠躍過那麼寬的護城河？即使到了城牆底下，我軍也沒有攜帶任何攻城武器，很難登上城樓與敵軍作戰。」馬岱擔憂道。

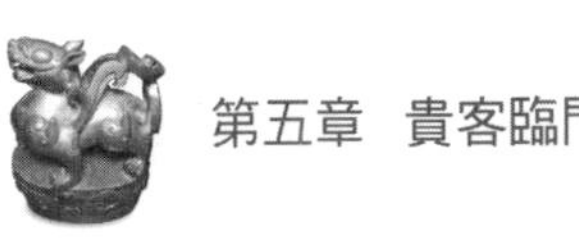

「我軍有炸藥，不如就用炸藥炸開城門，然後再搭建一座浮橋，然後衝進城裡，殺他個片甲不留！」張雄建議。

「對，附近有許多樹木，咱們將樹木全部砍掉，然後按照護城河的寬度，搭建一座浮橋，再做一個簡易的拋石機，然後將炸藥包拋進城去。有此厲害武器，不出一個時辰，便能讓吳軍全部潰敗，再也不敢和我軍相抗衡。」臧艾附和道。

甘小寧道：「可是，我軍並未攜帶炸藥啊……」

此話一落，眾人頓時陷入了沉默。

龍鱗軍向來是作為野戰衝鋒的一支王牌軍，華夏國雖然有炸藥這麼厲害的武器，但是高麟的龍鱗軍中卻從來不攜帶此物，而他的龍鱗軍也是作為一支奇兵使用，此次如果不是高飛執意讓高麟率領龍鱗軍征戰的話，他估計不會讓龍鱗軍來參與攻城戰，而是調動一支擅於攻城的部隊來作戰。

高麟緩緩地站起身子，對五人說道：「事到如今，也只能從就近調遣一支軍隊來了，父皇所劃分的四大集團軍裡，根本沒有我們這一路軍，而是將我軍作為單獨的一支軍隊來使用，而且我是天下兵馬大元帥，有權調動身邊的一切部隊……臧艾！」

臧艾抱拳道：「末將在。」

「此地離徐州最近，你的父親就在徐州，第一集團軍有海陸大軍十五萬，你親自去一趟徐州，見你父親，就說本帥要向他借一萬軍隊前來助戰，多攜帶一些攻城武器和炸藥，由你率領。」高麟道。

臧艾道：「大元帥，那我現在就動身。」

「嗯，去吧。」

臧艾欣然領命，退出大帳後，帶上幾名親隨便離開營地，朝他父親鎮東將軍臧霸所在的徐州而去。

高麟則讓士兵開始伐木，做浮橋，數千將士深入樹林，砍伐樹木，忙得不亦樂乎。

傍晚時，高麟在樹林裡巡視龍鱗軍進展的如何，忽然見西北方向來了翩翩數名騎士，放眼望去，當先一人甚為眼熟，定睛一看，竟然是他的恩師郭嘉。

他急忙帶人去迎接郭嘉，兩下相見，自是一番寒暄。

高麟道：「恩師來得可真是及時啊，用父皇教我的一句話說，真是雪中送炭啊。」

郭嘉見龍鱗軍在樹林裡砍伐樹木，便知高麟遇到了困難，邊走邊對高麟說道：「殿下，壽春城裡的吳軍可是堅守不戰？」

高麟點點頭，便將今天早上差點拿下壽春城的事說給郭嘉聽。

郭嘉聽後，笑道：「殿下讓臧艾去調兵，豈不是畫蛇添足嗎？諒一個祖茂如何能抵擋住殿下的大軍？」

「恩師既然如此說，必然有妙計破敵，可速速教授給我，學生必然感激不盡。」高麟聽後，畢恭畢敬的對郭嘉抱拳道。

「殿下不必如此，如今殿下是大將軍王，天下兵馬大元帥，皇上也賜予了你特權，不需要任何兵符，便可以調遣天下任何一支軍隊，這在整個華夏國，乃至整個歷史上，也是前無古人啊。殿下身居高位，卻總是對我畢恭畢敬的，傳了出去，豈不是讓人覺得我郭奉孝有些恃寵而驕嗎？皇上要是知道了，又該如何看待我？」

高麟不以為然地道：「古人云，尊師重道，天、地、君、親、師，此為倫常，你是我的恩師，我當然要尊敬你了，即使有人要說，也隨他說吧，恩師和我坦蕩蕩的，沒有什麼見不得人的事情，也就沒有什麼可害怕的，這叫身正不怕影子斜。」

郭嘉聽了，心中很是滿意，同時目光掃視周圍一圈，見眾人都幹得熱火朝天的，便對高麟道：「殿下，可否到帳中一敘？」

高麟發現郭嘉似有難言之隱，便點點頭，帶郭嘉回到自己的大帳中，同時摒退左右，整個大帳中只有他和郭嘉兩個人。

「恩師，這裡只有你我二人，話出自你口，入我之耳，天知地知你知我知，再也沒有其他人知道，你有什麼要說的話，只管跟我說便是了。」

郭嘉對高麟的觀察力很是讚賞，笑道：「殿下確實聰慧，竟然能夠看出我要和殿下說一件非常重要的事情，實在令我欣慰。殿下，你可知道皇上讓你單獨率領龍鱗軍出戰，是為了什麼嗎？」

「父皇只讓我率領龍鱗軍出戰，並不讓我指揮其他部隊，難道不是在考驗我的龍鱗軍是否適應攻城戰嗎？」高麟狐疑地道。

郭嘉搖搖頭，道：「非也。此乃表面原因，皇上讓殿下只率領帳下精銳龍鱗軍出征，其實別有用意。」

「別有用意？那用意何在？」

「殿下龍鱗軍總共多少人？」

「五千人，而且全部都是從各個軍隊中所選拔出來的精英分子，每一個士兵如果放在華夏軍中，至少是將、校級別的。」

「沒錯，**問題就出在龍鱗軍的身上。**」

高麟疑惑地道：「恩師，你到底想說什麼？」

「殿下，**看問題，要透過表面看本質**。皇上封你為天下兵馬大元帥，那是何等的尊榮，我朝開國大將趙子龍文武雙全，也不過是個虎威大將軍，雖然貴為十一大將軍之首，但是所指揮的兵馬也很有限，也不能隨意調動其他轄區的兵馬。可是皇上卻給了殿下這個權力，目的就是**想讓殿下全權掌握天下兵馬，是將殿下看為軍部的接班人。握有軍權者，就等於握有了天下的權柄，皇上用意頗深，以後這太子之位，早晚是你的**。不過，對皇上而言，殿下的龍鱗軍則是一個極大的威脅……」

「威脅？龍鱗軍對我忠心耿耿，對皇上更是無比的忠誠，怎麼可能是威脅呢？」高麟想不通，問了出來。

郭嘉道：「殿下可記得我華夏國第一軍的番號嗎？」

「記得，是父皇直屬的禁衛軍飛羽軍嘛，一直以來都肩負著護衛父皇的責任，更是華夏國所有軍隊中王牌中的王牌，精英中的精英……」

說到這裡，高麟更是茫然不解了，問道：「恩師，可是飛羽軍和我的龍鱗軍有什麼聯繫嗎？」

「關係重大！飛羽軍不過才一千人，而殿下的龍鱗軍足足有五千人，雖然飛羽軍被傳得神乎其神，但終究是人數少。殿下的龍鱗軍是一支王牌軍，如果飛羽軍和殿下的龍鱗軍互相拼起來，只怕飛羽軍會因為人數少而落敗，所以，皇上只能**借刀殺人**，利用此次南征，削弱龍鱗軍的實力，只有如此，皇上才會感到心安。」

「恩師，父皇怎麼會這樣做呢？龍鱗軍是我一手培養起來的，如果父皇想讓我解散的話，只需一句話的事，為什麼不直接說出來呢？還有，剛才恩師也說了，太子之位早晚是我的，既然我是太子，以後就是皇上，父皇為何要煞費苦心的如此對我？」

「殿下還不知道嗎？三殿下並非是個傻子，非但如此，而且還聰明絕頂，可是皇上早就知道了，將大殿下和二殿下早早就逐出皇宮，卻將三殿下留在身邊，**難道這還不能說明皇上對三殿下有所偏愛嗎？**」

「三弟？這怎麼可能？三弟明明是個傻子啊……」

「大智若愚，三殿下從小便裝傻，騙過我們所有的人，光憑這一點，三殿下就非常的不簡單。殿下如果現在按照我說的去做，太子之位以後就是殿下的了。不管皇上將太子之位是傳給大殿下還是三殿下，**只要軍權在殿下的手中握著，大殿下和三殿下絕不敢對殿下怎麼樣**，等到時機成熟，殿下便可以進行逼宮，強迫

皇上將太子改立，這樣一來，太子之位就非殿下莫屬。當然，這也是我的暗自猜測，如果皇上把太子之位傳給殿下，那自然最好；可是不管殿下是不是太子，軍權一定要牢牢地握在自己的手中。」

郭嘉說這段話時，慷慨激昂，心情澎湃。

高麟聽後，沉默了一會兒，眉頭緊皺道：「恩師，父皇說過，不想當皇帝的皇子，不是好皇子，**我一定要當皇帝**！恩師，你就教我怎麼做吧！」

郭嘉滿意地點點頭，捋了捋自己的鬍鬚，道：「孺子可教！不過，以目前的形勢來看，我華夏國的目前重心都在征伐吳國上，皇上更是讓三殿下也參加戰役，並且打破原來的計畫，讓大殿下率領江陵之師支援第三集團軍的張郃，從種種跡象表明，皇上是想通過此戰，讓大殿下和三殿下獲得一些軍功。二殿下在西北征戰多年，屢立奇功，皇上分明知道殿下的龍鱗軍擅於野戰，而不善於攻城戰，還是執意讓殿下攻城掠地，而且給的兵力只有龍鱗軍五千人，無疑就是想讓殿下無法獲得更大的軍功。」

「父皇真的如此對我？」高麟眼裡透出一絲迷茫。

「皇上的想法，我們永遠都猜不透，唯一能猜透的人，或許只有國丈了，可惜國丈對皇上忠心耿耿，又是四殿下和五殿下的外公，怎麼可能會幫助其他的皇子?!幸好四殿下和五殿下年紀還小，並不具備和三位殿下爭奪太子之位的優勢。如今當務之急，殿下應該按照我說的去做，爭取早日拿下九江郡，然後再渡江攻破吳國的都城建鄴，只有成就此功，我們才能進行下一步的動作，從而控制整個軍權。」

高麟忽然跪在地上，向郭嘉拜道：「恩師，只要能讓我當上太子，我什麼都聽你的！」

郭嘉看到高麟跪拜自己，不禁心花怒放，將高麟給扶了起來，兩個人坐下後，對高麟諄諄說道：「九江郡乃是吳國的一個大郡，雖然和廬江郡一樣地處長江以北，但是無論是九江郡還是廬江郡，其商業、人口都很發達，尤其是九江郡，是吳國和我朝最先通商的一個郡，壽春城裡的商人更是多不勝數，正所謂無商不奸，只要殿下……」

高麟側耳傾聽，聽完郭嘉的話後，猛地一拍大腿，吼道：「恩師妙計啊，此計必然能夠拿下壽春城。」

郭嘉看到高麟開心的樣子，心中暗道：「二殿下勇猛無匹，可惜還是智謀不足，在這一點上，根本無法和大殿下和三殿下一較高下。即使戰場上再怎麼風光，可終究是一個人，如果大殿下和三殿下連起手來對付二殿下，以兩位殿下的

智謀，只需略施小計，便可以讓二殿下陷入萬劫不復之中。身為二殿下的恩師，我若不幫他，只怕二殿下從此以後將永無寧日。皇上，請原諒奉孝對你的誹謗，我也是為了我朝的江山永固，希望皇上能夠理解我。」

當夜，高麟讓斥候傳信給臧艾，讓他不用再去借兵了，按照華夏國情報部的特殊傳遞消息的方法，應該可以在臧艾抵達徐州之前，將消息傳達給臧艾。

夜幕落下，高麟讓龍鱗軍士兵好好的休息，自己則和郭嘉在大帳裡徹夜暢談，並且請教郭嘉以後自己的路該怎麼走。

郭嘉給高麟制定出三步計畫，**第一步便是儘快拿下九江郡，廓清吳國的勢力，第二步便是拿下吳國的國都，第三步則是最為關鍵的一步，就是在戰後解散龍鱗軍，讓龍鱗軍的人全部到各個軍隊中任職。**

既然龍鱗軍的將士們對高麟忠心耿耿，那高麟便可以借用戰功祈求高飛給予這些人封賞，以占據軍中各個重要的職位，並且不惜重金拉攏軍中中下級軍官，一旦有變，則可同時響應，囚禁各個軍隊的主將，釜底抽薪。

華夏國的軍政分離體系，讓郭嘉深深懂得軍權的重要性，所以他的謀略就是讓高麟**以最快的速度控制整個軍權**，只有這樣，高麟的位置才能坐得穩當。

第二天一早，高麟按照郭嘉的計策下令全軍後撤五里，遠離對壽春城的威脅。

第二天晚上，得到召回命令的臧艾回到龍鱗軍中，五個校尉悉數到齊，高麟便讓他們好好休息，然後明天一早再後撤十里。

馬岱、甘小寧、張雄、郭淮、臧艾五個人都十分不解，而且龍鱗軍中的其他將士也頗有微詞，不知道因為何故要繼續後撤，紛紛到高麟這裡請命。高麟頂住壓力，只說了一句話，讓他們服從命令即可。

第三天早上，龍鱗軍又後撤了十里，已經完全脫離了對壽春城的威脅。吳國的斥候獲悉此事後，立刻飛報壽春城。

壽春城裡，祖茂正在養傷，聽到有人來報說華夏軍後撤了五里，也不禁狐疑道：「華夏軍在搞什麼鬼？」

華夏軍撤走的消息在城中傳播的很快，不一會兒功夫，整個壽春城裡的百姓都知道了這件事。

壽春城是九江郡的郡城，華夏國和吳國的商人經常在此往來，戰爭爆發後，祖茂下令緊閉兩門，一些商人出不去，無可奈何，只好在城中暫居。此時聽到華夏軍撤走的消息後，城中的商人紛紛帶著商隊要離開此城。

可是，商人們來到東、西城門口時，見到城門仍然緊閉，便叫嚷著要出城。

守城的將士因為有祖茂的命令在，所以堅決不開城們，商人們卻堅持要出城，於是兩撥人便發生了口角，激烈吵鬧中，士兵和商人發生衝突，於是兩座城門都是一片混亂。

此事迅速傳到太守府中，九江太守聽後，急忙跑到祖茂所在的府邸，要求見祖茂。祖茂礙於官場上的面子，不得不見，便帶傷接見了九江太守。

「祖將軍，既然華夏軍已經撤軍了，那麼壽春城的城門是不是也應該打開了？城中的商人已經在城中耽誤三天了，有些商人所攜帶的商品是些瓜果蔬菜什麼的，如果三天還不出貨，只怕要爛了，請祖將軍打開城門，放那些商人出城。」九江太守哀求道。

祖茂道：「華夏軍詭計多端，我得到的聖旨是堅守此城，不許任何人進出，如今華夏軍剛剛退走，誰知道是不是計策。如果貿然打開城門，華夏軍趁這個時候殺了進來，丟了壽春，你我拿什麼面對陛下？」

「這……不如就打開一會兒，放那些商人出城後，再關閉城門即可，華夏軍遠在二十里外，就算得知我軍把城門打開，要趕過來，我們也已然把城門給關閉了。我國對商人所徵收的稅收頗重，國庫的四分之一來自這些商人，如果商人不再在我們吳國境內行走，以後只怕國庫的收入就會相對減少，這可遠比放出那些商人要嚴重的多啊……」

祖茂想了想，覺得太守說得也沒錯，便點點頭，同意了下來。

「好吧，那就這一次，下不為例。」

太守得到祖茂的首肯，立刻帶人去城門，祖茂派人傳達命令，讓人放商人出城。

商人放走後，便奔往不同的地方，一個時辰後，朝東走的那一批商人忽然爭先恐後的駕著馬車奔跑回來。

守城的將士見狀，都是一陣狐疑，不禁道：「這些商人怎麼才出去又回來了，而且一副狼狽的樣子，難道是遇到鬼了？」

忽然，樹林中揚起滾滾煙塵，千餘華夏國的騎兵在商人的後面狂追，拉弓射箭，射殺了不少商人。

守城的士兵頓時緊張萬分，方知這些人不是鬼，而是比鬼更可怕的華夏軍。守將急忙下令士兵們嚴陣以待，弓箭手紛紛張弓搭箭，以備不時之需。

只一會兒功夫，商人的馬車便奔到吊橋邊，對城上的守軍喊道：「快開城門啊，華夏軍來了，讓我們進去！」

「將軍有令，沒有將軍的命令，任何人不得進出，你們還是另投他處吧。」

守將道。

商人見守軍不開門，急忙打開馬車上拉著的幾箱黃金，對守將道：「華夏軍殺了不少商人，我們被他們追上，不光財產有失，就連性命也沒了，只要你們肯打開城門，救我一命，這些黃金都是你們的，你們當一輩子兵，也不見得會有這麼多黃金，請將軍救我啊……」

守將見錢眼開，看見那麼多的黃金後，便動了邪念，心道華夏軍離這兒還有些距離，便下令道：「放下吊橋，打開城門，這些黃金，大家見者有份！」

將士們無不歡呼雀躍，當下便放下吊橋，打開了城門，將第一波到達的商人放入城內。

這邊商人剛一入城，便對守將說道：「將軍，後面還有我的摯友，也是大富大貴之人，車上黃金比我的還多，請將軍千萬別關門，等他進來再關，事成之後，我們必然會有厚禮相送。」

守將目測了一下距離，見有一波商人擋住華夏軍的騎兵，而華夏軍正在屠殺那些落後的商人，華夏軍殺完人後，紛紛下馬去撿拾那些財物，一時半會兒不會來得那麼快，便點頭答應了。

不多時，等到第二批數十個商人抵達後，在城門邊已經聚集了一百多個商人。

「好了，關城門，外面的就不管他們了。」守將下令道。

就在吊橋即將拉起的時候，聚集在城門邊的一百多個商人突然從馬車的車架下面取出兵刃，然後撕去外衣，露出來的竟然是龍鱗甲，一個個手持鋼刀，就地展開行動，朝守軍下殺手。

這些守軍措手不及，城門的門洞裡立刻屍橫遍野。吊橋的鐵索也被砍斷了，一百多個人占據了城門，朝外面招呼著龍鱗軍的到來。

與此同時，城外的華夏軍策馬狂奔，就連那些死去的商人也都站了起來，樹林中更是湧出了成百上千的騎兵，紛紛朝著壽春城裡衝了過來。

而已經占據城門的一百多個龍鱗軍在臧艾的帶領下，奮勇殺敵，然後衝上城樓，砍殺那些弓箭手，高麟率領龍鱗軍也迅速衝進城裡，與負責防守的吳軍將士混戰在一起，很快便占據了城門。

祖茂在太守府裡，忽然聽到華夏軍衝進了城，不禁吃了一驚，急忙問道：「怎麼回事？」

於是手下人將事情的來龍去脈說給祖茂聽，祖茂聽後，當即帶傷披掛，剛帶著人走出太守府的大門，迎面便來了一匹快馬，他還沒有看清楚是誰，方天畫戟帶著一道寒光便在他的面前閃過，他的人頭便飛入了高空中。

祖茂的人頭飛入空中，還沒有落在地上，手持方天畫戟的高麟便向前一個突刺，大戟的戟端直接刺中祖茂的人頭，身後的龍鱗軍騎兵迅速地奔馳過來，在城中追趕著吳軍的士兵。

「祖茂已死，汝等速速投降，不然格殺勿論！」

高麟舉著祖茂的人頭，策馬在城中的大街小巷高聲疾呼，遇到抵抗的便是一記殺招，讓人無法阻擋，所過之處皆是屍橫遍野。

城中百姓紛紛躲在家裡不敢出來，街上的吳軍將士雖然眾多，卻無法阻擋住龍鱗軍前進的腳步。龍鱗軍的將士們在高麟等人的率領下，在城中的街巷裡橫衝直撞，無不以一當百。

廝殺了半個時辰左右，吳軍終於抵擋不住，有的則從西門退出了壽春城，有的迫於壓力則棄械投降。

不到一個時辰，龍鱗軍以少勝多，占領了整個壽春城，將東、西兩個城門全部給控制住了。

太守府中，郭嘉和高麟並肩走了進來，張雄一把將九江太守推了過來，對高麟道：「大元帥，他就是九江太守。」

高麟道：「太守大人，多有得罪，如今這壽春城已經是我華夏國的了，現在我軍正是用人之際，不知道太守大人可否願意在我華夏國為官？」

九江太守急忙道：「願意願意，小的不勝榮幸。」

「既然如此，那你就繼續當你的太守，幫我處理政務，並且寫一道檄文，下發到各個縣城，讓他們全部投降我華夏國，否則的話，本王將親自率領我華夏國的鐵騎踏平各城。」

「是是是，小的這就去寫檄文。」

高麟等到九江太守走後，小聲對張雄說道：「這個太守目光閃爍，獐頭鼠目，不是個什麼好人，你去城中問問百姓，誰在城中德高望重。」

「是。」

「另外貼出告示，與城中百姓約法三章，我軍不得私自騷擾百姓，封藏府庫、武庫，沒有我的命令，任何人不得動彈。再打開城門，城中居民若想留的就留，不想留的便全部放走，讓他們遷徙他處。我軍占領了壽春，吳國敗軍回去之後，必然會有更多的援軍到來，此城不久後將成為交戰之地，百姓早離早好。」郭嘉補充道。

張雄點點頭，轉身而出。

高麟則對郭嘉道：「恩師，接下來該怎麼辦？」

郭嘉笑道：「剩下的就是守株待兔了。」

合肥城。

孫策率領五萬精銳渡過長江，一路強行軍極為的疲憊，所以不得不在合肥暫時休整一番。但是又擔心華夏軍會對壽春採取攻擊，所以特別命令祖茂率領兩萬後備軍去壽春守城，他則和程普、黃蓋、韓當率領這五萬精銳的正規軍在合肥稍歇。

時隔三日，孫策的部隊已經完全休整完畢，士兵和戰馬都得到了充分的休息，又在合肥補充了糧秣、武器和裝備，正準備出發時，忽然有斥候來報，說壽春城已經被華夏國占領，祖茂、祖虎、祖豹父子三人盡皆陣亡，吳軍敗軍數千人正在往合肥方向撤離。

孫策聽到這個消息後，不禁怔了一下，問明率領軍隊之人是華夏國的二皇子，大將軍王、大元帥高麟，便毫不猶豫地下令五萬大軍朝壽春方向而去。

壽春城裡，高麟和郭嘉一起來到陳府的門前，這天的問訊，百姓都說城北陳氏元龍是一位大賢者，高麟便讓人去請陳元龍，陳元龍卻推辭不就。

於是高麟和郭嘉為禮賢下士，決定親自登門來訪陳元龍。

陳元龍，名登，下邳淮浦人。二十五歲時，被州郡舉為孝廉，授東陽縣令。雖然年輕，但他能夠體察民情，撫弱育孤，深得百姓敬重。

後來徐州牧陶謙提拔陳登為典農校尉，主管一州農業生產。他親自考察徐州的土壤狀況，開發水利，發展農田灌溉，使漢末迭遭破壞的徐州農業得到一定程度的恢復，百姓們安居樂業，「杭稻豐積」。

幾年後，曹操為報父仇發兵攻打徐州，陳登跟隨陶謙一起率眾抵抗，終因兵微將寡不能力敵。陶謙更是暴病而亡，此後，陳登便辭官不做，與其父陳矽舉家遷徙到壽春，開始經商，不再涉足官場，逐漸成為壽春中的一個富戶。

陳氏在壽春百姓心目中確實德高望重，陳氏並沒有為富不仁，反而經常散盡家財救濟貧苦百姓，所以陳氏在壽春十幾年間常常大起大落。

高麟、郭嘉讓手下人叩開陳府的大門，一名老管家從門裡出來，打量了下高麟、郭嘉等人，問道：「貴客可是華夏國大將軍王、大元帥和鎮國公、太尉？」

高麟、郭嘉同時點點頭，那老管家便將府門完全打開，做了一個請的手勢，對高麟、郭嘉說道：「我家主人說過，今日會有貴客臨門，所以讓老奴在此等候。貴客，快請進吧。」

高麟、郭嘉對視一眼，然後一前一後進了陳府，一邊走，郭嘉一邊對高麟小聲說道：「殿下，我已經打聽清楚了，**陳元龍學識淵博，智謀過人，但是性格卻桀驁不馴，不可以用尋常請士之禮，需以智激之，必要時，可以恩威並用。**」

高麟聽了，心中已有了想法。

在老管家的帶領下，高麟、郭嘉進入陳府的客廳，老管家低頭哈腰地道：「貴客請坐，老奴這就去請我家主人出來。」

高麟、郭嘉也毫不客氣，便在客廳坐了下來，靜靜地在會客大廳裡等候。

可是，左等右等都不見人出來，甚至連一杯茶水都沒有人端上來。

跟高麟、郭嘉一起來的左衛軍校尉甘小寧忍不住，從廳外走了進來，對高麟和郭嘉道：「大王、鎮國公，這陳登的架子也太大了吧，都過去一刻鐘了，怎麼還沒出來？不如末將進去把他給揪出來！」

「放肆！你給我退下，站在門口，沒有我的命令，不得再進來，否則就罰你去養馬！」高麟厲聲道。

甘小寧怏怏而退。

又等了將近一刻鐘，高麟也有些坐不住了，扭頭對郭嘉道：「恩師，這陳元龍真的值得我們這樣等嗎？我好歹是華夏國的大將軍王、父皇親封的天下兵馬大元帥，他不過是個商人，就算不出來見我，怎麼連杯茶水都不端上來？」

「殿下稍安勿躁，我軍剛剛占領壽春，必然會引來吳國大批的援軍，陳元龍是壽春城中百姓首推的德高望重之人，如果能請他擔任太守之職，必然會得到城中百姓乃至整個九江郡的心，這樣將會省去很多麻煩。就算吳國大軍兵臨城下，有陳元龍在，只要他一開口，百姓便會爭先恐後的前來赴死。早上我們打開城門，可是城中百姓卻因為陳元龍在城中，而沒有一個人願意出城，這就是民心所向的結果。殿下耐心等待就是，千萬不可少了請士的誠心。」郭嘉勸慰道。

高麟對郭嘉的話言聽計從，便不再抱怨什麼，耐心地坐等下去，結果這一等又是半個時辰過去，陳府中除了那個老管家之外，再也沒有見過任何人。

眼看就要日上三竿了，陳元龍這才緩緩地從後堂走了出來，見到高麟、郭嘉後，很有禮數地拜道：「在下陳元龍，見過兩位貴客。」

高麟見陳元龍終於出來了，一眼望去，但見陳元龍身體削弱，面色蠟黃，但是雙目卻炯炯有神，下頷上還留著長長的青鬚，直垂到胸前，身上穿著一襲灰色的長袍，看上去倒是有幾分儒雅。

不過，他感到很納悶，陳登既然是富戶，為何卻骨肉如柴，彷彿是嚴重的營養不良所造成的。

郭嘉見高麟打量著陳元龍沒有說話，便起身說道：「陳先生不必客氣，我與殿下今日前來，就是為了見陳先生一面，還有一事想請教陳先生，還請陳先生不吝賜教。」

陳登笑道：「我一介平民，怎敢對當朝的大將軍王、鎮國公指手畫腳？」

「今日我與殿下雖然是一同前來，但是所穿都是便服，只是以普通人的身分來見陳先生，並非以大將軍王、鎮國公的身分，所以，陳先生不必太過擔心，只要能解我們心中所惑就行了。」郭嘉急忙道。

陳登道：「既然如此，那我們就平起平坐吧。」

話音一落，陳登坐了下來，然後對高麟和郭嘉說道：「寒舍招待不周，還望兩位貴客見諒。我平時讀書到晌午才休息，所以不管誰來了，都必須把書讀到一定時間才可以出來見客，讓兩位貴客久等了，還請多多包涵，不知道兩位貴客心中所惑為何事，陳某能否解之？」

高麟開門見山的道：「很簡單，我想請你擔任九江太守一職，不知道你願意不願意？」

第六章

談判條件

「我輸了要讓壽春城，你輸了，卻只退兵，這樣不合理。不如這樣，你要是輸了，就率領你的整個國家投降，如何？」

「做夢！今日我占上風，及時你不讓壽春城，我若取之，也只在片刻之間，你根本沒有跟我談判的條件！」

陳登聽後，笑道：「我已經辭官多年，再也無出仕之心，只怕會讓貴客失望了。」

高麟聽後，心中不喜，問道：「你當真不願意做官？」

「恕難從命。」陳登拱手道。

高麟道：「既然如此，那就別怪我無情了。壽春城中有百姓五萬多戶，少說也有十幾萬人，此城雖然堅固，可惜我兵少，吳軍知道我占領了壽春，必然發兵來奪。到手之地，我不願意就此放棄，如果吳軍果真強攻，我軍又抵擋不住，也只能被迫遁走，但是臨走時，我會一把火燒了壽春城，將城中一切付之一炬，省得留給吳軍。這樣一來，城中百姓會因此葬身火海，或者流離失所，這一切，就是你不給我當太守所帶來的災難……」

陳登眉頭緊皺了起來，不知道高麟說這話到底是真還是假，但是不管真假，他都感受到高麟話中的威脅。

郭嘉插話道：「一將功成萬骨枯，此乃至理名言。先生多年來散盡家財，救濟百姓，為的不就是收買人心嘛。如今全城百姓人盡皆知陳元龍是一個大賢才，如果由你出任太守一職，城中百姓也就有了主心骨；而且我聽說元龍先生智謀過人，我國斥候來報，說孫策親自率領五萬精銳從合肥一路狂奔過來，目的就是爭奪壽春。敵軍勢大，我軍人少，恐怕不能久守。但是以元龍先生之高才，雖然吳國五萬之眾來犯，也必然有破敵之策。我此次和殿下一同前來，為的就是來向先生求計，還請先生不吝賜教。」

陳登雖然桀驁不馴，但是畢竟在乎自己的一世清名，先是為高麟威逼，現在又見郭嘉如此禮賢下士，心中不禁有些鬆動。

郭嘉察言觀色，看到陳登被自己的話打動，便繼續說道：

「先生，此時此刻，我華夏國已經對吳國發動全面進攻，無論任何人都抵擋不住我朝所發動的統一戰爭。漢末自黃巾起義，天下紛爭不斷，而後演變成為諸侯爭霸，也有二十年矣。我皇起於遼東，鏖戰於群雄之間，憑藉其過人的膽識和高超的智謀平滅數雄，如今只剩下吳國偏安一隅。本來我朝和吳國是盟國，但是前些日子吳國派人到我朝帝都刺探軍情，事發之後，吳國非但不承認，反而理直氣壯，於是我皇發怒，誓要統一大江南北，形成一個完好無損的國家，只有國家統一了，才可以開闢一個前所未有的盛世。先生若在此時能夠助我華夏國一臂之力，也就是為統一大業添磚加瓦，日後青史留名，必然會流芳百世……」

「如果先生不肯的話，本王只好下令屠城，城中十幾萬的百姓，都會因為先生一人而死，先生的心裡會好過嗎？」高麟趁機威壓。

郭嘉和高麟師徒二人一唱一和，配合的十分默契，陳登迫於壓力，終於鬆口道：「大將軍王、鎮國公同時來請，元龍若是再不肯，就是不識時務了；更何況為了元龍一人，而將百姓陷於水深火熱當中，元龍心中也必然不會安寧。元龍願意暫代九江太守一職，待擊退了吳國強兵，還請王爺和鎮國公另請高明。」

「要做就做長久的，只做一時，又有什麼意思？先生請儘管放心，雖然九江郡是吳國之地，可現在被我華夏國占領了，百姓就是我們華夏國的百姓，我又怎麼會忍心讓百姓受苦？**先生若是以後拒絕，還不如現在拒絕**，我高麟敢為天下先，一把火燒了此城，一了百了。」

陳登看高麟一臉認真，不像是說謊的樣子，心中暗道：「久聞華夏國大將軍王行事果敢，雷厲風行，如果他真的這樣做，倒是我陳元龍的罪過了。」

想到這裡，陳登便叩首道：「那……就憑王爺吩咐吧。」

高麟聽後，哈哈笑了起來，一把抓住陳登的手，拉著陳登便朝外面走，一邊走一邊說道：「從現在起，你就是九江太守了，不過我華夏國已經廢郡立府，所以你現在就是九江知府，正二品大員，本王再讓你參軍事，為我龍鱗軍參軍。現在大敵當前，刻不容緩，我們現在就去太守府謀劃一切，還請陳大人不吝賜教。」

陳登一陣尷尬的笑了，沒想到高麟果真是說做就做。

郭嘉跟在他們的身後，想道：「陳元龍乃一時之才俊，更兼在壽春百姓心目中威望極高，九江各縣的百姓無人不識，無人不知。此次得陳元龍相助，九江郡必然會是我華夏國囊中之物，我只需暫退幕後，讓陳元龍盡情發揮便可。」

一行人很快便回到太守府，高麟毫不猶豫的將地圖給打開，然後指著地圖對陳登說道：「陳大人，孫策的大軍已經抵達這裡，先鋒部隊一萬騎兵下午便可抵達，我軍當如何破敵？」

陳登看了郭嘉一眼，道：「太尉大人在側，豈能輪到我班門弄斧？」

郭嘉道：「先生，我絞盡腦汁也想不出能夠阻止吳國大軍的辦法，先生若有計策，儘管說出來，不必在乎我是否有計策。」

陳登雖然知道郭嘉是謙虛才如此說，但是也明白，這是郭嘉故意將立功的機會推給自己。郭嘉好歹是華夏國皇帝高飛身邊的智囊，如果沒有退敵之策，他又怎麼可能在華夏國待得下去？於是，他對郭嘉發出一個感激的笑容，這才說道：

「既然如此，那元龍就當仁不讓了。吳軍從合肥到壽春，兩地相隔一百多里，吳軍從合肥急匆匆的趕來，必然會興師動眾，等到他們到來的時候，估計也應該是傍晚了，到那時吳軍已經人困馬乏。為了讓軍隊得到很好的休息，吳軍必然會在城外立下營寨。我軍便可以以逸待勞，出其不意，趁著他們安營紮寨之際，可以派出數支騎兵不斷的騷擾他們，讓他們累上加累，激他們與我軍交戰。」

「嗯，這個計策好，到時候我就率領龍鱗軍的將士殺他個片甲不留……」高麟興奮地說道。

陳登解釋道：「不，**我的意思是要敗給吳軍，而非取勝**。這次來的只是先頭部隊，如果我軍先擊敗了這支部隊，就憑我們手中僅有的兵力，根本無法全殲這支部隊。而且他們後面還有四萬大軍要來，打敗這支軍隊後，吳軍會覺得我軍戰鬥力非常強，必然會對壽春發起猛攻，如果日夜不停的攻打，恐怕我們也堅守不了多久，**與其打草驚蛇，不如向吳軍示弱**，這樣吳軍就會對我軍失去了戒備之心，對於下一步的棋則更加的好走。」

高麟看了郭嘉一眼，見郭嘉滿心歡喜的捋了捋鬍子，已經認同陳登的建議，便對陳登說道：「好，那就照著你的計策去做。」

於是，高麟按照陳登所獻出的計策，讓城中兵士偃旗息鼓、緊閉城門，從外面看上去，彷彿是一座毫無生氣的空城一樣。

傍晚時分，韓當率領一萬騎兵抵達壽春城，按照孫策的指示，先行在城外構築營寨，並且派遣士兵巡護，還不忘記去打探壽春城的動靜。

韓當帶著翩翩數十騎兵來到壽春城外，見吊橋升起，城門緊閉，城牆上面沒有一面華夏國的軍旗，也看不見一個人的身影，不禁狐疑道：「奇怪，難道華夏國畏懼我吳國兵鋒的厲害，全部躲到其他地方去暫避鋒芒了？」

一想到這裡，韓當不敢逗留，為了確定城內是否有人，便帶著騎兵環視整座城池一圈，卻沒有發現一個人影。

回到原地後，韓當正準備離開時，忽然看到一個人影出現在城樓上，極目四望，韓當也沒有看出那個人是誰。

站在城樓上的人正是陳登，他也遠遠地眺望著城下的韓當等人，朗聲道：「城外騎馬者為首乃是何人？」

「韓當是也！」韓當回道：「你是何人？」

陳登佯作驚恐之狀，急忙拜了拜，然後答道：「在下陳登，字元龍，久居壽春多年，以商為業……」

不等陳登說完，韓當便打斷陳登的話，說道：「我知道你，下邳陳元龍，九江郡人盡皆知，而且聲名遠播，不想在此遇見，失敬失敬。陳先生，城中可還有其他人？」

「還有十幾萬的百姓，一個沒少，但是由於畏懼，所以不敢露面。」

「華夏軍何在？」韓當較為關心這個問題，便問了出來。

「已經盡數撤離了，他們聽聞陛下親率大軍而來，知道抵擋不住大軍，所以便撤走了。」

「既然如此，為何你不打開城門，放我們進去？」韓當問道。

「我與將軍第一次見面，城中十幾萬百姓以性命相託於我，我身負重任，豈能不小心用事？但是既然將軍率領大軍到此，我便可以打開城門，放將軍等人進來，由將軍擔任此城防務，以防備華夏國。」陳登道。

韓當聽後，癡笑成狂，喜不勝收，叫道：「甚好，還請元龍先生打開城門，我即刻傳令軍隊過來，然後開進城裡，接管防務。」

陳登見韓當上當了，便露出一臉陰險的笑容，下了城樓，對城樓下的高麟說道：「王爺，韓當果然上當了，還請王爺做好準備。」

高麟道：「一切拜託陳先生了。」

說完，高麟便帶著幾名騎兵轉身走進城內，將這裡的一切都交給陳登。

陳登讓人打開城門，親自率領城中百姓迎接韓當入城，韓當自然欣喜若狂，沒有再多留意，而且斥候回報來說，華夏國的軍隊已經撤走多時，他這才讓自己的一萬部下全部入城。

入城之後，吳軍將士被安排到兵營，陳登則親自帶著韓當進了太守府，並且備下酒宴款待這些吳軍。

太守府裡，陳登和韓當一陣寒暄，一邊勸酒一邊痛罵華夏軍的不仁，硬是將酒量很大的韓當給灌醉了。

半夜，韓當醒來後，發現自己被五花大綁的關在地牢裡，不明所以的他開始在地牢中狂嘯起來，任由他怎麼掙扎，也無法掙斷身上捆綁著的鐵鍊。

不多時，高麟、郭嘉、陳登等人進了地牢，看到韓當在那裡不住咆哮著，高麟冷笑一聲，道：「你不用再掙扎了，無論怎麼掙扎也無濟於事，這鐵索是專門為了鎖住你而做的，除非你有三頭六臂，否則別想掙脫這裡。」

韓當看到陳登後，便破口大罵道：「陳元龍，你居然敢如此對我？」

「一切都是你太笨了，太容易相信我了。除了你以為，你帶來的那一萬名騎兵都盡皆被抓，現在被囚禁在兵營裡。」陳登道。

韓當懊悔不已，後悔自己輕信陳登的話，但是現在怎麼鬧也無濟於事了。

外面，中軍校尉張雄走了進來，抱拳道：「大元帥、太尉、參軍，斥候來報，吳帝孫策正率領馬步大軍四萬朝壽春城而來，所過之處，各縣望風而降，目前距離此城已經不足四十里。」

「哈哈哈……你們的末日要到了，我們陛下御駕親征，必然能夠將你們這些阿貓阿狗全部擊殺，你們就等著吧！」韓當聽後，便大聲笑了出來。

高麟也笑了起來，雙手合在一起，緊緊地握著拳頭，轉身說道：「來得正好，即刻傳令下去，所有人都準備好，這次一定要將吳國的皇帝給擊敗！」

話音落下，眾人便離開了地牢，韓當雖然還在那裡狂吼，可是無論如何都出不去，只能大罵道：「你們這些卑鄙小人，勝之不武，有本事把我放出來，我們一對一的打一仗……」

「裡面的人太吵，把他的舌頭給我割下來！」高麟在走出牢房門口的時候，對牢房裡的牢頭如此的說道。

牢頭點點頭，當即帶著幾個獄卒走進地牢，照高麟說的去做。

其實，這個計策早已經準備妥當了，陳登讓士兵每隔五十步便在城外的樹林中放上一堆乾柴，然後分一個士兵看守，約定一個時間，然後統一點燃。壽春城外的三面都已經做了準備，只等待吳軍的到來。

一個時辰後，孫策金盔金甲，手持黃金大槍，胯下是一匹極為健壯的馬匹，帶著四萬大軍，龍驤虎步的抵達了壽春城下。

他見壽春城上高高地掛著吳國的軍旗，城樓上燈火通明，站著的士兵也都是吳國的將士，心中便極為的滿意。

隨後，吊橋放了下來，城門也在此時緩緩地打開來，陳登帶著一些穿著吳國軍裝的士兵走了出來，列隊在城門邊，同時奏起了歡慶的音樂。

孫策極目眺望，卻沒有看見韓當，心中便多了一絲疑慮，回頭對程普、黃蓋、呂範、朱治等人說道：「朕親自到來，韓將軍卻沒有前來迎接，而且出來的人，朕一個都不認識，是不是韓將軍已經遭到不測了？」

朱治道：「陛下，壽春城中只有不到五千的華夏軍，斥候明明是看見韓將軍率領軍隊進城的，而且韓將軍也曾經派出斥候向陛下稟告已經拿下了壽春城，區區一個時辰，就算華夏軍想攻打此城，也不可能如此迅速。要知道，韓將軍手下率領的都是精銳士卒啊。」

「韓當好酒，會不會是喝醉了？」呂範忽然想起這件事來，插嘴道。

「不會。韓當雖然好酒，卻極有分寸，知道陛下尚未進城，必然不會喝醉。陛下，請在此稍歇，臣率領一小隊騎兵去問個明白。」程普緊握著一桿鐵脊蛇矛，帶著身後五十名騎兵便朝前策馬趕去。

孫策等人則靜靜地待在原地，等候著程普問話後的情況。

程普帶人策馬來到吊橋邊，勒住馬匹，不再向前行走，看到陳登後，問道：「你是何人？」

「在下陳登，字元龍，受韓將軍之託，特來迎接陛下與諸位將軍入城。」陳登答道。

「陳元龍？可是下邳的陳元龍？」

程普聽到陳登的名字後，便不由得一震，陳元龍在壽春的名聲極大，青州、徐州、揚州、豫州一帶也頗為知名。

「正是鄙人。」

程普環視一圈，目光犀利的他，看到陳登身後的士兵都面露凶相，心中已經有了疑慮，因而對陳登道：「陛下在外面，還請元龍先生到前面迎接。」

陳登看出程普十分謹慎，知道誘敵深入的計策已經敗露，當即朝後面退去，同時將手一揮，身後的士兵紛紛端出連弩，朝著程普帶的五十個騎兵便是一陣亂射。

程普早有防備，在陳登退後的時候，他撥馬便走，並且改變了方向，算是躲過一劫，可惜身後的五十名親兵全部在吊橋邊被射得人仰馬翻，死傷各半。

「陛下，有埋伏！」程普向後狂奔，邊走邊大聲喊道。

陳登等人也徐徐而退，同時城內的士兵拉起吊橋，等陳登等人回到城中後，就把城門給關上了。

城外的孫策聽到程普的話後，將黃金大槍高高舉起，身後的將士立刻向前湧出，然後極有規律的在城外的空地上列陣，同時將士們推出了攻城用的投石車，瞄準城牆，隨時準備攻擊。

壽春城內，高麟、郭嘉、陳登登上城牆，看到吳國在外面擺開攻城的陣勢，火把也一個個的升了起來，將護城河外面照得燈火通明。

高麟扭頭道：「吳軍要攻城了，你們在城中堅守，本王率軍出戰……」

郭嘉見高麟要走，急忙伸手拉住高麟的左臂，搖搖頭道：「吳軍雖然遠道而來，但是士氣正盛，而且將士和馬匹的疲勞程度似乎並不太明顯，如果此時和吳軍硬拼，只怕會損失慘重。」

「不然，吳軍遠道而來，急於求戰，如果我軍不應戰，必然會被吳軍笑話。大王所向披靡，只要率領一支鐵騎衝出城去，以迅雷不及掩耳之勢攻進敵軍陣營，和敵軍混戰在一起，我便有辦法讓敵軍退走。」陳登持著相反的意見，建議讓高麟出戰。

郭嘉道：「不行，吳軍勢大，當堅守為上，等吳軍士氣低靡後，才可出城一戰。」

陳登反駁道：「如今是夜晚作戰，吳軍雖然人數眾多，但是視線受阻，即使是吳國的皇帝，所能指揮的將士也不過周圍千餘人，如果大王能率領一支軍隊殺入敵營的話，便可以橫衝直撞，先行攪亂敵方陣營，吳軍人數雖然眾多，但是由於夜色的掩護，後軍必然不會動彈。何況吳軍以為我軍不敢出戰，所以擺開陣勢攻城，如果我軍現在便開始果斷迎戰，吳軍必然認為我軍早有準備，為了防止左、右、後三軍陷入混亂，必然會下令三軍不要擅自行動，而主要以前軍和中軍迎敵。」

「吳軍人數眾多，雖然只以前軍、中軍迎敵，也必然能夠將大王的兵馬包圍住，萬一大王有個什麼閃失，那該為之奈何？」郭嘉擔心地說道。

陳登底氣十足的道：「太尉大人，你和大王請我出來，不就是應對孫策這撥力量嗎？我現在有退兵之策，你卻不採納，再這麼拖下去，等到天亮之後，我的計策就不能奏效了。」

高麟想了想，對陳登道：「先生，此戰高麟可是將身家性命全部押在了你的身上，如果勝了，高麟以後必會厚待先生；如果敗了，高麟就算是在九泉之下也不會輕易放過你的。」

陳登道：「大王若不相信我，現在便可以將我殺死，元龍說一不二，既然答應了大王，就不會反悔。」

「好，本王相信你。」

高麟轉身對郭嘉道：「恩師，不入虎穴焉得虎子，這可是當年你給我講的故事，今天，我將性命押在陳先生的手上，如果我有任何不測，還請恩師不要對陳先生無禮，這一切都是我的意思，與陳先生無關。」

郭嘉先是嘆了口氣，然後便重重地點了點頭。

陳登聽後，心裡也是一陣暖意，對於高麟的信任，感覺很是窩心。

「二位保重，我去了。」

高麟下了城樓，點齊一千精銳騎兵，讓馬岱、甘小寧、郭淮三個人相隨，留下張雄、臧艾協助郭嘉、陳登守城。

「放下吊橋，打開城門！」高麟將手中的方天畫戟一揮，大聲喊道。

壽春城的吊橋緩緩放下，城門洞然打開，高麟率領馬岱、甘小寧、郭淮以及一千名龍鱗軍騎兵，在吊橋落地後，迅速地衝了出去。

壽春城的城樓上，也在此時擂響了隆隆的戰鼓，鼓聲陣陣，人聲鼎沸，龍鱗軍在夜色的籠罩下，猶如一隻鬼魅，迅疾般的朝吳軍布好的戰陣衝撞過去。

「砰！」「砰！」「砰！」

一聲聲巨響，守備在陣前的吳軍將士立刻被龍鱗軍給撞得人仰馬翻，兩支軍隊混戰在一起。高麟方天畫戟開道，馬岱、甘小寧、郭淮各自率領兩百騎兵朝著不同的方向衝撞過去，和高麟形成統一的默契，在吳軍陣營裡橫衝直撞，毫無任何章法。

孫策以及吳軍諸將都沒有想到華夏軍會突然出擊，為了以防不測，孫策下令左軍、右軍、後軍原地待命，讓程普、黃蓋、朱治率領前軍上前廝殺，並且讓列陣好的投石車向中軍這裡退卻，自己則和呂範一起觀戰，以便指揮整個戰鬥。

「城中只有五千不到的軍隊，他們居然還敢以卵擊石？給我殺，一個不留！」孫策怒吼道，緊緊握著手中的黃金大槍，目光盯著前面廝殺的戰場。

程普、黃蓋、朱治雖然各自領兵去了前面的戰場，但是由於龍鱗軍行為極為詭異，完全不照正常路數來，像是一盤散沙一樣在吳軍陣營裡左衝右突，用這種方法將吳軍的整個部署全部攪亂了，使得程普、黃蓋、朱治等人根本無法尋求帶兵的主將廝殺，只能讓士兵將這些人包圍起來。

孫策看到前面的戰場一陣廝殺，目光無意間看到了勇猛無匹的高麟，那根方天畫戟舞動成狂，在吳軍的陣營裡掀起了一場腥風血雨，讓他的心頭為之一震，不禁失聲道：「**華夏國竟然有如此能征善戰之輩？**」

這也難怪，孫策退居幕後已經長達三年，對外面的事情瞭解的並不太多，他不知道，不管在華夏國，還是在吳國，高飛的第二個兒子高麟已經是聲名遠播，而且還是勇冠三軍的人物。

呂範聽後，急忙對孫策說道：「陛下，請恕臣之罪，臣一時疏忽，忘記向陛下介紹高麟了。」

「高麟？」

「就是那個人！」呂範指著正在昏暗的燈光下廝殺的高麟說道。

「此人勇猛無匹，程普、黃蓋恐非他之對手，這個叫高麟的人，到底是誰？」

孫策越發來了興趣，手中更是發癢，不斷摸著自己的黃金大槍，目光中迸發出一絲凶光。

呂範道：「高飛有三女五子，高麟是高飛的第二個兒子，雖然年輕，卻是戰功赫赫、勇冠三軍，堪比漢末的呂布……」

不等呂範說完，孫策已經按捺不住了，用力一提手中的黃金大槍，大喝一聲

「駕」，整個人便飛馳而出，同時還不忘對呂範說道：

「你負責指揮整個軍隊！」

「陛下……陛下……」呂範見孫策策馬飛出，擔心地叫了起來。

孫策既然策馬飛出，哪裡還肯理會呂範，多年來未逢對手，在吳國當中更是無人能敵，今天終於等到一個可以一展身手的機會了，隱藏在他體內的血性立刻沸騰了起來。

呂範於是坐鎮中軍，仔細觀戰，他要照孫策的吩咐，以身作則。

程普、黃蓋、朱治指揮前軍的將士好不容易才包圍了馬岱所帶領的一撥騎兵，將馬岱死死地圍住，任由馬岱如何衝撞，也無法衝出。

馬岱身陷重圍，身邊的二百騎兵陸續陣亡，眼看敵圍越來越多，自己卻無法衝出去，便起了以死力戰的心態，對身後的百餘騎兵喊道：

「大丈夫在世當提三尺青鋒，以戰死沙場為榮，今日我等以死力戰，都拿出勇氣來，能多殺一個是一個！」

「唔！」百餘騎兵同時高聲吶喊起來，聲音如同滾雷，陣陣向外傳開。

與此同時，甘小寧、郭淮也是如此，被吳軍士兵重重包圍著，無論怎麼衝都衝不出去，已經失去了先前的優勢，紛紛以死明志。

高麟正在廝殺間，聽到自己的部下發出一聲聲吶喊，回頭看見程普指揮士兵圍住了馬岱，黃蓋指揮士兵圍住甘小寧，朱治指揮士兵圍住郭淮，自己身邊的士兵也越來越多。他急忙調轉馬頭，對身後的騎兵喊道：「諸位兄弟被圍，不能不救，都跟我來！」

話音一落，高麟身後三百多騎兵紛紛調轉馬頭，跟著高麟朝離他們最近的郭淮而去。

郭淮一桿長槍掃落不少吳軍，但是無論怎麼殺，總覺得吳軍越殺越多，自己身後的士兵卻越來越少，短短一刻鐘不到，身後二百騎兵只剩下幾十騎了，而且都帶著傷。

吳軍起初與龍鱗軍交戰陷入了混亂，但是程普、黃蓋、朱治到陣前指揮之後，便稍稍穩住了陣腳，程普等人見龍鱗軍裝備和兵器都很優良，便讓士兵先刺戰馬，再殺士兵，刀刃專門朝著龍鱗軍將士的腿上砍，算是找到了龍鱗軍的弱點，加上吳軍人多，很快便起到了作用。

朱治眼見郭淮就要被他給圍死了，嘴角邊露出一抹淡淡的笑容，也就在這個時候，他忽然聽到一名士兵提醒道：「將軍小心……」

那個「心」字還沒有傳入耳中，朱治便覺得一股冰冷的涼意從背後穿透整個身體，低頭一看，竟然是一方大戟，疼痛迅速占據了他的全身，就連想叫都叫不出來，大戟切斷了他的肺部氣管，整個人在不斷抽搐著。

當大戟從背後抽出他的身體時，他便從馬背上摔了下來，兩隻眼睛看到地面上奔馳來許多馬匹，鐵蹄過處，將他的屍體踏得血肉模糊。

「擋我者死！」高麟出其不意的一戟殺了朱治，隨後便帶著士兵衝向被吳軍圍住的郭淮等人，同時大吼一聲。

吳軍背後突然遭受攻擊，朱治也已經死了，一時間陷入混亂，高麟瞬間殺入重圍，順利的救出郭淮等人後，便掉頭向甘小寧被圍的方向而去，眾人合兵一處，迅速擰成一股繩。

黃蓋正在與甘小寧交戰，手中的鐵鞭不停地揮打在甘小寧的周身，甘小寧小心翼翼的應付，卻被黃蓋逼得無法還手。正是一寸短一寸險，甘小寧手持大刀，被黃蓋貼身緊逼，大刀發揮不出實力，反而被黃蓋的鐵鞭阻礙了手腳，饒是如此，甘小寧還是應付了十幾招。

黃蓋雖老，卻老當益壯，手中鐵鞭揮舞成狂，完全將甘小寧罩住，如果再有十幾招，他必然能夠將甘小寧逼得無法招架。

可惜，高麟沒有給他任何機會，正在兩個人殺得難解難分之時，高麟率領郭淮等人突然從外面殺了進來，馬匹立刻將吳軍撞飛，衝進重圍。

高麟在逼近黃蓋時，方天畫戟突然刺出，直接朝著黃蓋的肋下刺去。

黃蓋攻守兼備，在攻擊甘小寧的時候，同時也做好了防禦突發狀況的後手，此時高麟忽然來攪局，眼看方天畫戟即將刺到自己，鐵鞭立刻抽了出來，然後擋住高麟的方天畫戟，心中一陣虛驚。

可是，高麟這一戟用力過猛，黃蓋雖然架住了，卻想不到力道居然如此猛烈，反被方天畫戟將鐵鞭擊打得彎曲了過去，他吃了一驚，料想無法抵擋高麟的後招，立刻棄馬而逃，混入吳軍步兵當中，從人堆裡逃得無影無蹤。

高麟意在救人，既然沒能殺掉黃蓋，也不去追，看到黃蓋狼狽而逃，不禁啐了一口，大罵道：「老匹夫，下次別讓我遇到你！」

甘小寧之圍遂解，所剩下的幾十個騎兵也迅速的和高麟、郭淮合兵一處，高麟在前，甘小寧在左，郭淮在右，率領差不多五百名騎兵朝著馬岱被圍的方向而去。

馬岱正在和程普憨鬥，身後也只剩下十幾個騎兵，但是就這些騎兵，周圍丈許內卻沒有任何吳軍，地上更是屍橫遍野，每個人都是鮮血淋淋，身上鮮紅的血液分不清到底是敵人的血還是自己的血，但可以肯定的是，包括馬岱在內，每個人都受了傷。

「年輕人，我看你也是一個將才，不如投降我吳國吧，我在陛下面前替你美言幾句，以你的身手，做個將軍沒問題的……」

程普的鐵脊蛇矛舞動起來詭異非常，猶如一條靈動的大蛇，將馬岱周圍完全罩住。

馬岱右臂受傷，終究少力，手中長槍舞動起來也不是很靈活，只有招架的份。他聽了程普的話，怒聲道：「我馬岱生是華夏國的人，死是華夏國的鬼，大國之將，怎能降你彈丸小國？吳狗，少囉嗦，咱們手底下見真章！」

程普聽後，搖搖頭，嘆了口氣道：「可惜，一個將才啊……既然如此，那可別怪老夫手下無情了……」

程普話音剛落，手中的鐵脊蛇矛力道立刻加重，就連招式也變得繽紛起來。那鐵脊蛇矛在他的手中，就如同一條纏在身上的巨蛇，靈動而又詭異。矛頭每每刺向馬岱，就如同長蛇吐信，只要馬岱稍有不留意，便會被刺中。

馬岱吃力的應付著程普的攻擊，身後傳來陣陣的慘叫聲，死戰不退的龍鱗軍幾乎要全軍覆沒了，可是他作為他們的統帥，卻無能為力，只能眼睜睜的看他們死去。

忽然，高麟、甘小寧、郭淮帶著近五百騎兵殺了過來，直接從吳軍的背後殺進重圍，吳軍抵擋不住，程普見高麟等人殺來，吃了一驚，還沒等高麟奔到，又加快了攻擊的招式，力求立刻將馬岱刺死。

可是，馬岱的防守能力卻讓程普占不到便宜，雖然處在下風，但是面對程普的快攻還是有招架的能力。

「匹夫，來跟我打！」高麟見程普逼得馬岱無法還手，怒吼一聲。吼聲如雷，滾滾傳入程普的耳朵裡，還未等到他出手，高麟騎著座下的汗血寶馬便奔馳而至，方天畫戟撲面而來。

程普哪裡料得到高麟會來得那麼快，舉起鐵脊蛇矛去招架，但由於高麟力氣很大，他雖然招架住，但是方天畫戟的戟頭卻刺進他的肩窩，他的左手急忙拔出佩劍，朝方天畫戟一揮，這才將方天畫戟撥落，自己受了傷，不宜再戰，撥馬便走。

高麟救下馬岱等十餘人，遂全部合兵一處，可是自己卻身陷吳軍的重重包圍當中，而且他沒有注意到，一個金盔金甲金槍的人正在朝他逼近。

「閃開！」

吳軍的背後，一聲巨吼如同滾滾波浪向前傳來，吳軍將士立刻讓出一條道

路，孫策從那條道路中策馬奔馳而出。

高麟等人邊殺邊退，退到護城河時，已經退無可退，此時他們距離城門前的吊橋還有相當長一段距離。

前面是吳軍，背後是護城河，高麟看到孫策從人群中而出，再看孫策的打扮，知道孫策便是吳國的皇帝，嘿嘿笑了一聲，緊緊地握著手中的方天畫戟，暗暗地道：「來得真巧，殺了他，吳國便會群龍無首，國內也會一片混亂，太子之位也會是我的了。」

孫策橫槍立馬，將黃金大槍高高舉起，環視眾人一圈後，看到程普受傷，黃蓋疲憊，便對身後的吳軍將士說道：「送程將軍回去治傷，黃老將軍掠陣。」

吳軍士兵按照孫策的吩咐去做，黃蓋重新騎著馬來到陣前，但是看高麟的眼神卻略有懼意。

孫策將黃金大槍向前一指，槍尖直指高麟，喝問道：「你就是高麟？」

「不錯，我就是高麟。你可是吳國的皇帝孫策？」高麟反問道。

孫策點點頭，笑道：「很好，你倒是和你父親有幾分相像，聽說你在華夏國勇冠三軍，戰功赫赫，小小年紀便已經靠戰功封王，成為天下兵馬大元帥，是也不是？」

「哈哈，沒想到連你都聽過我的名頭。既然如此，那你應該儘早放下武器，獻土歸降，或許投降以後，也不失為是一個侯。」高麟勸降道。

「大言不慚！我和你父親曾經有過一個約定，彼此單打獨鬥，既然你父親做縮頭烏龜，那麼你作為兒子，就替你父親履行這個約定吧。今日只有你和我，如果我敗了，我立刻退兵，如果你敗了，你就拱手將壽春城讓出來。如何？」

「這個主意不錯。不過，我輸了要讓壽春城，你輸了，卻只退兵，這樣不合理。不如這樣，你要是輸了，就率領你的整個國家投降，如何？」

「做夢！今日我占上風，即使你不讓壽春城，我若取之，也只在片刻之間，你根本沒有跟我談判的條件！」

「你也太低估我了吧，我只一千人便能將你前軍五千人攪亂的不成樣子，何況我城中還有四千人，而且我已經調動汝南、徐州兩處兵馬，援軍片刻即到，到時候只怕你想走都走不掉了。哈哈哈……」

孫策也知道，壽春是重城，高麟必然不會只率領五千人來取，所以他要儘快將壽春城攻下，以免夜長夢多。

壽春城的城樓上，郭嘉、陳登看著城外的形勢，陳登笑道：「天助我也，今夜必然要讓吳軍盡數退卻。太尉大人，請即刻命令所有騎兵於此時出擊吧！」

郭嘉並非無謀，之所以不同意高麟出戰而懷疑陳登，完全是在激將，現在聽到陳登的話，看了看城外的形勢，見高麟和孫策槓上了，按照高麟的性格，肯定會答應和孫策單挑。

但是單挑有風險，需要謹慎。高麟雖然勇冠三軍，卻從未和名將單打獨鬥過，孫策是傳奇性的人物，號稱吳國第一，楚霸王轉世，郭嘉擔心他的安危，所以在陳登的話一說出口後，便立刻傳令了下去。

孫策和高麟還在僵持著，可是壽春城裡的龍鱗軍已經全部衝了出來，喊聲震天。

與此同時，在壽春城的東、北、西三面，不約而同的出現了點點火光，遍地都是，將遠處的夜空照得燈火通明。

最讓人震撼的是，從火光亮起的三個方向都傳來滾雷般的馬蹄聲，一點一點向這邊靠近。

坐鎮指揮的呂範一看到這種情況，心中開始不安起來。

華夏國的軍隊過百萬，如果來的是援軍，光看這陣勢，少說也有十萬之眾，他們遠道而來，還未立下營寨便與華夏軍發生了一場戰鬥，不到半個時辰的戰鬥，就已經陣亡了兩千多士兵，如果十萬大軍一起攻來，他們就算想走都走不掉，還很有可能會全軍覆沒。

呂範二話不說，立刻讓人鳴金收兵，以保全實力。

孫策剛想回答高麟的話語，忽然聽到中軍鳴金，他皺起眉頭，望著高麟的眼神也充滿了怒意，再朝壽春城其他三面望去，便恨得牙根癢癢，最後被迫退走，對高麟說道：「原來你一直在拖延時間，是想等援軍抵達……」

「哈哈哈，被你看穿了，看來你還不算笨啊，我已經調來十萬大軍，總之，壽春城你就別想了，你放心，你退兵之後，我不會追擊，這兩天我就率兵去攻打合肥。你若是識趣的話，就趕快滾回合肥，洗乾淨脖子等著我去砍你的腦袋。或者舉國投降，也不失為是一個侯。」

孫策含恨而退，吳國大軍也徐徐而退。

高麟看到吳軍撤走，長出了一口氣，回頭看看剛剛經歷過戰鬥的龍鱗軍戰士們，心有餘悸道：「剛才真是一場惡戰啊……」

對高麟來說，確實是一場惡戰，他在西北的一貫打法，在吳軍面前起到的作用卻很小。吳軍畢竟是有組織的正規軍，跟塞上的游牧民族有著很大的差距，這也是他感到對付吳軍並不像對付鮮卑、西羌等人少數民族一樣順利，反而很是

吃力。

如果是在西北，他這種打法早已將那些叛軍打得七零八落了，可是剛才在進攻吳軍的時候，被驅散的吳軍非但沒有逃走，反而又重新聚在了一起。

吳軍走了，郭嘉和陳登便一起從城中走了出來，龍鱗軍士兵開始打掃戰場，那些參戰的士兵則回城治傷、休息。

高麟翻身下馬，來到郭嘉和陳登的面前，深深地鞠了一躬。

郭嘉是習慣了，因為高麟總是這樣拜他，對他十分的尊敬，可是對陳登來說，卻有些受寵若驚，忙道：「殿下何故如此？」

「先生**妙計退雄兵**，如果不是先生妙計，吳國大軍怎麼會那麼快退走。」高麟道。

陳登道：「我不過是盡一個居民的責任罷了，也幸虧天時、地利、人和我們全部占盡，否則的話，孫策怎麼肯輕易退兵?!殿下，孫策雖然退兵，但是如果得知我們並未有援軍抵達，必然還會再來攻取，當務之急，應該是迅速調遣一支大軍駐守壽春。」

郭嘉點點頭，捋了捋鬍鬚，對高麟說道：「殿下，陳先生所說極為正確，虎烈大將軍的兵馬近在廬江，殿下可派人去通知虎烈大將軍，讓他率軍來援壽春。」

「可是，黃老將軍是第二集團軍的大帥，身負攻取廬江的要任，父皇也下達了嚴令，四大集團軍的兵力不能隨意調動，就連父皇本人也是不到萬不得已不輕易調動。而且我與黃老將軍並未有過來往，大戰在即，黃老將軍又怎麼會帶兵來支援壽春？相比之下，第一集團軍兵力眾多，鎮東將軍臧霸是臧艾的父親，而且第一集團軍的大帥甘寧是甘小寧的父親，有這兩層關係，如果讓臧艾或者甘小寧任何一個人去借兵，他們必然會前來支援。」高麟道。

「不可。第一集團軍的任務艱巨，兵力不能妄動；第二集團軍兵力雖少，但是廬江與九江接壤，脣亡齒寒，黃將軍必然不會見死不救。」

郭嘉深知整個戰略布局，他是內閣成員，有些事情，外面的人也未必知道，可是他的心裡卻跟明鏡一樣。

高麟對郭嘉是言聽計從，所以根本不問，便道：「既然如此，那就照恩師的話辦吧，我這就派人去請黃老將軍親自率領大軍來壽春。」

孫策被迫退兵，在壽春吃了虧，心裡非常的惱火，暫時後撤了五十里，安營紮寨，擇日再戰。

中軍大帳裡，孫策對與呂範、程普、黃蓋三人道：「朕本打算先行偷襲華夏國，將戰火燒到華夏國的國土上，沒曾想這個高麟竟然先行一步，提前攻佔了壽春城，擋住了我們前進的道路。害得朕損兵折將，這兩天來，先是祖茂父子三人被殺，接著韓當生死未卜，然後是朱治……我吳國連連遭逢劫難，難道上天真的不眷顧我吳國嗎？」

呂範道：「陛下，高麟身邊有郭嘉為謀士，更兼得到了陳元龍的支持，陳元龍在九江一帶深得民心，如果不請公瑾前來助戰，只怕很難對付，只可惜公瑾他……」

一提到周瑜，孫策的表情就現出一陣感傷，重重地嘆了口氣，什麼話也不說了。

這時，派出去的斥候回來了，一進大帳，便朗聲道：「啟稟陛下，小的已經探明清楚，壽春城並無援軍到來，而是陳登使用的疑兵之計。」

「什麼？」

孫策聽後，臉上一陣吃驚，沒想自己連這等疑兵之計也看不出來。

呂範此時臉上也是一陣火辣辣的，因為指揮戰鬥的是他，下令撤軍的也是他，當時那種情況下，那種萬馬奔騰的氣勢，讓他真的誤以為有十萬之眾。

他急忙跪在地上，朝孫策請罪道：「陛下，臣該死，臣有眼無珠，被敵人蒙蔽了雙眼，誤以為是華夏國的援軍抵達了……」

孫策擺擺手，沒有責罰呂範的意思，淡淡地說道：「你沒錯，當時，朕也誤以為是華夏國的援軍抵達了……大家都累了，早點下去休息吧，明日午後，我們再重新去攻打壽春城，這一次，一定要攻下壽春城。」

「臣等遵旨！」

眾人離開後，孫策腦海中便浮現出周瑜的身影，自言自語地道：「公瑾，朕離開了你，真的就不能有一番作為了嗎？」

第七章

一朵奇葩

每次戰後，黃忠總是把戰功和得到的賞賜也全部分給部下，因為他已經位極人臣，不可能再加封了，不如將戰功分給自己的部下，讓部下更加賣力的為自己打仗。在華夏國中，黃忠算是一朵奇葩，也成為各個軍隊效仿的楷模。

與此同時的彭澤縣湖口鎮，正是一派肅殺，在鄱陽湖入長江的匯流處，東西兩岸燈火通明，將黑夜照得如同白晝。

湖口鎮裡，陳武扼守險要之處，過河之後，便放火燒毀了浮橋，一直堅守不戰，牢牢地將李典、樂進、徐盛、丁奉、呂蒙等人堵在河對岸。

幾天前，徐盛、丁奉、呂蒙率眾來到湖口鎮，本想借用陳武不知道三個人已經投降華夏國的事來做一下文章，待進入湖口鎮後，便立刻發起進攻，給陳武一個出其不意。

誰曾想，陳武根本不見他們三個人，在過了河之後，便放火燒毀浮橋，並且謾罵徐盛、丁奉、呂蒙三人賣主求榮。

徐盛、丁奉、呂蒙試圖重新架起浮橋，可惜架設到一半，就被陳武派人破壞掉了。

李典、樂進隨後趕來後，也是無計可施，便和徐盛、丁奉、呂蒙等人一起被堵在這裡，坐等虎牙大將軍張遼率領水軍前來破敵。

在這等待的幾天時間裡，吳國的援軍也陸續進入彭澤縣，新任大都督陸遜更是將重兵壓在了湖口鎮，並且親自蒞臨湖口鎮，坐鎮指揮，與華夏國隔河相望。

華夏國的大營裡，諸葛亮於深夜趕來。

魯肅、周泰、凌操、潘璋等吳國將士中校尉以上的軍官，全部按照高飛的意思，派人押送到帝都洛陽，對於投降的士兵就地收編，不投降的士兵則暫時關押著，一直關到投降為止。

諸葛亮將這件事處理好後，便留霍峻守備潯陽城，自己帶著幾名親隨火速趕到這裡。

大帳裡，受封為蘄春侯的諸葛亮坐在上首位置，在詢問了一下這裡的戰況後，諸葛亮皺起眉頭道：「吳國增兵湖口鎮，看來是想徹底阻止我軍繼續從陸上前進，不過，我很想知道，陸遜是何許人也？」

徐盛答道：「陸遜字伯言，是吳主孫策的女婿，一直擔任駙馬都尉一職，不過是個儒生而已，看不出有什麼特別之處。」

諸葛亮聽後，搖搖頭道：「那倒未必，孫策雖說有勇無謀，但畢竟還是有識人之才的，如果陸遜沒有什麼才華的話，孫策為何要任命陸遜為大都督？大都督一職在吳國位高權重，國難當頭，孫策也不會如此昏了頭。在情報部所列的吳國名將和名臣當中，還真沒有這個人的一點消息，無法知己知彼，就不能百戰不殆。看來要想突破湖口，需要水陸並進才是。」

李典道：「軍師所說極是，大將軍已經率領水軍從柴桑而來，明日即可抵達。吳國水軍全部潰敗，水上力量薄弱，根本不是我軍對手，只要大將軍的軍隊一到，必然能夠將湖口鎮拿下。」

「我擔心的不是水上的力量，而是陸上，從你們所說的情況來看，陸遜一直堅守不戰，在湖口鎮構建防禦工事。就算大將軍的水軍到了，控制住水上的霸權，能夠將我們運送到對岸，但是要擊敗吳軍，還是要在陸地上進行，陸遜遍地構建壁壘，層層防禦，這是在做長久的抗戰打算，只怕我軍要耗損的兵力也會與日俱增。」諸葛亮擔心地道。

呂蒙道：「軍師擔心的極是，我以為，湖口鎮雖然是重兵把守，但是也未嘗不可突破。」

諸葛亮「哦」了一聲，目光中閃出一道亮光，道：「呂將軍請繼續說下去。」

呂蒙道：「吳國在湖口鎮重兵把守，目的是防止我軍再向東推進。但是這樣就會造成吳國境內兵力分布不均，其他地方的兵力必然薄弱。吳國在湖口防守，我軍不一定非要在湖口進行突破，可以派遣一支偏軍，繞過湖口，經上饒，攻會稽郡，轉攻吳國後方，並且煽動吳國境內的山越反叛，從側面迂迴，然後再經吳郡直接攻打吳國都城，只要將吳國都城包圍住，湖口重兵必然會回師援軍，那麼軍師再指揮軍隊從背後追擊，必然能夠起到意想不到的效果，不出兩個月，必然能使吳國臣服！」

諸葛亮聽了呂蒙的話，不禁一怔，厲聲責問道：「大膽！你居然偷看軍部的戰略部署圖？」

呂蒙被罵得丈二和尚摸不到頭腦，見諸葛亮厲聲責問，更是一臉的迷茫，跪在地上澄清道：「軍師，呂蒙不知道軍部的戰略部署圖是什麼，剛才所說都是自己心中所想的，請軍師明鑒！」

諸葛亮想想也是，軍部的戰略部署圖只有內閣成員才知道，而且這張戰略部署圖十分保密，內閣成員看完後，為了防止洩露，便一把火給燒掉了，外人根本不可能知道，呂蒙新近歸附，除了他之外，從未接觸過內閣成員，又怎麼會知道這張戰略部署圖的存在呢。

他自知失態，略微定了定神，對呂蒙道：「你起來吧。」

呂蒙起來後，見諸葛亮在注視自己，四目相接，雖然只是短暫的瞬間，但是他問心無愧，所以眼神裡毫無畏懼之色。

諸葛亮暗道：「此人果然是個傑出的俊才，軍部的戰略部署圖是所有內閣齊心協力的結果，他居然一語道破其中玄機……」

諸葛亮便道：「嗯，你的建議很好，和我想到一塊去了。但是，皇上給我們

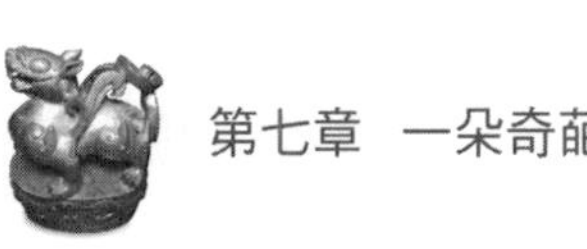

的職責是在此地吸引住吳國的兵力，今日大家休息，明日等大將軍到來，我們便進攻湖口鎮。」

「諾！」

次日清晨，張遼率領水陸大軍抵達諸葛亮等人所在的營地。

華夏國十幾萬大軍全部聚集在此，聲勢滔天。但是張遼並未採取任何動作，而是先讓士兵休息，擇日再戰。

與此同時，壽春城南五十里處的吳軍大營裡。

孫策一早便起來了，他昨夜幾乎徹夜未眠，周瑜、魯肅、周泰、韓當等人都被俘了，如今吳國到底能支撐多久，對他來說是一個未知之數。

他打開大帳的捲簾，清晨的陽光照射在他的身上，讓他感到一陣溫暖。雙眼通紅，眼窩深陷，整個人的臉上也失去了往常應有的朝氣，昨夜一戰，他忽然覺得有些疲憊，沒有周瑜的日子，他可能真的會輸掉這場戰爭。

孫策重重地嘆了口氣，轉身走進大帳，剛邁出不到三步，便聽背後傳來一個極為熟悉的聲音：「陛下……」

聽到這個聲音時，孫策欣喜若狂，急忙回頭，果然看到那張最為熟悉不過的臉，一個身穿普通百姓衣服，滿身泥灰的漢子站在那裡，饒是如此，依然掩蓋不住他臉上的英氣。

他急忙朝外跑了過去，一把將那個人緊緊地抱在懷裡，不覺落下淚來，激動地道：「公瑾，我不是在做夢吧？」

周瑜活生生地站在孫策的面前，但是飽經滄桑，看得出來，他沒少受苦。進入軍帳後，周瑜便和孫策展開一番促膝長談。

原來，周瑜自從在歐陽茵櫻的幫助下逃走後，先是去了湖口鎮，見了陳武，讓陳武堅守不戰，無論是誰都不能輕易出戰。之後，周瑜推測陸遜可能會繼承自己的大都督之位，便留書一封，讓陳武轉交給陸遜，自己則秘密朝建鄴去。

走到半路，周瑜聽到消息，才知道孫策並沒有瘋，而且還帶兵去了九江郡，於是改道去九江郡，終於在今日趕到這裡。

孫策聽完周瑜的遭遇，不禁長嘆一聲，便將自己這兩天來損兵折將的事告訴了周瑜。

周瑜聽後，道：「陛下，兵貴神速，我軍當儘快占領壽春才對。」

「正合我意，你一來，朕什麼都不擔心了，只要有公瑾在，那些華夏軍算得了什麼東西！」

孫策登時底氣十足，扭頭對帳外的傳令兵道：

「傳令下去，全軍拔營起寨，兵臨壽春城下！」

「陛下且慢，兵貴神速固然不錯，可是壽春城有護城河作為屏障，此時就算抵達城下，如果敵軍不放下吊橋，我軍也不可能逾越過去，而且壽春城中糧秣充足，利於固守，**不宜強攻，只有智取**。」周瑜止住了孫策的行動，急忙說道。

孫策此時對周瑜言聽計從，前者沒有周瑜，孫策連遭敗績，現在好不容易把周瑜給盼來了，孫策又怎麼會不聽周瑜的建議呢。

他點點頭道：「公瑾，你有什麼妙計嗎？」

周瑜貼在孫策的耳邊，對孫策說出了自己的計策。

孫策聽完，喜笑顏開，當即說道：「公瑾真是妙計啊。」

午後，吳軍用過午飯之後，全軍便拔營起寨，全部朝著壽春城而去。

壽春城裡。

高麟聽到斥候來報，說吳軍又來了，便親自去城門，並且讓人將郭嘉和陳登一起叫到城門口。

城樓上，郭淮和張雄見到高麟來了，齊聲參拜道：「參見大元帥。」

「免禮，吳軍到什麼地方了？」高麟登上城樓，見城外沒有任何敵人，便問道。

郭淮道：「接到的最新情報說，吳軍正火速趕來，已經不足十里。」

高麟道：「吳軍定然是知道我們沒有援軍到來，所以重新回來爭奪壽春了……」

「大元帥。」郭嘉跟陳登一起從城牆下面走了上來，見到高麟時，便同時參拜道。

高麟擺擺手道：「不必拘禮。恩師，陳先生，吳軍去而復返，定然是知道我們昨夜並沒有援軍抵達，所以再來和我軍爭個高低了。請問，我軍當如何退敵？」

陳登道：「如今只能堅守不戰了，壽春城池堅固，城內糧秣充足，孫策雖然有數萬大軍，但是也不足為慮，只要我們不出城，他們也拿我們沒辦法，不如就在此坐等援軍抵達，等到援軍抵達之後，再裡應外合，殺吳軍一個片甲不留。」

郭嘉道：「陳先生言之有理，我也贊同此法。」

於是，高麟下令全城戒嚴，讓甘小寧、臧艾緊守西門，郭淮、張雄守東門，

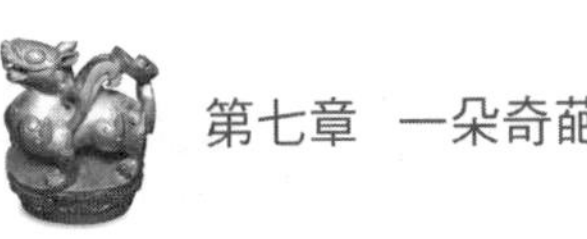

沒有他的命令不得隨意開城。

馬岱由於受了傷，所以在城中調養，但是他閒不住，在城中負責安全問題，帶隊巡邏，以防止可疑人員進入。

傍晚時分，吳軍大兵壓境，此時孫策有了周瑜出謀劃策，所以兵鋒一到，便迅速用大軍將壽春城團團圍住，東、西兩座大門那裡的人更是用重兵防守。

當夜，吳軍在城外紮下了營寨，營寨裡點著燈火，徹夜不熄，將整個壽春城給照得如同白晝。

高麟、郭嘉、陳登重新視察後，郭嘉狐疑地道：「此次吳軍到來和上一次大有不同，此次吳軍先用大軍圍城，將整個城池圍得水泄不通，就連安營紮寨也極有規律，只一天功夫，吳軍怎麼會變化的如此之大？」

「興許是孫策上次吃了一次虧，所以變得謹慎起來了。不過是尋常圍城而已，沒什麼大不了的，恩師是不是太多慮了？」

高麟仔細地看了看，卻什麼都看不出來，在他眼裡，安營紮寨不都是一樣的嘛。

郭嘉道：「也許吧，但是只要我軍不出戰，敵軍就拿我們沒有辦法。」

「那就行了，堅守不戰是上善之策，等到虎烈大將軍率軍抵達，我軍便開始反擊。」

高麟說完這句話後，便離開了城樓，倒是將郭嘉和陳登給拋在了這裡。

郭嘉輕輕嘆口氣，無奈地搖了搖頭。

陳登看到郭嘉如此模樣，便道：「太尉大人，可是心中有什麼疑慮？」

「其實也沒什麼，只是我對這次吳軍的圍城有一絲疑慮，或許殿下說得對，是我多慮了。陳大人，你可看出其中端倪？」

陳登道：「請恕我眼拙，未能看出有什麼異常之處。」

郭嘉又向外看了一眼，吳軍圍城確實沒什麼值得可疑的地方，如果是他，他也會先把城池圍個水泄不通，然後再另想他法。可是不知道為什麼，郭嘉的心裡總是很不安，這是以前他從未有過的感覺。

「太尉大人，我們下去吧。」陳登走到階梯邊，對站在城樓上的郭嘉說道。

郭嘉點點頭，對身邊的郭淮、張雄道：「如果發現吳軍有任何異常舉動，就立刻來通報我。」

郭淮、張雄抱拳道：「諾！」

入夜後，吳軍沒有任何的動作，一切都很平靜。

郭嘉在房間裡坐立不安，心中總是像是被貓給抓了一樣，翻來覆去的睡不著覺。

他獨自一人來到城樓上，向城外眺望吳軍的營寨，但見吳軍營寨裡一切如常，毫無任何動靜。

「也許，真的是我太多慮了？」

郭嘉在視察一圈城池後，轉身回到房間。

到了第二天白天，吳軍依舊沒有任何動靜。

這種平靜，一直持續到第二天夜晚。

子夜，忽然一聲晴天霹靂，夜空中便是電閃雷鳴，狂風呼嘯不止，恨不得將房子上的瓦礫給吹翻了。

郭嘉昨夜一夜未眠，今日剛剛入睡不久，便被雷聲驚醒，急忙從屋內跑了出來，看到夜空雷電交響更替，狂風中夾雜著濃厚的濕氣，不一會兒功夫，天空中便下起了傾盆大雨，地上也迅速積攢起雨水，只兩個喘息間，地上的積水竟然已經漫過腳踝。

「連日來天氣炎熱，滴水未落，今夜竟下起了暴風雨，南方的天氣真是怪哉……」

郭嘉看著門前的雨幕，這一場暴風雨來的實在是太突然了，讓他有些錯愕。

這時，雨幕中跑來一名士兵，見到郭嘉後，行禮道：「參見太尉大人，吳軍有動靜了。」

郭嘉驚奇的「哦」了聲，緊接著道：「快說。」

「吳軍剛剛連夜撤軍，只短短半個時辰不到，所有圍城大軍已經盡數撤去，夜色難辨，又加上暴雨傾盆，吳軍動向不明。」

郭嘉聽後，眉頭不禁便皺了起來，他聯想到此時的傾盆大雨，又想到這兩天吳軍營寨中一如反常的平靜，腦海中忽然閃出一個不祥的預兆，急忙叫道：

「不好！**中了吳軍的奸計了……**」

話還沒說完，他便奮不顧身地衝進雨幕中，朝高麟的房間奔去。

此時，高麟正在房裡睡得很香，連日來的征戰讓他有些疲憊，外面雖然大雨傾盆，但是人在落雨的時候反而會有很好的睡眠品質。

「殿下……殿下……快醒醒啊，大事不好了……」郭嘉衝到高麟的房門前，舉起拳頭使勁的敲著門。

負責守衛的將士哪裡見過郭嘉如此慌張的模樣，但是他們知道高麟對郭嘉言聽計從，站在那裡誰也不敢多說什麼。

高麟在臥榻上被一陣急促的敲門聲驚醒，耳朵裡傳來郭嘉的聲音，便翻身而起，走到門邊，將房門打開，看到郭嘉全身濕漉漉的站在門外，不禁問道：「恩師？你怎麼……」

不等高麟把話說完，郭嘉便急忙道：「殿下，我們中了吳軍的奸計，現在請殿下火速傳令城中將士和百姓撤出壽春城，儘量到城外的高地上，跑得越高越好……」

「恩師，到底出什麼事啦？」高麟第一次見到郭嘉如此緊張，急忙問道。

郭嘉來不及解釋，指了指夜空，對高麟道：「殿下，外面下暴雨了，我一直找不到吳軍異常的原因，現在終於知道了，原來吳軍是在等這場暴雨……」

「暴雨？下雨很正常啊，恩師有什麼好緊張的？」高麟笑道。

「來不及解釋那麼多了，殿下應該儘快下令，讓城中所有人都迅速撤出去，興許還能來得及……」

郭嘉拉著高麟的手臂便朝外走，邊走邊說道。

高麟見郭嘉如此緊張，不敢怠慢，急忙讓人去傳令，按郭嘉所說的去做。

可是，一行人還沒有出太守府的大門，便見夜空中一道閃電從天際直接劈下，那道閃電長如盤龍，直垂地面，緊接著便是「轟隆」一聲，聲音巨大無比，彷彿是天帝發怒的吼聲，震耳欲聾。

而夜空中的雨水彷彿就像是天上的天河開了一個豁口一樣，如瀑的暴雨一直在不停地下著，地上的積水越來越多，不到一刻鐘，積水便快要漫過膝蓋了。

「轟隆！」

又是一聲巨雷的響聲，天地間一片黑暗，伸手不見五指，雨幕有如瀑布般地落在人的身上，此時郭嘉和高麟早已全身濕透，雖然看不清前面的道路，仍是深一腳淺一腳的蹚著漫過膝蓋的積水。

此刻，守在壽春城城門上的將士們聽到滔滔的激流聲，由於雨水澆滅了城中所有點燃的火把，使得整個城池一片黑暗。

將士們睜大眼睛向外面看，好不容易看到時，都大吃一驚，他們看到一個高過一個的浪頭，正朝這裡沖捲過來。

守城的將士們還沒來得及叫喊，那高出城牆約有三尺的浪頭便將城牆上的守軍給拍打了下去，有的直接墜落城牆下，摔得粉身碎骨，有的被浪頭拍進鐘鼓樓裡，情急之下緊緊地抱著鐘鼓樓的柱子，但是面對大水的沖擊，最終還是被捲下了城牆。

洪流一漫過城牆，那滔滔不絕的水流便急急地灌入壽春城中，一些緊挨著城牆的民房抵擋不住那麼高的大浪，整個房子便被大水沖毀了。

除此之外，洪水從四周灌入壽春城裡，壽春城裡的積水本就流不出去，現在又有新的洪水湧進，水位迅速升高，大浪則沿著街巷向前，吞噬著一切。

龍鱗軍大多都是來自西北的漢子，會水者很少，能在這麼大的洪水中僥倖生存下來的就更少了。城中的居民雖然都是南方人，大多都會游水，但是在這樣的洪流當中，人的力量相當薄弱。

洪水從四面八方席捲整座城池，從各個街巷朝著壽春城最中間地帶的太守府而去。

郭嘉拉著高麟正向外走，耳邊忽然響起滔滔的激流聲，郭嘉心中暗叫不好，拉著高麟望太守府裡躲。

但還是慢了一步，四面八方的激流全部湧向這裡，在太守府門口撞擊在一起，掀起一個巨大的水浪，將郭嘉、高麟等人全部捲進了水裡。

郭嘉、高麟受到四方水流的沖擊，讓兩人在水中不斷翻滾著，人隨著水流而動，根本分不清東西南北，而腳下更是深不見底。

壽春城裡的人一個都沒有跑掉，被這股不知道從哪裡來的洪水給淹沒，但是暴雨還在不停的下著。

城中連同高麟、郭嘉、陳登、馬岱、甘小寧、郭淮、張雄、臧艾等人在內的華夏國軍隊以及韓當等吳國的俘虜，還有壽春城中原有的四萬戶百姓，總共十幾萬人全部被洪水吞沒。

人畜的屍體不斷浮出水面，當真是浮屍遍野。

一時間，整個壽春城都鼎沸了，那些僥倖不死，在水面上露出頭的人，都在悲泣的尋找著自己的親人。

這時，在這暴雨傾盆的深夜裡，一艘艘輕便的小舟在水平面上往來飄蕩，映著天空中時不時劈下的閃電亮光，這才看清楚，那些小舟上面站著的是嚴陣以待的吳國士兵。

在最中央的位置上，孫策和周瑜披著蓑衣站在船頭，掃視過凶猛的洪水過後的情況。

孫策皺起眉頭，對周瑜道：「公瑾，我們這樣做，能夠存活下來的人少之又少，這當真是生靈塗炭啊……」

周瑜看出孫策的惻隱之心，對孫策說道：「無毒不丈夫，如果能以壽春城一城百姓的性命換取吳國千千萬萬百姓的幸福，臣以為，這是值得的。」

孫策聽後，點點頭，對周瑜的話表示十分的贊同。

吳國的船隻正在水面上搜索著存活下來的人，不管敵我，先救上船，帶到高處的山坡上再說。此時此刻，能救一個是一個。

壽春城地勢低窪，四周高而中間低，北臨淮水，淝水從旁邊流過，周瑜聽孫策說華夏軍占據了壽春，加上那幾天天氣反常，空氣悶熱，人們因此心煩意亂，所以周瑜根據多年在江南生活的經驗，推斷近日內將有一場大雨。

於是，周瑜便給孫策獻計，先是採取圍城之策，然後輪番抽調兵力在壽春城四周修建臨時的堤壩，並且截斷淝水，結果水越聚越多，越聚越高。

雷暴雨一下來後，雨水迅速彙集在一起，上游的臨時堤壩承受不住那麼大的壓力，又經過吳軍故意挖掘之後，洪水便像是一頭出閘的猛虎，以雄姿勃發的態勢猛地撲向了壽春城。

與此同時，其他在山坡上蓄積的小河也同時挖掘開來，從山上流淌下來，造成了山洪，洪水很快便吞沒了壽春城。

周瑜站在船頭，看到一個個百姓的屍體漂浮在水面上，男女老少，老弱婦孺多不勝數，在心裡暗道：「我這條計策，使得成千上萬的人喪失性命，只怕我要折壽了……」

平明時分，洪水漸漸退去，風歇雨停，一輪明亮的金色太陽緩緩昇起，將陽光灑在一片狼藉和滿城泥沙的壽春城裡。

此時，吳國的將士們站在壽春城的城牆上，將整個壽春城給包圍起來，可是壽春城裡還有半城的水無法流出去，以至於城中泥沙成堆，水也變得渾濁不堪。

孫策、周瑜、呂範坐在鐘鼓樓上，眺望著被水淹後的壽春城，心中各有各的想法。但是唯一的共同點是，三個人都為死去的吳國百姓而感到惋惜。

不多時，斥候走了過來，報告道：「陛下，大都督，搜尋隊伍已經連續搜索兩遍了，在所有的死難者中，並沒有看見高麟。」

孫策道：「看來他並沒有死，那就繼續找，活要見人，死要見屍。」

「諾！」

這邊斥候剛出去，另外一個斥候又來了，道：「啟稟陛下，華夏軍的虎烈大將軍黃忠率眾兩萬從安豐一路來援，距離此地已經不足五十里了。」

孫策擺了擺手，示意斥候再探，自己則對周瑜說道：「公瑾，黃忠乃是華夏國的軍中老將，有勇有謀，現在帶著兩萬大軍前來，看來是要和我們一較高下，不知道公瑾可有什麼破敵之策？」

周瑜聽後，笑笑說道：「援軍來得正好，我們剛剛刀不血刃拿下壽春城，現在黃忠來了，那就將計就計，將黃忠等人騙過來，再集中所有力量，消滅黃忠等人。」

孫策道：「你是大都督，又是軍師，你說什麼就是什麼。只是外面一片濕泥，路面未乾，黃忠大軍難行，該怎麼樣將他騙過來呢？」

「那就看陛下的本領了。」周瑜陰笑道。

孫策看到周瑜眼中露出狡黠的目光，笑道：「我懂你的意思了。」

話音落下，孫策便騎著一匹戰馬，喚來親隨五百人，騎著馬，蹚著淤泥，朝黃忠的方向而去。

壽春城中。

高麟和郭嘉躲在一個倒塌的民房裡，城中的積水流不出去，饒是高麟站在那裡，積水還是漫過他的腰，讓人邁不開步。

郭嘉垂頭喪氣的，對於這場大敗，在他的心裡是一個陰影，他還是高麟的恩師，居然連這一點雕蟲小技都沒有看出來，實在是羞愧得很。

「失策啊失策……實在沒想到，敵軍居然有如此一手……」

高麟安慰道：「恩師，這個不怪你，誰都有疏忽的時候，人無完人……現在，龍鱗軍完全失散了，死傷不明，吳軍又團團包圍住整個城池，眼下最要緊的儘快逃出去，然後跟黃老將軍的援軍會合，重新奪回屬於我的一切……」

郭嘉沮喪道：「現在這種情況，要想逃出去，只怕很難。」

「貓有打盹的時候，人也不例外，我們可以趁著敵軍打盹的時候再行動。」高麟一邊說話，一邊掃視著周圍的環境，看看有沒有可乘之機。

壽春城西北四十五里處，黃忠率領的先鋒騎兵部隊駐足在一座土山上，黃忠騎在馬背上，眺望著遠處，看到的是一片澤國，心中便犯起了愁。

「大帥，現在我們該怎麼辦？是前進還是……」

說話之人乃是黃忠部將李通，現任黃忠大將軍幕府裡的前軍校尉。

華夏國連同今年新封的綏遠大將軍張飛在內，一共有十一個大將軍，每個大將軍均按照慣例進行開府，所開幕府中設五營，置校尉一人，每營五百人，是為各大將軍的常備軍隊，另外還特地設立長史、主簿各一人，雖然職位不是很高，但是身分卻顯得極為重要，有時候在職權上，甚至蓋過那些雜號將軍。

嫡系和非嫡系之間的差距，其實是蠻大的，而這種差距，追根究底，似乎一直伴隨著歷史發源的長河。

由此，華夏國的將軍都以能夠入大將軍幕府而為榮，俸祿不一定高，但是地位卻很尊崇。

李通原是曹魏部將，自從投降華夏國後，便與朱靈、呂虔、毛玠、董昭一起被黃忠選入了幕府，成為五營校尉。另外，蘇則、鄭渾則分別擔任長史和主簿。

在黃忠的大將軍幕府裡，有文有武，也成為華夏國中少有的一個文士比武將佔有更大比例的幕府。正因為如此，黃忠才有自己的智囊團，每次臨戰前，必先開軍事會議，成為其幕府的一大特點。

黃忠聽完李通的話後，皺起了眉頭，道：「壽春是淮南重城，占了壽春，就等於得到了整個淮南，我國在淮南實力薄弱，如今殿下好不容易占領了壽春，面對吳國大軍的猛攻，我軍又如何見死不救？可是，以目前的情況來看，壽春只怕危在旦夕。昨夜的一場大雨雖然大，但是也不至於弄得壽春城方圓幾十里內都是一片澤國。這其中必有蹊蹺，且等斥候回報，得到消息後，再做定奪。」

黃忠雖然老，但是頭腦很清醒，也正是因為自己年老，怕犯下什麼錯誤，所以才聚集一群智謀之士在身邊，時不時的提醒他一下。

至於打仗嘛，他自持武力高強，所以衝鋒陷陣都是親力親為，必要時才讓李通、朱靈、呂虔上陣，一般情況下，李通、朱靈、呂虔都是給黃忠壓陣和負責左右兩翼的安全的。

但是，每次戰爭之後，黃忠總是把戰功平均分給他們，得到的賞賜也全部分給部下，因為他知道，他已經位極人臣，就算功勞再大，也不可能再加封了，不如將戰功分給自己的部下，讓自己的部下更加賣力的為自己打仗。

黃忠此等做法，曾經一度得到了高飛的嘉獎，但因為黃忠已經貴為定國公、大將軍，算是位極人臣了，如果再封爵位，公爵上面就是王爵了，與華夏國開國時所訂立的異姓不封王相悖，所以無法再加封，只能賞賜一些金銀財帛。

在華夏國中，黃忠算是軍中的一朵奇葩，也成為各個軍隊效仿的楷模。

「下馬，原地休息！」黃忠從馬背上跳了下來，將手中的九鳳朝陽刀矗立在地上，然後對身後的部下說道。

李通調轉馬頭，將手中鋼槍高高一舉，大聲喊道：「全軍下馬，原地休息！」

話音一落，身後兩千名騎兵便齊刷刷的做著同樣的動作，遠遠看去，宛如一個模子裡刻出來的一樣。

「大帥，看這個形勢，屬下心裡略有些不安，昨夜大雨傾盆，前面一片澤國，水勢並未下去，屬下覺得事情沒有那麼簡單，甚至超過了我們的想像。我們現在所在的山坡，就如一道分水嶺，西面的地面已經半乾了，可是東面的積水卻還有一尺多深……」

中軍校尉董昭從後面走了過來，細細分析道。

黃忠聽了，催促道：「繼續說下去……」

「是。吳軍久居東南，十分熟悉當地的地理環境以及天氣狀況，很可能利用這個契機，先行在淝水上游構築起一道堤壩，剛好昨夜暴雨傾盆，許多地方山洪爆發，水流不出去，然後吳軍再掘開堤壩，用水灌城。此時此刻，只怕壽春城內還是一片汪洋……」

黃忠聽後，點點頭道：「極有這個可能。如果真是這樣的話，那我們就不應該再停留片刻，大將軍王是我華夏國的兵馬大元帥，又是皇上的愛子，如果有什麼三長兩短，要我如何向皇上交代！」

「大帥說得極是，不過如果大將軍王真的遇害了，我們就這樣去，只怕又會被吳國算計。我想，這個時候，吳軍不可能不知道我軍到來的消息，他們必然會做下準備。吳軍很有可能誘敵深入，然後聚集優勢兵力，對我們圍而殲之。」董昭字字珠璣，黃忠聽得都出了神。

黃忠問：「那以你之策，當如何應之？」

「事情不過是屬下的一番猜測，尚未得到印證，屬下想等斥候回來之後，再做定奪。」

董昭深知華夏國情報部的能力，所以自從投降華夏國後，又被黃忠選入幕府，便真心實意的為華夏國獻策獻計，他的計策，多數都是來自於情報部的準確消息，所以他和黃忠一樣，無論如何，都以情報為準，然後再想出對策。

「嗯，凡事以情報為準，後發制人。」黃忠言畢，便和眾人一起靜靜地在那座山坡上等候。

約莫過了一刻鐘的時間，便有飛鴿傳書而來，手下士兵取下來後，直接遞給黃忠。

黃忠將飛鴿傳書拆開匆匆看了一遍，扭頭對董昭道：「果然不出你所料，昨夜吳軍用水灌城，壽春方圓數十里內都被洪水吞沒，百姓死傷無數，浮屍遍地……」

聽到這個消息後，李通、董昭等人都對吳軍的做法深感痛恨，雖然說一將功成萬骨枯，但是如此做法卻害了許多無辜的百姓，實在是有違人道。

「吳軍不惜用此等做法來攻城掠地，看來也是孤注一擲了，能夠想出如此惡毒計策的人，肯定也是個奇才。大帥，那殿下和龍鱗軍怎麼樣了？」董昭問道。

黃忠道：「信中沒講，不過如果真有事情的話，必然不會不說，沒有說，就證明殿下他們還活著。不過，就算他們現在還活著，情況也不容樂觀。董校尉，你可有什麼建議？」

「將計就計。」

董昭於是伏在黃忠耳邊嘀咕了幾句，黃忠聽後，滿心歡喜地點了點頭。

「此計若能成功，你就是首功。通知呂虔、朱靈、毛玠，帶領剩下的馬步軍加緊趕路。」

話音一落，黃忠便翻身上馬，將插在地上的九鳳朝陽刀給拔了起來，大聲喊道：「全軍上馬！」

一聲令下之後，李通、董昭兩千名騎兵迅速地躍上馬背。

黃忠轉過身子，對身後的騎兵說道：「你們都是我的精銳部下，養兵千日用兵一時，現在我們的大將軍王、大元帥被困在壽春城裡，吳狗們決堤放水，致使成千上萬的無辜百姓遭受水災，死傷無數，這種傷天害理的事情，我們可以任由他們再胡作非為嗎？」

「不可以！」眾多軍士一起答道。

「好，今日彰顯你們勇氣的時候到來了，跟隨我一起去殺吳狗，救殿下！」

黃忠揮舞了一下九鳳朝陽刀，振臂高呼道。

「殺吳狗，救殿下！殺吳狗，救殿下！殺吳狗，救殿下！」

陣陣高呼聲此起彼伏，響徹雲霄，山坡周圍的樹林裡的鳥獸也為之奔走。

黃忠見到士氣高漲，從馬背上跳了下來，提著刀便朝山坡下面衝了過去，大聲喊道：「全部給我下馬，步行前進！」

老將軍一聲大吼，成百上千的騎兵全部翻身下馬，不管你是將還是兵，在黃忠的一聲吼後，統統都奮不顧身的向前衝去。

山坡下面的平地上有著一尺多深的積水，黃忠從山坡衝下來之後，第一個便跳進積水當中，邁開大步便向前衝，無論前面道路有多麼的泥濘，他都要渡過這一段路，去營救大將軍王。

一行人全部由騎馬變成了步行，可是誰都沒有怨言，因為他們對自己的老將軍言聽計從，即使前面有個火炕，老將軍讓他們跳進去，他們也在所不辭。

不過，黃忠的做法並沒有錯，很快，眾人便發現了為什麼要步行前進了。

因為前方是一片澤國，地上還有不少淤泥，步行走起來是深一腳淺一腳的，如果是馬匹來了，只怕馬蹄會深陷到淤泥當中無法自拔，很容易折斷馬腿，既對馬匹有所傷害，還會使得士氣低落。

黃忠等人一路向壽春方向走去，在他們正前方不足三十里的地方，孫策和五百騎兵已經是寸步難行了，金盔金甲金槍上都是骯髒的泥水，所有的馬匹都無法再繼續前行，不是因為陷入淤泥而折斷了腿，就是走這種泥濘的道路體力透支，搞得他們都成了步兵。

孫策一邊向前走，一邊回頭望了眼自己身後散亂的部眾，在馬背上，他們是精銳的戰士，每個人無不以一當百，可是在這種惡劣的環境裡，這些士兵就像是一盤散沙。

他長嘆了口氣，眼神中帶著一絲憐憫，心中暗道：「沒想到昨晚的一場大水，竟然波及的地方如此之廣，方圓數十里內的村莊都被淹沒了，百姓死的死，傷的傷，失蹤的失蹤，早知道會生靈塗炭，我就不會用這個計策了。」

「陛下……」

孫策的正前方，一個斥候從渾水中飛快跑了過來，一邊跑一邊喊著：「大事不好了……」

孫策見那斥候如此的慌張，斥責道：「慌什麼？天塌下來，個高的頂，你這樣大喊大叫，慌裡慌張的是幹什麼？」

斥候急道：「陛下，黃忠帶著大軍正朝這邊趕來，以急行軍的速度在水中奔馳，只怕不到一刻鐘便會抵達此處。」

「速度竟然如此之快？這種環境下馬匹難行，他們的速度怎麼會那麼快？難道他們的馬都是會飛的天馬不成？」孫策狐疑地道。

「他們沒有騎馬，都是步行，但是他們跋山涉水的卻跑得很快，看得出來，是一支訓練有素的部隊，而且卑職也已經探明，這支軍隊是黃忠的嫡系親衛部隊，實力非同小可。」斥候回道。

孫策哈哈笑了起來，說道：「來得正好，只要誘敵深入，諒黃忠老兒能耐再怎麼大，也無濟於事。既然他們來了，那我們就在這裡等他們，以逸待勞！全軍散開，找地方隱蔽，先狙擊黃忠一下，然後再牽著他們的鼻子走。」

話音落後，眾人都是一陣欣慰，終於可以歇一下了，於是眾人跟著孫策來到一片樹林裡，然後分散開來，準備狙擊黃忠的部隊。

第八章

引蛇出洞

孫策狂笑一陣後，對黃忠說道：「老匹夫！引蛇出洞是不錯的計策。可是，這場戰鬥最終勝利的人將屬於朕，而不屬於你！」

所有聽到這句話的人，都認為孫策一定是瘋了，竟然在這種場合下說出如此不合邏輯的話。

此時此刻，黃忠就像是一條泥鰍一樣，身體十分靈活的在泥濘的道路中走來走去，他身先士卒，跑在最前面，一連跑了那麼多泥濘的道路居然還不累，體力完全可以和手下年輕的將軍相媲美。

李通、董昭等人都十分佩服黃忠，此時李通緊緊跟隨著黃忠，可是董昭的體力卻相對弱了許多，總是走一會兒然後歇一會兒，為此，黃忠還特地撥出一百個士兵隨身護衛。

「大帥，已經急行差不多二十里了，是不是應該停下來休息一下？」李通見和董昭的距離越拉越遠，便問道。

黃忠面無表情地道：「平日裡訓練，這種泥濘的道路，你們一共來回跑了多少圈？」

「差不多四五十圈！」

「一圈差不多一里地，你們跑了四五十圈都不覺得累，這才跑了多久？繼續前進，我心中有數。」黃忠怒道。

「諾！」

黃忠一行人繼續向前走，約莫又走了不到二里地，黃忠便停了下來，將手舉起，對身後的眾人指揮道：「全軍停止前進！」

李通立刻將命令傳達下去，問道：「大帥，怎麼了？」

「沒什麼，行軍太久了，大家停下休息，原地待命。」黃忠說話時，目光始終盯著遠處，臉上帶著緊張的表情。

黃忠盯著前面泥濘的道路以及不遠處的一片樹林，總覺得有些不妙。出於謹慎，黃忠下令所有將士原地休息，然後靜靜等待著後面掉隊的董昭等人。

一道土埂將樹林分成了兩邊，黃忠率領人在土埂上面，放眼望去，但見樹林中與尋常不太一樣，憑藉著他的直覺，他可以肯定，前面的樹林中有埋伏。

樹林裡，孫策帶著五百精銳暗藏在樹林中，如黃忠心中所猜想的一樣。但是，孫策的腳邊卻多了一具屍體，那是華夏國的斥候，他在進行偵查時，被孫策的人給發現了，結果被孫策一箭射翻過去。為此，孫策還特地將伏擊地點向前挪移了差不多五里地。

黃忠之所以在原地待命，卻不向前進，所等待的，就是斥候。因為斥候的消息對他來說是最重要的，他必須知道前面的具體情況，然後制定作戰計畫，以求將傷亡減少到最少。

太陽逐漸升高，氣溫也開始慢慢地回升，炎炎的夏日，昨夜的一場大暴雨並未給大地帶來太多的涼爽，反而是讓人感到更加的燥熱。

這裡周圍數十里都是一片澤國，人長時間泡在水裡，再加上那麼高的溫度，很容易讓人無法忍受。這樣的叢林，不是他們所期待的戰場，他們應該光明正大的在戰場上一較高下。可惜，上天只給了他們這樣的環境。

「陛下，黃忠的軍隊停下來也有段時間了，是不是他們已經發現我們在此地埋伏了？」

韓當昨夜被解救出來，此時重新披上戰甲，戴上頭盔，跟隨孫策來到這裡，準備戴罪立功。

孫策道：「應該不會，如果黃忠真的發現我們在此地埋伏，或者選擇撤退，或者選擇進攻，可是，他什麼都沒做，這就證明他們還沒有發現我們。」

韓當想了想，說道：「陛下說得極有道理，可是他們不過來，在原地休息，如果就這麼任憑他們休息得到話，他們一旦恢復體力，我軍再伏擊，就不會取得更好的戰績了。」

孫策聽了韓當的話，覺得有些道理，當即道：「既然如此，那就由我們發動進攻，趁著他們士兵疲憊，或許能有所斬獲。」

韓當抱拳道：「陛下，我願為先鋒。」

孫策笑道：「你非黃忠敵手，將是兵膽，只要殺了黃忠，敵軍群龍無首，必然大亂，我軍便可乘機猛攻，壓倒敵軍士氣，一鼓作氣，便可取得勝利。」

韓當道：「陛下所言極是，那現在就出擊吧。」

「嗯，出擊！」

黃忠還在等待著斥候的回報，可是左等右等，都不見斥候回報。不多時，掉隊的董昭等人也趕了過來，可是斥候還是沒有一點消息傳來。

「不等了，斥候很可能遇到什麼危險了……」黃忠扭頭對李通道：「命令全軍啟程，準備……」

話還沒有說完，一支支箭矢便「嗖嗖嗖」的從土埂邊上的樹林裡飛射過來，所有的箭矢全部指向了黃忠。

「大帥小心！」

李通見狀，大叫一聲，同時身體向前，將黃忠撲倒在渾濁的積水中，那一支支箭矢則堪堪從他們頭頂上飛過，當真好險。

華夏軍突然遭到攻擊，也再一次印證了黃忠的猜測，只是他正準備下令做進一步的調度時，還沒有說完話便遇到了襲擊，打斷了他的話。

此時，黃忠和李通躺在渾水當中，華夏軍的將士立刻從背後拿出了圓形盾

牌，組成一堵堅固的牆壁，擋在黃忠和李通的前面，將射來的箭矢紛紛擋落在水裡。

「殺啊……」

箭矢落後，土埂兩邊同時湧現出吳軍的士兵。

第一個衝出來的便是孫策，他一身金盔金甲金槍，全身上下雖然被渾濁的污水所覆蓋，但是終究掩蓋不住身上的英氣，在陽光底下，全身散發著淡淡的金光，刺人眼眸，使看到他的人都睜不開眼睛，宛如見到一堆閃閃發光的金子一樣。

孫策的身後，韓當帶著將士們紛紛嘶喊著衝了出來，各個沒有畏懼的樣子，一副視死如歸的表情。

黃忠從地上站了起來，用手抹了下臉上的髒水，看到孫策身先士卒的衝了過來，身上散發著耀眼的光芒，讓他無法看清那人臉孔。

他忍著耀眼的金光，瞪大眼睛望去，終於看清了那人的臉龐，居然是孫策。

他當下大喜，立刻下令道：「來人正是吳主孫策，凡是能斬殺孫策者，皇上必然會封其為萬戶侯，將士們，你們立大功的時刻到來了！」

聽到黃忠的話後，將士們頓時受到極大的鼓舞，一手持著盾牌，一手握著鋼刀，紛紛朝著孫策衝了過去，即便是他們還沒有弄清伏擊的吳軍到底有多少人，但是擒賊擒王的策略已經深入人心。

李通帶著前鋒營五百士兵先行衝了過去，黃忠急忙轉身對董昭道：「大軍到哪裡了？」

董昭道：「大帥放心，一切盡在掌握之中，吳軍伏兵已出，只消發信號彈，大軍便可直接將吳軍團團包圍。」

黃忠點點頭，說道：「快發信號彈。」

話音一落，黃忠提著九鳳朝陽刀，指揮著一千人朝前面衝了出去。這個時候，董昭則急忙讓人取出信號彈，拴在箭矢上，點燃後，仰天射向高空中。

小小的信號彈被射到空中後，便發出「砰」的一聲巨響，在空中散發出好幾種顏色。

信號發出後，東、北、南，三面都出現華夏國的大軍，毛玠、呂虔、朱靈三個人各自率領一支隊伍包抄過來，形成一個圓弧形的包圍圈，朝吳軍所埋伏的樹林合圍過去。

孫策此時已經和華夏軍混戰在一起，金槍被他舞動得閃閃發光，在金色的光芒中，還夾雜著許多鮮紅，只這麼一會兒時間，周圍就已經躺下八具屍體，屍體所流出來的血，更是洗禮了他的金色戰甲，將周圍的積水染得一片暗紅。

韓當手持大刀，仗著自己武藝高強，一刀劈向一個華夏軍的士兵，士兵舉盾抵擋，可惜卻因為受到重力，整個身體被擊倒在地，這邊韓當刀勢緊跟，一刀便斬下那個士兵的頭顱，一腔熱血從脖頸中噴湧而出，地上的積水冒著汩汩的聲音，看上去像是一個鮮血噴泉。

李通正在斬殺吳國的士兵，兩撥人混戰在一起，但是相比之下，吳軍的人數實在太少了，華夏軍很快便將吳軍的先頭部隊給包圍了起來，後面從樹林中陸續湧出的吳軍士兵卻完全被孤立了。

黃忠指揮的一千人隨後衝了過來，直接讓那一千人去包圍後面湧出來的吳軍將士，自己則鑽進混戰當中，九鳳朝陽刀所過之處，人頭盡皆落地，專門去尋找吳帝孫策。

孫策此時已經殺紅了眼，周圍兩丈範圍內一地屍體，華夏軍的將士雖然不畏懼死亡，且鍥而不捨的繼續去殺孫策，都想爭奪那頭功，可是實力差距實在太大，去了也只是白白送死。

李通持著一柄鋼槍去刺殺孫策，結果沒有傷到孫策，自己反而中了一槍，鮮血從傷口不斷冒出，李通忍著疼痛繼續和孫策作戰，但是兩人實力懸殊太大，李通剛接了兩招，雙手的手臂就已經被孫策巨大的力氣而擊打的微微發麻。

「受死吧！」

孫策不等李通做出反抗，第三招槍法便在第二招的基礎上直接使出，那金色的大槍猶如一道燦爛的虹，快如閃電，直接刺向了李通的心窩。

李通見狀，心知已經無法阻擋，心中暗叫道：「我命休矣！」

電光石火間，一道鮮紅的烈焰遮擋住驕陽的光芒，一記重擊直接擊打在黃金大槍的身上，黃金大槍沒有防備，力道突然下沉，直接落在地上的積水當中，李通也因此躲過了一劫。

孫策正兀自氣惱，轉臉一看，一張滿臉皺紋，眉毛、鬍鬚都已經花白的臉映入他的眼簾，那張老臉上，一雙炙熱而又深邃的眸子正緊緊地盯著他。

「你的對手是我！」

沾滿鮮血的九鳳朝陽刀，正壓在孫策的黃金大槍上，黃忠鏗鏘有力的說出這一句話。

孫策冷笑一聲，已經知道這個人就是黃忠，目光中帶著一絲若狂的欣喜，道：「好極了，剛才找你不著，現在自己送上門來，正好拿你的人頭祭旗。」

「那就要看你的本事了！」

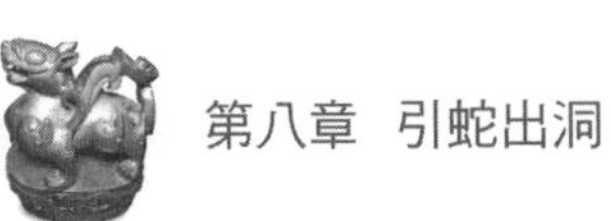

黃忠和孫策如此近距離的直視著對方，四目相接間，兩人的眼裡迸發出許多火花，似乎在預示著一場大戰即將來臨。

「呀！」孫策力大如牛，雙手一用力，被九鳳朝陽刀死死壓住的黃金大槍從地上緩緩地升起，將九鳳朝陽刀給托了起來。

黃忠死握著九鳳朝陽刀，用力往下壓，連臉上的青筋都暴了起來，卻無法壓制住那柄黃金大槍，眼睜睜看著黃金大槍一點一點的上升。

孫策看到黃忠如此吃力，自己尚未使出全力卻應付自如，便譏諷道：「年老體衰，老卒安能是朕的對手？」

黃忠沒有回答，心中卻平添了許多怒氣，這股怒氣迅速的轉換成臂力，他開始死力的向下壓制，孫策的黃金大槍又被緩緩地壓了下去。

孫策的眼裡露出不敢相信的目光，已經年過五旬的老頭，怎麼會有如此大的力氣？於是，他又加大了自己的力氣，誓要壓過黃忠，如果自己連一個老頭都勝不了，那吳國第一的名稱也與他不再相符。

兩個人旁若無人、全神貫注的在那裡比拼著力氣，絲毫沒有注意到身邊的變化。

在他們的周圍，吳軍和華夏軍正在你爭我奪的奮力拼殺，都怕對方偷襲自己的主將，地上更是屍橫遍野。

韓當護衛著孫策，李通護衛著黃忠，兩人指揮部隊又進行了一番新的較量，混戰不止。

片刻之後，華夏軍已經全面將戰場圍定，所有步卒均站立在渾濁的泥水當中，董昭將手一抬，所有的華夏軍將士便紛紛敲打著兵器，發出悅耳的金屬碰撞聲，響徹天地。

直到此刻，韓當才看清楚形勢，自己和孫策等人竟然被華夏軍團團圍住了，這種重圍，只怕很難突破。

此時此刻，孫策和黃忠在力氣上的比試已經接近尾聲，年輕氣盛、力能舉鼎的孫策完全在力氣上占了上風，在將黃忠的九鳳朝陽刀挑飛之後，同時使出了一記槍法，槍尖直刺黃忠，雖然黃忠躲閃及時，但是槍尖還是刺破了他的肩甲，劃破被肩甲所覆蓋下的皮肉。

也是這一瞬間，兩個人便分開了，每個人的額頭上都是黃豆般的汗珠，黃忠氣喘吁吁的看著孫策，孫策則大口大口的喘氣，很顯然，剛才兩人的比試確實夠累。

「哈哈哈……老匹夫，你還是我這輩子第一次見到如此有力氣的老卒，現在肯定是累壞了吧，不知道接下來在兵刃上的比試，你能否吃得消。」孫策得意洋洋地道。

黃忠的嘴角露出淡淡的笑容，說道：「**兩軍陣前，大將豈能輕易比試？這次是為了引蛇出洞，我才親力親為**，只可惜你埋伏的伏兵太少了，你環視一圈看看，周圍都是我華夏國的軍隊，你這次插翅都難逃了！」

此時華夏軍和吳軍的混戰基本結束，韓當聚集剩餘的二百來人圍在孫策身後，對孫策道：「陛下，我們已經被徹底包圍了，只怕很難突圍而出。」

「哈哈哈哈……」

孫策仰天大笑，似乎並不在乎被包圍住，狂笑一陣後，對黃忠說道：「老匹夫！你剛才說的一點都沒錯，引蛇出洞是不錯的計策。可是，這場戰鬥最終勝利的人將屬於朕，而不屬於你！」

孫策狂妄的笑聲還在空氣中飄蕩，所有聽到這句話的人，都認為孫策一定是瘋了，竟然在這種場合下說出如此不合邏輯的話。

韓當的心裡有了一層陰影，畢竟以前孫策瘋過，這次會不會又承受不住這麼重的打擊又瘋了？

他瞅了瞅孫策，見孫策的臉上是一片猙獰，笑到最後時，笑聲竟然有些乾癟，同時他也瞅見所有華夏軍中將士的臉上都露出了不屑，還夾雜鄙夷的目光。

「陛下，我們確實被包圍了……」韓當試著提醒孫策。

孫策抬起手，止住韓當的話，對韓當小聲道：「一會兒給你戴罪立功的機會，和朕一起聯手攻擊黃忠老匹夫，我從正面吸引他的目光，然後你從側面下手，務必要一擊必殺。」

韓當點點頭，可是環視一圈後，才發現想要貼近黃忠實在很難。

此時，黃忠的四周都是持著盾牌的士兵，要想突破這道防線，只怕有點困難，更別說要從側面偷襲黃忠了。

他對孫策道：「陛下，除非有援軍抵達，恰巧又從敵軍背後殺出，否則的話，我們剛準備動彈，敵人就已經把我們射成馬蜂窩了。」

孫策的臉上現出一抹陰笑，突然，他將手向上一揚，一支袖箭便飛入空中，那支袖箭發出一種奇怪的聲音，非常的犀利刺耳，聽到的人不禁都捂著耳朵。

這聲怪響之後，華夏軍的背後忽然放出無數箭矢，令華夏軍毫無防備，一時間在強弓硬弩的一番狂射中死傷無數。

毛玠、朱靈、呂虔三人都是一驚，他們的部下遭受突襲，巨大的喊殺聲也在這時響了起來，方圓幾里的樹林裡更是旌旗飄展，刀槍揮舞，許多吳軍將士從四面八方衝了出來，像一把把尖刀一樣，插進人的背心。

華夏軍雖然遭逢突然襲擊，但是由於平日裡訓練極為有素，所以將士們能夠迅速應對這種突發的狀況，軍隊立刻轉向後面，和衝過來的吳軍將士混戰在一起。

華夏軍背後突然遭襲，包圍圈內的黃忠等人都將目光放在外面，卻不曾想道與他們近在咫尺的孫策等人突然發難。

孫策帶著百餘名將士朝黃忠殺了過去，黃忠也立刻迎接這突如其來的變故。不過，他甚至還沒有想到這是怎麼一回事，本來董昭的將計就計是錯不了的，可是現在卻發現自己中了吳軍的圈套，彷彿是別人早已下好了套，就等他們跳進來一樣。

黃忠提起九鳳朝陽刀，立刻去迎接孫策等人，可是他的注意力都被孫策所吸引了，卻沒有看到在孫策身後的一個角落裡，韓當正端著一張勁弩瞄準著他。

「嗖！」

一支弩箭迅疾的飛了出去，弩箭直取黃忠，黃忠躲閃不及，弩箭直接射中肩窩，登時鮮血直流。同時，他感到自己的右臂一點力氣也沒有，手中的九鳳朝陽刀也瞬間掉落，掉在混沌的血色泥水中。

「斬殺黃忠者，朕封他為王！」孫策見黃忠被一箭射中肩窩，登時欣喜若狂，大聲地喊了出來。

重賞之下必有勇夫，吳軍將士聽到孫策的話後，紛紛舉刀朝黃忠砍去。

黃忠身邊的士兵立刻將黃忠給帶到後面，並且將這股兵力給堵住。

董昭見黃忠受傷，十分冷靜地道：「快，扶大帥脫離戰場……」

李通也負傷了，可都是些皮外傷，但黃忠的肩窩卻是緊要之處，他便分出一部分人護送黃忠離開，自己率領另外一撥人留下，繼續圍殺孫策。

黃忠雖然不情願就這樣退出戰場，但是卻擋不住手下人救護心切，數百人帶著黃忠便朝外走。

來到外圍，情況更加惡劣，吳軍如同螞蟻一般蜂擁而至，加上是突然襲擊，在聲勢上確實足以給人帶來極大的震撼力。

遠處來了約莫五十名騎兵，一個白袍銀盔、銀甲的將軍便展現在眾人的面前，那將軍面目俊朗，英氣逼人，走了一段路後，便勒住馬匹，將手中拿著的一把羽扇向前一揮，身後又陸續出現一波波伏兵，朝戰場上壓了過去。

此時，朱靈、董昭護衛著黃忠試圖衝出重圍，可惜吳軍包圍得太緊，而吳軍的弓弩箭陣也很強大，朱靈指揮士兵突圍了幾次均未能成功，反而損兵折將不少。

黃忠忍著身上的疼痛，對朱靈、董昭說道：「這樣下去，不是辦法，我們剛好掉進了吳軍的口袋裡，吳軍兵力遠遠多過我們，又占據先攻的優勢，只有將所有的兵將全部集中起來，再向著一個方向突圍，才有可能衝出去。」

董昭聽了黃忠的話後，頓時豁然開朗，立刻讓人喊話，呼籲所有士兵朝西猛攻，一定要不惜一切代價將黃忠送出去。

華夏軍總共就兩萬人，此時剩下的將士只有一萬八千多人，許多人都死在了吳軍的突然襲擊當中，此時面對差不多三萬兩千人的吳軍圍堵，到底能否突出重圍，實在是一個嚴峻的挑戰。

不過，好在在華夏軍的包圍圈中，還有孫策、韓當，吳軍攻擊總是有些顧慮，而李通雖然不能力敵孫策、韓當，卻能指揮士兵死死地將他們包圍住，然後將他們兩個強迫推向了西邊，跟著華夏軍的大體方向運動。

黃忠受傷後，華夏軍的士氣多少受到了一定的影響，甚至對於整個大局來說，也是少了一根支柱。所以將士們都有些沮喪，遇到拼殺不要命的孫策、韓當等人無法力敵，甚至有些怯意。

呂虔、毛玠、朱靈將所有的大軍聚集在一起，朝一個方向突圍。李通、董昭護送著黃忠，同時李通還要兼職對付孫策和韓當等人為自己帶來的麻煩，可謂是忙上加忙。

黃忠的將軍幕府中，論個人武力，朱靈、呂虔、毛玠、李通不算太厲害，但是他們在對士兵的統率力上，即使沒有了主將，四個人也可以獨立指揮戰鬥。

遠處的周瑜一直在眺望著整個戰場，看到華夏軍開始朝著一個方向猛攻，便立刻指揮其他士兵補充過去，徹底將華夏軍包圍在那一片領域裡，從心裡打擊著華夏軍的心靈。

重重包圍當中，韓當一邊殺敵，一邊對幾乎和自己背靠背的孫策說道：「陛下，黃忠已經身受重傷了，趁現在殺出去吧，再晚的話，只怕很難再突圍出去了。」

孫策道：「朕要殺了黃忠才能走！」

「陛下，留得青山在不愁沒柴燒啊，反正黃忠等人也是插翅難飛了。」韓當勸道。

孫策環視了一圈的戰場，看到周瑜的身影後，這才放心，和韓當一起奮力殺出了重圍。

樹林方圓幾里內，都是巨大的喊殺聲，響徹雲霄，而華夏軍和吳軍也在進行著包圍和反包圍之間的混戰。

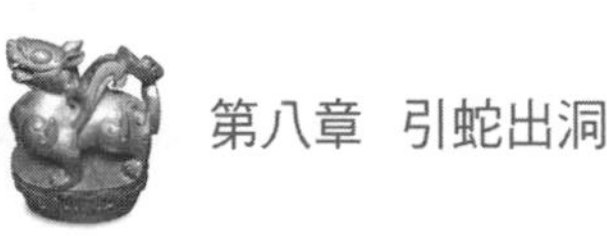

壽春城裡，吳軍相對少了許多，高麟和郭嘉小心翼翼的躲在一間殘破的房子裡，看到巡邏隊過去之後，便立刻趁著空檔，迅疾地挪到另外一間殘破的房屋。如此反覆數次，竟然躲過不少在城中搜索著的吳軍。

可是，人算不如天算，高麟和郭嘉還是被巡邏的搜索隊伍給發現了。高麟憑藉著自己的武力，三下五除二的便結果了七八個人，其餘的人都為之一震，他們還未碰見過如此厲害的人，不禁有了一些懼意。

剩餘的人逃走後，便滿城的呼喊著，引來了更多的巡邏搜索隊。

高麟知道自己闖了禍，急忙對郭嘉說道：「恩師，這裡離城門不遠，你先走，追兵我自擋之！」

郭嘉搖搖頭道：「不行，要走一起走，就算要有人殿後，也應該是我才對……」

「殿下、太尉，你們先走，追兵我們來擋住！」

忽然，從幾間破屋內，湧出十餘個華夏軍的戰士，擋住吳軍的去路，死死地堅守在那裡。

高麟體格健壯，一把抱起身體瘦弱的郭嘉，將郭嘉放在自己的後背上，背起郭嘉便朝外面跑了出去。

華夏軍遺留在城中的將士應該不少，只是為了躲避吳軍的追查才躲起來的，現在見到自己的主人有危險時，便紛紛現身，擋住高麟身後追兵的去路，保護高麟。

高麟背著郭嘉不斷向前跑，身後的追兵被龍鱗軍的殘餘力量抵擋，算是僥倖逃過一劫。可是還沒有來得及高興，一彪騎兵便從前面的空地上駛出，一個個颯爽英姿，整齊的排成一派，擋住了高麟的去路。

高麟心中一驚，以個人武力而論，他可以憑一己之力衝出重圍，但是這樣一來，就必須要放棄郭嘉，高麟一時間陷入為難的境地。

「殿下，你放我下來，以你的武力，要衝這裡突圍根本不在話下，你……」郭嘉看到此等情況，立刻對高麟說道。

「閉嘴！我是大將軍王，一向我對你都是言聽計從，可是今天，你必須要聽我的。我是不會讓你陷落敵營的……」

說著，高麟伸手拔出郭嘉腰中所繫著的佩劍，遞到郭嘉的手中，同時自己拔出腰中的鋼刀，左手托著背後的郭嘉，右手緊握著鋼刀，對郭嘉說道，「恩師，你我師徒很難有並肩作戰的時刻，現在，就讓我們殺出一條血路吧！」

「好，殿下先放我下來，我們背靠背並肩作戰！」

郭嘉明白，他是高麟的累贅，如果就這樣由高麟背著他，高麟根本發揮不出實力。

誰知道，高麟竟搖頭道：「恩師在想什麼，我心裡跟明鏡似的，恩師多年來對我照顧有加，教我謀略，可惜我太過愚笨，所學的還不到恩師的一成，如果今日能夠衝出重圍，我定然要潛心向恩師學習。」

郭嘉聽後，甚是感動，眼眶中的眼淚在打著轉，道：「有徒如此，夫復何求?!」

說話間，吳軍的騎兵已經踏著積水，將高麟和郭嘉給包圍了起來。城中洪水雖然稍有退去，但是留下來的積水還是很深，足足漫過人的半腰，所以騎兵在這種地形行軍，根本顯不出優勢，雖然來了二十多騎，行動卻很緩慢。

吳軍將高麟、郭嘉圍在一個殘破的房屋的一角，一個吳軍屯長手持長槍，騎在馬背上，指著高麟、郭嘉大聲喊道：「陛下有令，遇到此二人，只要其首級，殺死其中一人者，賞萬金，封萬戶侯！」

吳軍的士兵雖然都清楚這項聖旨，可是在聽完屯長的話後，卻沒有人往前衝，而是靜靜地待在原地，卻不進攻，眾人更是面面相覷。

「你們衝啊！」吳軍屯長急了，策馬退了兩步，將長槍向前一揮，大聲喊道。

可是，他的話就像石沉大海，無人應對。

高麟、郭嘉見狀，互相對視了一眼，心中十分的默契，竟同時說道：

「他們似乎很害怕我……」

「他們似乎很害怕殿下……」

說完，兩人臉上都露出了笑容。

郭嘉道：「殿下勇冠三軍，前次一戰，殿下在吳軍當中橫衝直撞如入無人之境，吳軍將士定然看得真切，害怕與殿下對決。殿下剛好可以借用吳軍對殿下的恐懼心理擊退他們。」

高麟點點頭，持刀向前走了兩步，眼中露出無比的凶光，對吳軍騎兵吼道：「不想活的都給我上來，本王保證送你們去見閻王爺！」

一聲大吼後，吳軍騎兵都感到很是恐懼，紛紛不由自主的向後退了幾步。

此時吳國的大軍以及精銳之士全部被孫策和周瑜帶走了，在城外幾十里處的某地迎擊黃忠的大軍，城中留下來的人只有一兩千人，負責守衛城池，搜索漏網之魚。

所以，這些人都是後軍的士兵，在戰鬥力上稍遜於吳國的精銳之士，那天有不少人親眼看到高麟的武勇，後來軍中士兵之間更是盛傳高麟的勇猛，一傳十，

十傳百的，很快「**見到高麟必須避讓**」的話就在吳軍下層軍官和士兵之間流傳開來。

此時此刻，他們無意中碰到了高麟，本來都不想包圍他的，可是由於吳國的獎勵實在太誘人了，只要誰能殺了高麟，就能一步登天，這種好事，他們誰都不願意放棄。

吳軍屯長看到之後，立刻吼道：「怕……怕什麼？他再強，也終究是一個人，我們有二十多人，他身上還背著一個人，我們一起殺過去，定然能夠將他斬殺，不管誰殺了他們，我們相約在獲得賞賜之後互相拉兄弟們一把，從此以後，榮華富貴享之不盡，豈不美好？」

這句話道出了吳軍士兵內心的心聲，二十多個人紛紛鼓起了勇氣，然後翻身下馬，跳入積水當中，手持著各種兵刃，開始聚集在一起。

高麟見狀，在心裡做好了打算，二十多個人對他來說，根本不算什麼，殺過去就是了。於是，他將郭嘉從背上放了下來，對郭嘉道：「恩師退後，我解決了他們，再來背你！」

郭嘉沒有任何怨言，反而是欣喜，這樣一來，高麟沒有任何負擔，對面的人就根本不是對手了。

就在戰鬥一觸即發時，忽然從一個拐角處湧來一撥騎兵，為首一人身披連環鎧，手持一根鐵鞭，滄桑寫滿了整張臉，眉毛、鬍鬚盡皆花白，正是吳軍老將黃蓋。

黃蓋扭臉間，看見高麟被二十多個士兵圍著，眼前一亮，暗喜道：「終於找到你了。」

「都跟我來！」黃蓋衝身後的百餘名騎兵大喊一聲，調轉馬頭，便朝高麟那邊奔馳了過去。

高麟和吳軍的士兵都注意到了這一個變化，高麟的臉上多了一絲陰霾，而吳軍士兵的臉上則是欣喜若狂，他們看到黃蓋帶著百餘名親衛騎兵到來了，宛如獲得了巨大的鼓舞，心中都是不勝開心。

黃蓋距離這裡還有一段距離，加上騎兵在這種環境下行走的緩慢，高麟瞅準時機，先發制人，一個箭步跳到那吳軍屯長的面前，手中鋼刀瞬間揮出，森冷的刀光在那軍官面前一閃而過，一顆人頭便直接飛入空中，腔子裡的一股熱血急速的噴湧而出。

高麟手上沒有任何遲疑，刀勢凌厲，在其餘士兵還在吃驚這一變化時，鋼刀已經快速的砍出了五六下，距離高麟最近的那五六個人的人頭直接脫離了軀體，屍體倒在水中，鮮血將那周圍的積水染成一片血紅。

吳軍士兵的心理防線此時徹底崩潰，紛紛向一邊逃去，生怕自己就是下一個目標。

「恩師，快走！」

高麟衝牆角那裡的郭嘉大喊了一聲，同時撿起吳軍士兵的一張連弩，端著連弩便朝逐漸逼近的黃蓋等人射了過去。

「嗖嗖嗖……」

吳軍的連弩是華夏國給的，但是還處在單矢連發的階段，而不像華夏國的可以一次發十支，並且可以在極短的時間內重複發射。但饒是如此，在這麼短的距離內，用連弩射出的弩箭，還是可以將人射死。

黃蓋見箭矢朝著自己飛了過來，急忙用鐵鞭擋下了一支，後面的箭矢來得太過迅速，他收不回鐵鞭，只能低身躲避。

可是這樣一來，弩箭便掠過黃蓋的頭頂，射中了黃蓋身後毫無防備的一名騎兵，只聽見「噗噗噗」的數聲響，箭矢紛紛射進吳軍士兵的喉頭，一箭穿吼。

身後傳來數聲慘叫，黃蓋扭頭看去，幾名騎兵已經一命嗚呼，再抬起頭時，卻看到高麟已經背著郭嘉向前跑走，轉過一個街巷，消失在他的視線當中。

「追！全部給我追上去，千萬不能讓高麟、郭嘉給逃走了！」眼看煮熟的鴨子從鍋裡突然飛走了，黃蓋大聲怒吼道。

黃蓋快馬加鞭，速度比尋常士兵要快出許多，可是他剛衝到拐角處，還來不及讓馬匹轉向，忽然一道寒光冷不丁的從角落裡閃了出來，一把森冷的鋼刀剛好橫在他的正前方，而且位置不偏不倚的在他的喉嚨處。

他座下戰馬衝勢太猛，事出又非常的突然，根本沒有預料到會有這種情況，就算是以立刻懸崖勒馬，也依然來不及。

於是，黃蓋只能瞪大驚恐的眼睛，眼睜睜的看著自己的脖子朝那鋒利無比的刀口上撞。

馬匹衝了過去，而馬背上所馱著的人已經身首異處，一顆人頭飛入空中，馬背上的無頭屍體也墜落水中。

沾滿鮮血的鋼刀直接舉向空中，刀尖直接插在黃蓋的人頭上，而握住這柄鋼刀的人，正是高麟。

黃蓋突然身首異處，讓身後的親兵都驚訝不已，他們根本沒有看清楚到底是怎麼回事，黃蓋的人頭竟然已經落在了高麟的手中。

高麟整個人鮮血淋淋的站在那裡，左手取下刀尖上的人頭，抓在手中，右手將鋼刀橫在胸前，充滿血絲的眼睛裡露出無比的凶光，宛如一頭饑餓的猛虎一般，對黃蓋身後的百餘親兵虎視眈眈。

「都一起衝過來吧！」高麟怒吼一聲，聲音如同滾雷。

黃蓋的親兵們見自己的主將死了，都把心一橫，紛紛叫嚷著朝著高麟衝了過去，他們要替黃蓋報仇。

可是，他們剛衝了幾步，高麟身後突然湧出五十多名龍鱗軍的士兵，馬岱、甘小寧、郭淮、張雄、臧艾等人紛紛端著連弩，朝著那批騎兵便是一陣亂射。

一時間，箭矢如雨，在強勁的弩箭下，百餘名騎兵很快便被射得人仰馬翻，紛紛倒在積水當中。

一通箭矢射完，龍鱗軍的將士們紛紛衝了上去，將那些還沒有死透的紛紛用手中的兵刃殺死，整個戰鬥在瞬間便結束了。

此時，郭嘉急忙說道：「殿下，趁現在，正是我們殺出城的時候。」

高麟點點頭，對張雄道：「龍鱗軍只剩下你們這些人了嗎？」

張雄道：「就剩下我們這些了，許多兄弟都被洪水奪取了生命，還有部分兄弟在吳軍的搜尋中喪生，我們幾個也是好不容易才走到一起的。我們沒有見到殿下，心中不安，便合兵一處，紛紛來尋殿下，剛才聽到這裡有打鬥聲，便跑了過來，幸好遇到了殿下，總算讓我們心安了。」

「可惜，在洪水來臨時，本王的方天畫戟卻丟失了……」高麟淡淡地道。

「殿下，眼下我們應當快點殺出去，吳軍突然將大軍調出，必是黃老將軍的大軍到來了，說不定此時正在和黃老將軍激戰。至於方天畫戟，等我們殺出重圍，帶來援軍，搶奪了壽春後再來尋找不遲！」郭嘉道。

高麟點了點頭，道：「好吧，只要你們還在，我們龍鱗軍就不會覆滅，現在，都跟我走，殺出城去。」

話音一落，眾人便一起快速向城門方向殺去，沿途所經過無數間被洪水沖毀的廢墟，看到城中百姓的屍體依然散落在各處，有的還漂浮在積水當中，高麟的心中就覺得無比的沉痛。

此時此刻，**他所率領的龍鱗軍在西北戰區所營造的不可戰勝的神話終於被打破了，同時集結了所有優秀將士的五千名龍鱗軍也只剩下不到一百名，這個沉痛的代價，讓他永遠銘記心中。**

其餘人的嘴上雖然不說，但是心情都十分沉重，昔日輝煌不可一世的龍鱗軍，此時所面臨的是**一場空前的災難**，以後會怎麼樣，眾人都不得而知。

郭嘉心裡明白，龍鱗軍的削弱有利也有弊，至少高飛不會再擔心高麟的這支軍隊了。他甚至替高麟謀劃好一切，再往下，就是解散龍鱗軍，讓馬岱、甘小寧、郭淮、張雄、臧艾等優秀的將才走進各個軍隊，擔任要職，這樣一來，可以進一步控制軍權，即便未來不是太子，對於華夏國軍政分離的特殊體系來說，控制了軍權，也就等於控制了半個國家。

高麟等人一路上並沒有遇到什麼像樣的抵抗，很輕鬆的殺出了城，向西北逃遁。

此時此刻，孫策、周瑜、韓當、程普等人還在泥濘的曠野中和黃忠進行激烈的交戰，華夏國所帶著的重要武器均被積水浸泡，早已經失去了作用，現在只能和敵人進行肉搏戰進行勇氣的比拼了。

混戰仍在繼續，一直持續到傍晚，這個時候，天空中出現一片晚霞，映得整個天空一片紅彤彤的。

晚霞下，則是一個鮮血淋淋的戰場，方圓五里內，屍橫遍野，血流成河，暗紅色的泥水和天邊的晚霞遙相呼應，形成了水天一色的畫面。

此時，戰鬥暫時停歇，苦戰了一天的戰鬥終於告一段落，不管是吳軍，還是華夏軍，都在此戰中付出了慘痛的代價。

第九章

美髯刀王

孫策聽到這個名字，簡直是如雷貫耳，昔日名震天下，斬殺呂布的美髯刀王關雲長，有誰不知，誰人不曉。可是，據說美髯刀王關雲長在荊漢滅亡之前就消失的無影無蹤了，更是從此在各國銷聲匿跡，怎麼會突然出現在這裡？

密林中，負傷的黃忠經過軍醫的救治，已經取出箭頭，但是由於那一箭深入骨髓，所以整個臂膀無法動彈。

對於本來年紀就大的黃忠來說，就算能夠突圍出去，以後傷口也要經過很長一段時間才能癒合。而且，今後將會對他的這條臂膀帶來極大的後遺症，可能再也不能提起兵刃。

黃忠不是左撇子，一向用右手握刀，此時身受重傷之後，軍醫甚至不敢將他的嚴重傷勢告訴給黃忠。

夕陽下，這片戰場充滿了血腥，黃忠靠在一棵樹上昏睡了過去，周圍朱靈、毛玠、呂虔、李通圍在那裡，看著黃忠面色慘白，心中都不勝難過。

董昭將軍醫給喚到另外一個地方，問明黃忠的傷勢，得知黃忠以後右臂可能不能再握兵器時，心情也是十分的沉重。

他面色陰鬱，環視一圈疲憊的將士，對軍醫說道：「此事出你之口，入我之耳，再也不能對第三個人提起，從此以後便爛在你的肚子裡，明白嗎？」

軍醫十分明白，如果讓別人知道了這件事，會影響軍心，而這個時候，是最需要軍心穩定的時候，黃忠也是整支大軍的主心骨，不能有任何閃失。

他狠了狠心，突然用牙齒猛咬自己的舌頭，忍受著巨大的疼痛，活生生的將自己的舌頭給咬掉，然後吐到手心裡，拿著那半截血淋淋的舌頭，咧嘴朝著董昭傻傻地笑了起來。

董昭對軍醫的做法十分驚訝，一把將軍醫抱住，道：「你……你這又是何必呢？」

軍醫說不出話來，可臉上卻是帶著喜色。董昭急忙叫來其他軍醫為他救治，對外則說這個軍醫不小心咬掉了自己的舌頭。

忙完軍醫的事情後，董昭來到黃忠的身邊，見黃忠還在昏睡中，便將朱靈、呂虔、毛玠、李通喚到另外一邊，商議道：

「如今我們傷亡慘重，被吳軍重重包圍，大帥又身受重傷，我等都是曹魏降臣，華夏國諸將盡皆對我們有所防備，幸得大帥不嫌棄我們，將我們徵入幕府，擔任要職，我們才能重新一展才華。大帥對我們有知遇之恩，我無以為報，唯有以死相謝。如今敵圍甚重，我有一策，可使得大帥安全脫險，只是可能會賠上諸位的性命，不知道你們可否願意與我一起將大帥安全送出？」

朱靈、呂虔、毛玠、李通互相對視一眼，他們和董昭一樣，都是曹魏的降臣，如果不是遇見黃忠，下半輩子只怕會碌碌無為過這一生，黃忠等於給了他們第二次生命，所以眾人聽了董昭的話後，異口同聲地道：「大帥待我等不薄，我

等皆願以死相報。」

董昭聽後，感到甚是欣慰，當即便將自己的計策給說了出來，眾人聽後，都點頭稱是。

華夏軍諸將商量後，均願意用董昭所獻的計策。於是，眾將將兵將聚攏在一起，然後挑選軍中五百精銳之士，組成一支衛隊，由朱靈、董昭率領，負責保護黃忠，而李通、呂虔、毛玠等人則率領剩下的七千多人向反方向突圍。

暮色四合，天地間一片昏暗，空中盤旋著許多烏鴉，不停的在那裡飛舞著，遲遲不敢落下，去享受牠們的美食。

這一片地帶已經是屍橫遍野，血腥味道極重，引來不少外出覓食的鳥獸，在兩軍混戰的戰場中心地帶，一些不知道從哪裡飛來的禿鷲正在啄著地上的屍體。

吳軍陣營裡，韓當挽弓搭箭，一支箭矢便朝著不遠處正在覓食的禿鷲射去，一箭穿喉，那禿鷲當場死亡，而周圍的同類也因為受到驚嚇而立刻飛走了，但是卻一直盤旋在空中，始終不遠離去。

而在兩支大軍的邊緣地帶，一些野狼也瞪著幽深的眼睛趁著暮色悄悄地溜進了布滿屍體的戰場，在戰場的邊緣，開始瘋狂般的吞噬著散落的屍體。

夜幕逐漸拉了下來，早已準備停當的華夏軍開始行動，李通、呂虔、毛玠帶著僅剩下的七千多華夏軍開始向西猛衝，聲勢極為的浩大。

吳軍立刻反應了過來，層層設防，堅守陣地，不願意後退一步，勢必要將這支軍隊全部在此地殺死。

朱靈看到吳軍被吸引走了，便對董昭道：「吳軍果然動用大批軍力去堵住我們突圍，看來這個聲東擊西的計策是行得通了。」

董昭道：「希望他們能夠安全無虞的衝出重圍……」

「現在我們趕緊送大帥出去吧。」朱靈緊張地道。

董昭點點頭，和朱靈一起，讓士兵抬著昏睡過去的黃忠，朱靈率領兩百人在前，董昭率領一百人在中間護衛黃忠，後面兩百人則分別由他們的都尉帶領，緊緊護衛。

西邊喊殺聲震天，兵器的碰撞聲越來越遠，董昭估計走了將近兩里路，一路上沒有遇到什麼危險，這才鬆了口氣，心想這次一定是要衝出重圍了。

繼續走了不到一里地，眾人忽然聽到一聲鼓響，道路兩邊突然現出許多火光，大約有兩三千人，將他們團團圍困在此，同時，一通弩箭也發射了出去，先打了董昭等人一個措手不及，射死了一兩百人，射傷了幾十個人。

董昭、朱靈心知中計了，當即將人集中靠攏，但見火光中一隊騎兵在士兵的

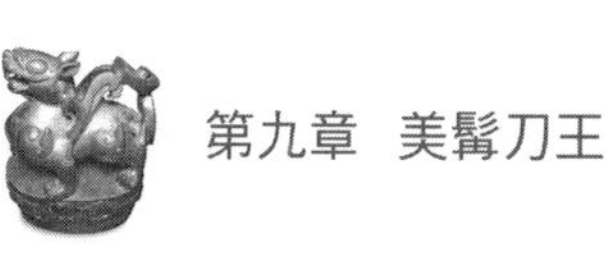

簇擁下緩緩地走了出來，為首一人，正是孫策，孫策的身邊，居然還跟著周瑜。

「周瑜？」董昭看到周瑜出現後，不禁吃了一驚。

「沒錯，正是我！你們已經完全被包圍了，早早向我陛下投降，也許還會受到重用，否則格殺勿論。」周瑜此時心中已經沒有一絲憐憫，厲聲說道。

「你不是……」

董昭揉了揉眼睛，清楚的看見周瑜在孫策身邊，心中一陣狐疑。

「我不是什麼？我不是被抓了嗎，對吧？」周瑜冷笑道，「告訴你，我福大命大，是不會受到你們的軟禁的。」

朱靈二話不說，提起手中鋼槍，大喝一聲，策馬而出，直奔孫策而去。

孫策冷笑一聲，將手中那桿金槍牢牢地握在手中，見朱靈朝他衝來，他一動不動，待朱靈近身時，他猛地大喝一聲，手中的鋼槍也暫態間刺了出去，與朱靈交馬只一個回合，便將朱靈刺落馬下。

朱靈戰死，董昭等人都吃了一驚，無不感慨孫策的勇猛，但是為了保護黃忠，十餘個無畏的士兵便一起朝孫策湧了上去。

十幾個人都是軍中小將，武力不敢說多麼的高，但是要以十幾個對付一個，應該還能討得到一些便宜，哪怕所有的人都戰死了，只有其中一個還活著，而且那個活著的人殺死了孫策……

可是，偏偏事實就是那樣的殘酷，十幾個人陸續湧了上來，與孫策交手最多的，也不超過五個回合，最後都被孫策給用槍刺死。

孫策連殺十幾個人，身上早已沾滿了鮮血，站在那裡，對董昭說道：「黃忠尚且不如我，你們又如何是我的對手？趕快投降，否則你們性命不保。」

董昭道：「保護大帥突圍！」

餘下的人紛紛圍在黃忠的周圍，拔出武器，面對將他們包圍在一起的吳軍，一點也沒有懼意。

孫策見後，便退後了幾步，大聲喊道：「冥頑不靈，給我放箭！」

話音一落，一通箭矢從四面八方射了出來，將被圍住的董昭等人又射死了一半。

看著同伴一個個倒在地上，將士們都悲憤不已。

「反正都是死，弟兄們，給他們拼了，能送走大將軍就行。」一個軍司馬抱著必死之心大聲地說道。

話音一落，除了董昭以外，餘下的一百多人全部朝著吳軍衝了過去。可是吳軍人數眾多，又以逸待勞，殺他們簡直易如反掌。

孫策看後，哈哈笑道：「一堆蠢才，不自量力……」

就在孫策看著自己的部下射殺華夏軍的時候，忽然感到背後一股凌厲的力道急速而來，他不敢回頭看是什麼，急忙一個蹬裡藏身，躲在馬肚子下面，同時自己用眼睛向後觀察，卻沒有看見任何一個可疑的人。

正當他尚在狐疑時，忽然看到自己背後的騎兵接二連三的從馬背上掉落下來，一時間人仰馬翻。

他正暗自納悶，只聽周瑜忽然驚訝地失聲道：

「關雲長？」

孫策聽到這個名字，簡直是如雷貫耳，昔日名震天下，斬殺呂布的美髯刀王關雲長，有誰不知，誰人不曉。可是，**據說美髯刀王關雲長在荊漢滅亡之前就消失的無影無蹤了，更是從此在各國銷聲匿跡，怎麼會突然出現在這裡？**

他急忙翻身上馬，看了周瑜一眼，問道：「公瑾，你剛才說什麼？」

「關雲長……是美髯刀王關雲長……陛下，我剛才看到……」

周瑜的話還沒說完，便見一支箭矢筆直的朝著自己的腦門上飛來，他驚訝的無從躲閃。

「叮！」

孫策直接用金槍撥落了那支箭矢，救下了周瑜，扭頭朝著箭矢射來的方向吼道：「何方鼠輩，在此裝神弄鬼，快快給朕滾出來！」

這一聲大吼，聲音如同滾雷，響徹天地，更是讓周圍士兵的座下戰馬都驚慌失措，焦躁不安。

忽然，不知道是誰先叫了一聲「有蛇」，緊接著吳軍的將士紛紛像是熱鍋上的螞蟻，開始胡亂衝撞，而吳軍的將士也有不少被毒蛇纏身，騎兵座下的戰馬更是驚慌失措，像是無頭的蒼蠅一般胡亂衝撞。

人還沒有出現，周圍的人已經是亂成了一團，孫策大聲呵斥，卻仍舊無效，不知不覺間，一條大蟒突然張開了血盆大口，直接咬向孫策。

孫策拔出腰中所佩戴的古錠刀，一刀便將大蟒劈成了兩半，緊接著大罵道：「孽畜！」

周瑜此時也已經拔出佩劍，好不容易控制住座下戰馬，卻又看到有蛇朝自己撲來，便揮劍將其斬成兩截，整個吳軍忙得不亦樂乎。

就在這個時候，一個士兵忽然喊道：「黃忠不見了……」

孫策聽後，急忙望去，但見在馬背上昏睡的黃忠以及董昭都頃刻間消失得無影無蹤，也沒有一點跡象可以巡查，便扭頭對周瑜道：「公瑾，你剛才真的看見關雲長了？」

周瑜點了點頭，說道：「錯不了的，丹鳳眼、臥蠶眉，紅臉長鬚，身材高大魁梧，不是他還能是誰?!」

孫策皺起眉頭，本以為關羽消失得無影無蹤了，沒想到卻在此處出現，而且來去匆匆，極為神秘，更是弄得這支大軍坐立不安，軍中一片恐慌。

但是，他堅信，關羽就算真的來了，他有這麼多兵將在，又何懼他們這些？於是，他便下令道：「散開，給我搜，就算挖個底朝天，也要把關羽和黃忠給我找出來……」

無名深山中，同樣無名的深谷裡，在一個也是無名的山洞裡，黃忠靜靜地躺在乾草垛上，逐漸從昏迷中蘇醒了過來。

睜開眼睛，他第一眼便見到一個陌生的背影，那背影甚是偉岸，只看這背影，彷彿就能猜測出此人的不凡。

「這裡是哪裡？」黃忠環視了一圈山洞，映著山洞內的篝火，問道。

偉岸的背影側過半邊臉，臉上的一縷長髯飄蕩在胸前，若流星似的眼睛炯炯有神，但是眼神中卻透著幾許滄桑。

他斜視了一眼黃忠，看到黃忠醒過來後，便問道：「你醒了？」

「我醒了。閣下何人，能先回答我的問題嗎？」

黃忠抬了抬右臂，這才發現右臂無法動彈，被人用木板牢牢地 夾住了。

「這裡本來是全天下最為清靜的無名之地，可惜現在已經不再是了，也許在不久後，這裡會成為另外一個戰場……」

偉岸的背影逐漸轉正了身子，身材魁梧的他，向前邁了幾個大步，走到篝火邊，火光映照出他的容貌。

黃忠見到這個人的容貌後，不禁驚喜萬分，驚呼道：

「你是……美髯刀王關羽……關雲長？」

幾年不見，關羽的模樣還是那樣的神駿，面色紅潤，雙目有神，此時一身布衣的關羽就站在黃忠的眼前，看到黃忠吃驚的表情，道：「你別亂動，你身上的傷勢太過嚴重，如果調養不好，你的右臂很有可能從此以後就廢了。」

黃忠低下頭看了看自己的右臂，重重地嘆了一口氣，說道：「老了，不中用了，才中了一箭而已，竟然傷成這個樣子……」

關羽從黃忠的口中也聽出了幾許傷感，安慰道：「黃大將軍老當益壯，此等小傷，定然無礙，只要略微靜養一段時間即可。這裡地處偏僻，鮮有人知，黃大

將軍在此好心養傷便是，待傷勢好後，關某親自送黃大將軍出谷。」

「關將軍……」黃忠緩緩坐起身子，張嘴叫道。

關羽急忙打斷了黃忠的話，說道：「關某已經不再是什麼將軍了，不過是游離在方外的一個閒散之人，過著清靜的日子罷了。黃大將軍叫我雲長即可。」

黃忠這才改口道：「雲長，這裡到底是什麼地方？我記得我的大軍被吳軍包圍了，對了，我的大軍呢？」

關羽道：「這裡是壽春城郊的一座無名之山，本來並無什麼名字，我來到此處後，方將此山喚作忘憂山，而我們現在所在的山谷，就叫忘憂谷，這個洞穴，叫忘憂洞，至於大將軍的部下嘛……」

「他們怎麼樣？」

「這個我並不知道，只是和大將軍一起逃出來的董昭去而復返，說是要去救被圍困著的華夏軍，這之後的事情，我就不得而知了。」

黃忠心中很是感念自己的部下，畢竟自己帶出來兩萬士兵，結果被吳軍伏擊了一次，此時所剩下的人一定是在頑強抵抗吳軍，必定凶多吉少。可是他現在這個樣子，真是手無縛雞之力，又怎麼能夠去救他們呢。

他看了看關羽，低聲下氣地說道：「雲長，昔日黃忠與你是敵對關係，戰場上廝殺也是逼不得已，如果有得罪的地方，還請多多包涵。我已經成了這個模樣，想必一定是你救我出來的，你既然能夠救我，就一定願意去救那些成百上千的將士。吳軍實在太過強盛，我的軍隊這會兒只怕已經是慘敗了，我想求你一件事，不知道你願不願意？」

「大將軍儘管講出來就是了。」

「孫策有周瑜相助，如虎添翼，除非去請吾皇御駕親征，否則難以禦敵，只求雲長替我將此消息傳達到吾皇耳朵裡，吾皇聽後，必然會親自來征討孫策、周瑜，只要孫策、周瑜一除，則吳國就離投降不遠了。」

關羽點點頭，答應了黃忠的請求。於是，黃忠將如何尋找信鴿，用信鴿傳遞消息的方式告訴關羽。關羽聽後，一邊安撫黃忠好心在此養傷，一邊出去尋找信鴿傳遞消息。

壽春城郊一戰，雖然吳軍未能全殲華夏軍，但是卻給了華夏軍一次重創，同時，他們自己也付出了較為沉重的代價。而且黃蓋陣亡，高麟、郭嘉等人逃遁的消息，對於吳軍來說，也是一個極大的壞消息。

壽春城已經成為一片廢墟，到處都充滿了死亡的氣息，而壽春的百姓也對吳軍恨之入骨，所以孫策和周瑜商量了一番後，決定暫時退出壽春城，退守合肥。

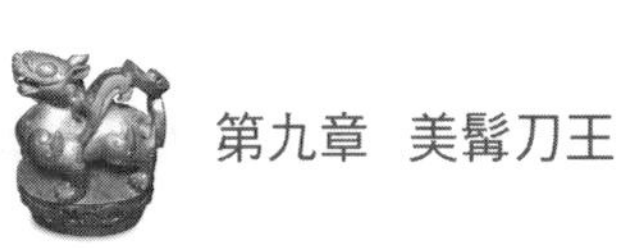

吳軍正在準備著退兵的工作，士兵則將抓獲來的陳登推到了孫策和周瑜的面前，孫策看得到陳登後，便問道：

「你一向不問政事，當年朕曾經多次派人去請你做官，可是均被你一一拒絕，為什麼你要改變已往的立場，轉投到華夏國為官，還當了這個太守？」

「當別人用刀架在城中場千上萬的百姓的脖子上時，卻來威逼我，我又豈能為了自己而害了那麼多的性命？」

「說得好。可是，為什麼你明明知道抵擋不住朕的大軍，卻依然不肯開城投降？」

陳登緩緩地答道：「食君之祿，忠君之事，此乃忠臣也。我既然已經答應歸順華夏國，又怎麼能反悔？所以只能如此。」

孫策見陳登對答如流，絲毫沒有畏懼之色，便對陳登道：「你怕我嗎？」

陳登沉默不語。

孫策出於陳登的名聲，有意招降陳登，又追問了一句：「你可願意歸順我吳國？」

「忠臣不事二主，恕難從命。」

孫策聽陳登不肯投降自己，臉上已經起了殺機，怒吼道：「來人啊，將陳登推出去斬首示眾。」

周瑜急忙勸諫道：「陛下，千萬不能殺陳登啊，陳登乃是壽春一帶極有名望的人，如果殺了陳登，只怕會引起許多不必要的麻煩。」

孫策道：「一個頑固之士，留著何用？推出去，斬首示眾。」

親兵急忙將陳登推出，就地斬首，一顆人頭也瞬間滾落了下來。

周瑜見陳登被殺，心中十分惋惜，對孫策道：「陛下既然殺了陳登，就應該立刻退出壽春，然後退兵到合肥，同時也不要對外聲張，否則後果將不堪想像。」

孫策見周瑜說的如此嚴重，便點點頭，答應了下來。

隨後，孫策便將所剩餘的萬餘部隊退出壽春城，將所陣亡的將士全部焚毀，並且將骨灰給帶了回去。

廬江郡，潯陽城。

高飛帶著一班文武大臣抵達這裡已經一天了，前線戰場上的戰報也在一一回收。

張郃的集團軍一切進展順利，所過之處，吳國郡縣望風而降，張郃每過一縣，便會留一些駐軍，並且更換當地官員。而甘寧的集團軍也已經出海，具體消息未曾傳達。

高麒以智賺取了長沙重城，高鵬也攻取了廬江南部地區，唯一不爽的地方是，諸葛亮等人被堵在了湖口，儘管張遼用水軍作為掩護進行猛攻，可是湖口的防禦工事修葺的十分完善，試圖衝過數次，均以失敗告終，最後不得不形成對峙。

當黃忠的那一路軍消息傳到高飛的耳朵時，高飛整個人吃驚不已，留下張遼、諸葛亮全權負責攻略湖口的事情，自己則率領三萬大軍聚集最精英的文臣武將，浩浩蕩蕩的沿江東下，然後由長江進入巢湖，再由巢湖進入淝水，然後在合肥登岸，攻略合肥城。

此時此刻，華夏國所發動的全面戰爭已經完全爆發，四大集團軍也沒有一個不再征戰，張郃所指揮的集團軍中，高麒、張任、沙摩柯等人勢如破竹，吳軍在西線兵力薄弱，雖然土地甚廣，卻人口相對稀少，所以華夏國大軍所到之處，盡皆聞風而降，根本沒有遇到什麼像樣的抵抗，沙摩柯所指揮的一支蠻軍便已經開入了交州地界。

而甘寧這支集團軍，則兵分兩路，甘寧率領華夏國的海軍從海上迂迴，然後從錢塘登錄，利用海軍陸戰隊在吳國後方騷擾吳軍，臧霸便猛攻曲阿，力求突破吳國的軍事重鎮曲阿，從而一舉攻入帝都。

在如此險峻的形勢下，宋王孫權一直遲遲不敢按照孫策的吩咐去稱帝，而是在顧雍的協助下，積極的調集糧草以便應付戰爭所需。

此時的吳庭早已是空前的震動，對於華夏軍的猛攻窮打，實在是有些吃不消了。同時也失去了和江北的聯繫，無法摸清孫策等人的動向。

陸遜在湖口層層設防，深溝高壘，堅守陣地，不管華夏軍用什麼方法，他都不准士兵出戰。雖然知道華夏軍有厲害的武器，但是由於這種堅守陣地的方法十分有效，以至於華夏軍經常性的進攻大多都是無功而返，有時還折損了不少兵馬。

當整個東南都陷入無休止的戰鬥中時，反而是淮南一帶略微靜了下來，孫策、周瑜退到合肥後，開始施行重點防禦政策，將合肥小城修築的如同一座堅硬的堡壘，並且從四方搬來石頭堆積在城中，一早便做好了守城的準備。

幾天後，高飛一行人在淝水登岸，將大營紮在淝水離岸邊不遠的地方，臨近傍晚時，士兵又累又餓，便開始圍坐在一起吃喝。

士兵們吃飽喝足之後，便倒頭睡下了。

入夜後，大營裡一片寂靜，就連守營的士兵也在打著盹，而負責巡邏的隊伍所巡邏的隊伍也越來越少。

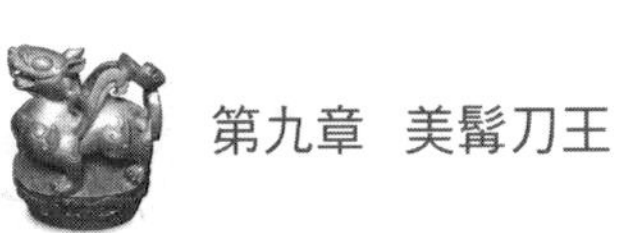

但是在華夏軍大營外面的一片密林裡，孫策卻帶領著吳國的精銳騎兵靜靜地等候在那裡，只要時候一到，便會立刻出擊。

比及到了子時，孫策便揮動著自己的黃金大槍，向前用力一招，身後三千名精銳的騎兵便陸續從樹林裡湧現了出來，孫策更是一馬當先，衝在了最前面。

此時，營裡還是一片寂靜，而孫策則帶著人在剔除鹿角和拒馬之後，便完全衝進了營寨，他以一柄黃金大槍挑開了捲簾，可是看到營帳裡面的情況後，大吃一驚。因為營帳內空無一人！

他意識到中計後，急忙調轉馬頭，朝外面大聲喊道：「中計了，快撤，快撤！」

孫策的吼聲剛剛落下，只聽見一聲號炮響起，營寨的四面八方便湧現出來大批大批的華夏軍，左邊張飛、右邊趙雲、前面徐晃、後面馬超，四個重量級的大將軍各自帶著兵將殺了出來。

「撤，快撤退！」孫策手持一桿黃金大槍，調轉馬頭後，便迅速地帶著自己身後的騎兵原路返回。

徐晃帶著騎兵趕來，擋住了孫策的去路，一輪鎏金大斧毫不客氣的便揮舞了過去，一斧頭便劈死了一個吳軍騎兵，而他看到孫策時，也立刻叫囂了起來，大聲吼道：「皇上有令，斬殺孫策者，賞萬金，封萬戶侯！」

聲音落下，徐晃身後的將士無不奮力向前，抵擋住了孫策這一撥騎兵的去路。

然而，吳軍也並非庸人，孫策更是勇猛無匹，看到徐晃擋住了去路，面色陰沉，雙目怒視著徐晃，便朝徐晃那裡趕了過去，一邊殺華夏軍的騎兵，一邊大聲吼道：「就憑你，也想擋住朕的去路？」

不多時，孫策、徐晃兩下照面，兩個人都毫不留情的揮出了手中兵刃，交馬只一合，兩個人便隨即分開，孫策也不敢戀戰，回頭望見張飛、趙雲、馬超都帶兵追來，心想自己一個人根本不是他們的對手，便狼狽逃走了。

徐晃夥同張飛、趙雲、馬超一起追擊了十餘里，斬殺一千多吳軍騎兵後，這才重新返回。

張飛、趙雲、馬超、徐晃重新返回後，營寨的寨門前面，高飛已經帶著荀攸、太史慈、司馬懿、田豐等人等候在那裡，四個人同時翻身下馬，跪拜在高飛的面前，同呼「萬歲」。

「都起來吧，今夜若不是仲達獻計，只怕我軍疲憊之師，定然會受到孫策的重創，你們也都辛苦了，好好的休息休息吧，明日一早，大軍便將合肥包圍。」

此時此刻，已經沒人能夠阻止華夏軍的腳步了，高麟、黃忠的先後敗績，並未給吳國帶來什麼實質性的福利，相反，卻引來了高飛率領的華夏國最為精銳的大軍。

孫策偷襲不成，反被打得大敗，損兵折將不說，自己在逃跑中也被馬超射了一箭，雖然並無大礙，但是相較之下，**吳軍確實不如華夏軍。這一點，一直都是事實，只不過，孫策不肯相信罷了。**

合肥城裡。

周瑜站立在城頭，看到孫策狼狽而回，心中已經知道了是怎麼回事了。他走了下來，來到城門口，將孫策迎接進城，讓軍醫給孫策包紮好傷口後，這才對孫策說道：「陛下，高飛所率領的這支大軍，其中涵蓋了華夏國的眾多名將，硬拼的話，只怕不行，合肥城雖然是座小城，但是勝在堅固，漢末時，大漢的淮南王為躲避黃巾的襲擾，便在合肥修築一座堅城，此後又經歷袁術的修葺，以及我吳國的增築，城中所屯糧秣充足，只要堅守不戰，華夏軍也拿我們沒辦法。」

孫策聽後，恨恨地道：「朕親率五萬精銳，本想出其不意，將戰火燒到華夏國，誰曾想卻落到這步田地。公瑾，如今我吳國江山已經是搖搖欲墜了，朕卻只能眼睜睜的看著而沒有一點作為，**朕這個皇帝，當著還有什麼意思？**」

「陛下，千萬別這樣想。國家的興衰，與帝王緊密相聯。當此之時，華夏國侵犯我國，卻將戰爭的罪責推在了我們的身上，讓我們受盡天下人的謾罵。華夏國欺凌我國，如果陛下不能率眾抵抗，那我吳國的百姓以後就要淪為亡國奴。現在雖然華夏軍兵鋒強勁，但只要堅守不戰，重點防禦，也不一定會戰敗。」周瑜急忙勸慰道。

孫策稍稍堅定了下信念，說道：「公瑾，我聽你的。」

周瑜看著孫策，但是眉頭卻皺得很深，**雖然堅守不戰才是上上之策，但是在強勁的華夏國兵鋒面前，到底能堅守多久，則成為了一個未知之數**。

他走出了府邸，積極地去布置防禦，他要用自己最後的力量，來守衛吳國的門戶，就算是死，也在所不惜。

第二天清晨，華夏國的大軍悉數抵達合肥城下，三萬大軍，將合肥城圍的水泄不通，在這裡一帶的吳國百姓早已經逃散的無影無蹤，生怕會受到牽連，田地裡的稻穀，也擱在一邊沒人收割了。

合肥城雖小，卻有四個城門，城下有一道很寬的護城河，圍繞著城池一圈，華夏軍在城外立了四座營寨，張飛率領五千人守在東門，趙雲率領五千人守在西門，馬超率領五千人守在北門，而高飛則指揮太史慈、徐晃、荀攸、田豐、司馬懿等人守在南門。

四座營寨全部立下後，華夏軍並沒有急於攻城，而是開始在城外構築一道土牆。這樣的舉動，引起了城內周瑜的注意，看到華夏軍並沒有像他所想的那樣攻城，而是先行構築一道土牆，似乎是另有打算。

於是，周瑜便喚來程普，對程普說道：「陛下昨日偷襲不成，反折損了不少兵馬，此時正在府中休息，不宜吵醒他。華夏軍兵臨城下，卻並不急於攻城，而是先行修建一道土牆，我覺得這其中必有奸計，煩請程將軍率領一千輕騎出城，騷擾華夏軍，並且試探一下華夏軍的動向，如何？」

程普點點頭，道：「大都督放心，我這就帶人去一探究竟。」

話音一落，程普便下了城樓，點齊了一千騎兵，便從西門而出，準備攻擊那些在構築土牆的華夏軍士兵。

可是，當吊橋剛一放下時，不等程普等人衝出來，負責防護的華夏軍弩手便紛紛從戰壕裡湧現了出來，朝著吊橋那邊便是一陣猛射。

吳軍面對這強勁的箭陣，無法通過，只能被迫退回城門那裡。

程普氣憤不過，準備再次聚集騎兵猛衝一次，卻聽見城樓上的周瑜喊道：「程將軍，不必衝了，華夏軍功放有序，很難突破他們的防線。看來，華夏軍是想將我們困死在這裡啊。」

「可是……」

「關上城門，堅守不戰。」周瑜說完這句話後，便下了城樓，徑直朝城中走去。

程普雖然氣憤不過，可這也是無奈之舉，便關上城門，升起了吊橋。

合肥城南門外。

高飛得知吳軍曾經試圖突圍過一次後，便笑了起來，對正在帳中謀劃的趙雲、張飛、馬超、太史慈、徐晃、荀攸、田豐、司馬懿等人說道：「看來，孫策、周瑜剛才是狗急跳牆了。」

眾人一陣哄堂大笑。

笑聲落後，太史享便從外面走了進來，先是參拜了一下高飛，隨後又參拜了一下在場的人，最後才說道：「皇上，大將軍王率領殘軍敗將，在帳外求見。」

高飛聽後，眉頭皺了起來，擺擺手道：「知道了。暫時將大將軍王等人安排在後營，就說朕這會兒正在商議軍機要事，沒工夫理會他。」

太史享聽完這句話後，先是愣了一下，隨後才唯唯諾諾的道了一聲「遵旨」轉身出去。可是，當他剛走到大帳的出口時，又聽到高飛的聲音從背後傳來：「太史享，將朕剛才說的話，一字一句的講給他聽，不能有任何篡改和遺漏。」

「遵旨。」

太史享走出了大帳，來到帳外後，很有禮貌的向高麟行了一禮，緊接著說道：「皇上有旨，請大將軍王帶著部下到後營休息，皇上這會兒忙著商議軍機要事，沒工夫理會大王。」

高麟聽後，倒是吃了一驚，一把揪住了太史享胸前的衣襟，喝問道：「父皇當真是這樣說的？」

太史享急忙點頭道：「一字一句，皆出於皇上之口，末將只是負責傳達。」

「哼！」高麟一把鬆開了太史享，心中氣憤不過，邁開步子便要朝大帳中走去。

郭嘉在高麟身邊，一把拉住高麟的手臂，喝問道：「大王哪裡去？」

「我要進去見父皇。」高麟一把甩開郭嘉的手，大步流星地朝大帳裡走去。

郭嘉急忙追了上去，快步跑到高麟的前面，伸開雙臂，對高麟大喝道：「大王，你若要進去，就是抗旨不遵，請你想清楚了。」

高麟停下了腳步，被郭嘉的這一聲大喊震懾住了，但是眼裡露出極為失落的眼神，望著郭嘉，雙眼迷茫地道：「恩師，父皇為什麼不肯見我？」

「此地不是說話之地，我們去後營！」郭嘉拉著高麟便走，馬岱、甘小寧、張雄、郭淮、臧艾等人也紛紛跟著。

這時，大帳的捲簾被人用手掀開，高飛的臉龐從捲簾裡露了出來，看著高麟等人離開，心中一番悵然。

「皇上，大將軍王雖然這次被打敗，可是以往功勞卓著，皇上這樣對待大將軍王，是不是有失公允？」司馬懿湊了過來，輕聲問道。

高飛放下捲簾，斜眼看了司馬懿一下，見司馬懿的雙眸竟是如此的深邃，深邃到他看不出來他到底在想些什麼。

他面色鐵青，注視著司馬懿，在炙熱的雙眸下，司馬懿不敢直視高飛。

「仲達，朕是看著你長大的，朕也是非常疼你的。可是**有些事情，不該問的儘量別問，越是裝聾作啞，活的時間也就越長**，懂嗎？」高飛輕輕地拍了拍司馬懿的肩膀，淡淡地說道。

司馬懿聽了高飛的這句話，不禁背脊上直冒冷汗，一直以來，高飛是他最為恐懼的一個人，這個人英明神武，他一個不小心就會觸怒高飛，不知道為什麼，他總覺得自己和高飛之間的關係若即若離。

「明天開始，對合肥城發起總攻，要不惜一切代價，務必在一天之內攻下合肥城，這場戰爭不宜拖得太久。戰爭拖得越久，對我們越不利。」高飛轉過身子對眾人說道。

「臣等遵旨！」群臣齊聲答道。

「另外，黃忠可有下落了嗎？」高飛關心地問道。

荀攸道：「啟稟皇上，呂虔、毛玠率領殘軍和黃老將軍是分批突圍的，其中李通戰死，朱靈也陣亡了，後來在一個樹林裡也意外發現了董昭的屍體，卻唯獨不見黃老將軍，這就證明黃老將軍不會有事的。目前呂虔、毛玠正在派人四處尋找，暫時還沒有任何關於老將軍的消息。」

高飛輕輕地嘆了一口氣，緩緩地說道：「如果老將軍有個什麼閃失，高麟難辭其咎！」

華夏軍的後軍營地裡。

高麟十分不服氣地對郭嘉道：「恩師，你為什麼要擋住我，不讓我去見父皇？」

郭嘉道：「殿下，我軍吃了那麼大的一個敗仗，還連累了黃老將軍，如今黃老將軍下落不明，生死未卜，就連黃老將軍的部下也都是損失慘重，壽春一戰，我華夏軍可是有史以來第一次慘敗。出師未捷，還連累了壽春那麼多的百姓，就算別人不說什麼，可是皇上那裡也絕對不會坐視不理。你是皇子，是大將軍王，是天下兵馬大元帥，理當明白皇上的苦衷。這件事，皇上如果不把氣撒在你的頭上，只怕難消軍中宿將心中的一口惡氣。」

「那是他黃忠老匹夫不爭氣，兩萬大軍進了別人的圈套還不自知，結果被死死地圍在那裡，這事怎麼又怪在我的頭上了？」高麟不服氣地道。

郭嘉無奈地搖了搖頭，他作為高麟的師父，深深地明白，高麟以前的確是一個聽話的好孩子，同樣還是一個征戰沙場的得力戰將，但是在他的眼裡，早已養成目空一切的態度。

也許是因為他一路走來太過順利，沒有經過挫折，或者是因為高飛的偏愛，使得他一遇到自己的事情時，總是無法平心靜氣的去解決。

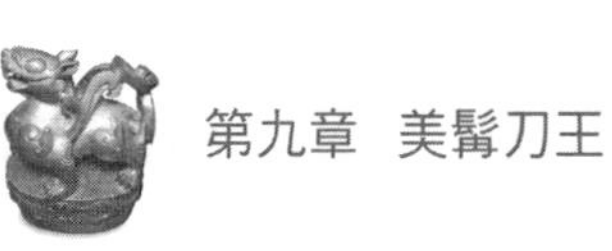

因此聽到高麟說出這番話後，郭嘉的心裡起了一陣涼意，他走到高麟的面前，直視著高麟，同時對馬岱、甘小寧、張雄、郭淮、臧艾五個人喊道：

「這裡沒你們的事了，都出去，把守在大帳外面，不管是誰，沒有命令，不能隨便進出。三丈之內，也不許有閒雜人等出沒。」

「諾！」馬岱、甘小寧、張雄、郭淮、臧艾同時應了一聲，轉身走出大帳，在帳外將其他人驅趕走，他們五個人則站在三丈之外，不許任何人靠近。

高麟被郭嘉緊緊地盯著，他看到郭嘉的目光裡夾雜著一絲失望，臉上的表情更是一番鐵青，他還是第一次見到郭嘉這副模樣，張口問道：「恩師，你這樣看著我幹什麼？」

「啪！」

郭嘉甩手便是一巴掌，直接打在高麟的臉上，同時用手指著地面，怒喝道：

「跪下！」

高麟從小到大哪裡被人這樣打過，就連他的父皇也沒有碰過他一根手指頭，可是郭嘉卻給了他一個大嘴巴子，這讓他感到了無比的恥辱。

他瞪大了眼睛，不敢相信地望著郭嘉，眼裡也泛出了淚花，心裡更是痛到極點，自己一向愛戴有加的恩師，居然給了自己一巴掌?!

他不自覺地退後了兩步，捂著自己火辣辣的臉龐，第一次，他嘗到疼痛的滋味，除了疼痛之外，還有心酸，眼眶裡泛出淚水。

「恩師……你打我？你居然打我？我一向對你言聽計從，甚至將你當成我的叔父一樣看待，你居然莫名其妙的打我？」高麟委屈地道。

郭嘉怒視著高麟，道：

「你的脾氣越來越臭了，我跟你說過多少次，對待老將軍要尊重，黃老將軍再怎麼說也是開國的功勳，更是華夏國的一大支柱，整個華夏國，包括皇上在內，都對黃老將軍十分的尊敬，可是你卻口出狂言，叫他老匹夫，你可知道，黃老將軍曾經救過皇上的性命，如果不是黃老將軍當年在混戰中替皇上擋了一箭，皇上很有可能早已經辭世了，哪裡還會有你？

「我打你，是因為你不尊敬軍中宿將。你可知道，如果你的那句話若是傳到了皇上的耳朵裡，你很有可能會被削去王爵，甚至降職處理。你整日囂張慣了，這次我軍大敗是事實，龍鱗軍更是已經潰不成軍，你沒有一絲悔改，反而……我真是恨鐵不成鋼啊……」

高麟怒道：「夠了，你別在那裡假惺惺的了，**你收我為徒，一味的幫我搶奪太子之位，不就是想等以後我當了皇帝，也像父皇對待國丈一樣對待你嗎？我知**

道，你一直眼紅國丈在華夏國的地位，你……」

「你閉嘴！」

郭嘉聽到高麟如此說自己，心中一陣沉重，沒想到自己在高麟的心中，竟然是這樣的一個人。

高麟冷哼一聲，擦拭了一下眼角的淚水，徑直朝外走去，走到郭嘉身邊時，對郭嘉說道：「**其實你我都一樣，只不過是為了自己心中所想的去做。你利用我來抬高自己的地位，而我則利用你幫我搶奪太子之位**。不過我可以告訴你，不用你的幫忙，我照樣能夠搶到太子之位。父皇不願意見我，你又打我，以後我再也不想看到你們了，你們不讓我當皇帝，我自己去當自己的皇帝，也落得個逍遙自在。」

話音一落，高麟大踏步地朝外走了出去，同時叫道：「馬岱、甘小寧、張雄、郭淮、臧艾，集結所有的龍鱗軍，全部跟我走。」

帳外侍立著的馬岱、甘小寧、張雄、郭淮、臧艾五個人，當即集結剩下的龍鱗軍，紛紛騎上馬背，離開了大營。

郭嘉見高麟離去，又聽到高麟的那番話，心裡不禁一片淒涼，沒想到自己辛辛苦苦教授了他十幾年，到頭來卻是這樣。

他望著高麟離去的背影，強忍住在眼眶中打轉的淚水。

「走吧，走得越遠越好。一直以來，我一直認為你只是個有勇無謀的人，可是沒想到你將我觀察的那麼仔細，竟然看出了我內心的所想。你說得沒錯，是我的私心太重了，嫉妒賈文和所得到的一切，同樣身為謀士，為什麼我得到的卻遠遠不能和他相提並論？哈哈哈……我辛苦十幾年，到頭來卻還是竹籃子打水一場空。可是，在不久的將來，你會明白的，師父這樣做，完全是為了你好……」郭嘉目送著高麟離開，心中暗暗地想道。

郭嘉擦拭了下眼角的淚光，徑直朝高飛所在的中軍走了過去，並且請求見高飛一面。

負責守衛中軍的是太史享，將郭嘉的話通報給高飛，高飛聽到郭嘉獨自一人求見，便讓太史享帶他進帳。

「罪臣郭嘉，叩見吾皇，萬歲，萬歲，萬萬歲。」郭嘉一進入大帳，便立刻跪在地上，朝著高飛行禮道。

高飛見郭嘉如此行禮，倒是吃了一驚，因為他已經免去內閣見到他可以不跪拜的禮節。

他走到郭嘉身邊，親自扶起郭嘉，見郭嘉雙眼通紅，關心地道：「奉孝，你雙目通紅，眼角有淚痕，你哭過？」

「不是的，我是剛才被迷著了眼睛，所以才……皇上，罪臣是來向皇上請罪的。」郭嘉急忙開脫道。

「請罪？你有何罪？」高飛笑著問道。

「罪臣教導無方，一直未能將二殿下帶入正途，剛才罪臣在大帳中說了他幾句，沒想到他居然和罪臣吵了起來，還負氣離開了。」郭嘉道。

「這個孩子，真不讓人省心。」高飛輕輕地嘆了一口氣。

「是啊，殿下一向在西北野慣了，皇上突然將他召回，又參加征南戰役，由於他不熟悉當地天氣，所以才會中了敵人奸計，以至於幾乎全軍覆沒，並且牽連了黃老將軍。這件事都是我不夠盡責所致，與殿下無關。不過，殿下作為統帥，也難辭其咎，天下兵馬大元帥之職，恐怕再也難當了。」郭嘉自責道。

高飛聽後，點了點頭，說道：「嗯，那麼以你之見，他負氣離開後，又會去哪裡呢？如果不當天下兵馬大元帥，又該當何職？」

「臣以為，二殿下性子直爽，加上在西北名聲赫赫，如果還讓二殿下繼續待在西北的話，對外夷也有震懾作用。如果以後皇上要繼續西征，便可令二殿下為先鋒大將，一路掃平障礙，斬荊披棘……」郭嘉道。

高飛道：「你說得不錯，高麟不適合在中原居住，西北邊疆也許才是他應該在的地方。一會兒你去找陳琳，傳朕口諭，讓他擬寫聖旨，削去高麟天下兵馬大元帥之職，親王爵位降為郡王，讓他暫時擔任都督一職，總督涼州、西域以及平奴三塊地方。」

「諾。」郭嘉應了一聲，緩緩退出了大帳。

平奴就是鮮卑、北匈奴、烏孫等人所占據的大草原、大雪山、大戈壁等在現在蒙古、新疆一帶的高原，華夏軍北定諸胡後，高飛便將那裡賜名為平奴，建制相當於一個州，而在平奴之下，又建立幾個較大的塞上城池，全部歸屬於平奴，地方十分的遼闊，主要用於華夏國的畜牧業。

「皇上，太尉大人不替二殿下求情，反而將罪責推在二殿下的身上，是不是……」衛尉高橫就在高飛的身邊，聽到郭嘉的話後，忍不住說了出來。

「奉孝與高麟朝夕相處，在一起的時間比我這個當父親的還要多，奉孝又怎麼會去害高麟呢？他這樣做，必然有他的目的。不過，奉孝說得也對，高麟在西北邊陲威名赫赫，外夷莫敢不服，有他在西北鎮守，確實比他在東南吃敗仗強得多。

「此番一戰，龍鱗軍損失慘重，已經不復成軍，那麼龍鱗軍也該是解散的時候了。馬岱等人都是年輕才俊，也是堪用的大將，如果全部擠在一起，反而發揮不出什麼實力，再說，在高麟的光環下面，也未必能有什麼前途。你去詢問一下田丞相，看看有什麼緊要的軍職，就安排給馬岱、甘小寧、張雄、郭淮、臧艾等人吧。」高飛打斷高橫的話，侃侃說道。

「諾！」

等到高橫出去，大帳內只剩下高飛一個人，他的嘴角露出一絲笑容，自言自語道：「昔日晉文公重耳常年流亡國外，得以避免了國內政亂，被國人迎回後，終於成就一番霸業。奉孝果然聰明，深知**在外而活**的道理……」

第十章

盛世帝國

曹操道：「我已經喜歡上閒雲野鶴的生活，對於權力、女人、錢財沒有興趣，我還是潛心跟隨左道長修習道術的好。」

高飛在泰山上逗留了幾日後，便返回洛陽，致力於國內的繁榮昌盛，一個盛世的帝國開始慢慢形成……

第二天剛濛濛亮的時候，華夏軍便已經用過了早飯，各軍開始集結，在昨日挖好的壕溝以及修建的那堵土牆後面摩拳擦掌。

平明時分，東、西、南、北四個城門外同時吹響了進攻的號角，嗚咽的號角聲劃破了雲霄，犀利的傳入城內吳軍將士的耳朵裡。

同時，華夏軍用早已布置好的巨弩車，將一封封勸降信射入城中，然後嚴陣以待。

合肥城中，到處都是華夏軍射進來的勸降信，士兵們打開來看，一邊看一邊讀了出來：

「奉天承運，承天之命，吾華夏國神州大皇帝陛下見告諸位，辰時三刻，我華夏國神威無敵的大軍將從四門同時發起進攻，吳國氣數已盡，破城只在旦夕，吾皇懷著一顆仁慈之心不忍見到諸位血流成河，故在此勸告諸位，請不要做無畏的抵抗，儘早開城投降，否則等到辰時三刻一到，大軍屠城，絕不姑息……」

讀完此勸降信，吳軍中膽小之人早已經嚇得屁滾尿流，看到城外的華夏國大軍嚴陣以待，蓄勢待發，便有了投降之意。

可是，膽小者剛剛一行動，立刻被其上司斬殺，而膽小者畢竟是少數，所以殺了十幾個人後，吳軍非但沒有一點害怕的心思，反而互相激勵，發誓要與此城共存亡。

等到孫策、周瑜、程普、韓當、呂範等人來到城樓時，吳軍將士的士氣已經是極為高昂。

看到自己的部下有著如此高昂的氣勢，孫策的心裡也是一陣欣慰。

隨後，孫策開始積極布置防守力量，派韓當守西門，程普守東門，呂範守北門，他和周瑜則站在南門，親自抵抗南門外的高飛。

「皇上，吳軍士氣似乎並沒有下落，反而因為我們的勸降書而變得高昂起來了……」徐晃看到城樓上的將士後，緩緩地說道。

「既然如此，只怕再等下去也是無濟於事，所有的弩炮都準備好了嗎？」高飛扭頭對徐晃說道。

「全部準備妥當，按照皇上的意思，皆已安裝到位，隱蔽在土牆當中，隨時可以對城池進行轟炸。」徐晃回道。

「嗯，那還等什麼，開戰吧。」

高飛望著城樓上的孫策和周瑜，眼睛裡已經沒有一點的憐憫了，就算是將這兩個人炸死，他也不會再出現半點惋惜之情。

徐晃聽到高飛的命令後，便策馬向前，大聲吼道：

「皇上有令，開戰！」

隨著徐晃的一聲令下，南門外的華夏軍首先擂響了第一通戰鼓，這個時候，所有隱蔽在壕溝裡的士兵紛紛拿著自己的兵刃敲打著前面的盾牌，發出整齊而又巨大的金屬碰撞聲，並且異口同聲的喊道：

「風！風！風！風！風！」

當南門聲音消失之後，西門那邊便傳出同樣的聲音，緊接著是北門、東門，剛好環繞一圈。

當東門的聲音落下只一句話的時間時，布置在南門、西門、北門、東門的所有攻城士兵異口同聲地大聲喊道：

「大風！大風！大風！……」

每喊一句，士兵拿著兵器便在盾牌上猛地敲擊兩下，數萬人的齊聲吶喊，聲威浩大，加上華夏軍之前就構築了一道幾乎與城牆比齊的土牆，還挖掘了一道壕溝，以至於合肥城中的吳軍將士根本無法看清隱藏在那道土牆後面到底有多少士兵，只見到處都是華夏軍的軍旗，迎風飄展。

合肥城裡。

周瑜聽到華夏軍的這種陣勢後，已經明白華夏軍的作戰方法，這一次是先在聲勢上占據上風，給守城的吳軍帶來極大的壓力，他當即見招拆招，讓人去各個城門激勵士氣。

此時，華夏軍還沒有開始進攻，周瑜看到華夏軍背後的樹林裡有若隱若現的軍旗，結果登上鐘鼓樓的最高處放眼望去，合肥城外的樹林裡竟然全部都是這個樣子。

他看後，急忙走了下來，對孫策道：「陛下，高飛虛張聲勢，竟然在城外的樹林裡布置了疑兵，想吸引我們的注意力，搞不清他們到底有多少人。所以，不必理會那些華夏軍的士兵，只管狠狠地擊退那些攻城的人即可。」

孫策點頭同意，同時讓人護衛著周瑜，自己親自拿起連弩，以便射擊來犯之敵。

約莫過了一刻鐘，華夏軍第二輪聲勢開始了，只不過，這一次所有人都一起喊「大風」，喊完三聲之後，立刻變得鴉雀無聲，只見從土牆裡飛出許多黑色的弩箭，弩箭上還綁著點燃的炸藥包，筆直地飛過護城河，射向了合肥城的城牆上。

「轟！轟！轟！轟……」

隆隆的爆炸聲一經響起，立刻將合肥城的城牆炸得石屑亂飛，許多在城牆上

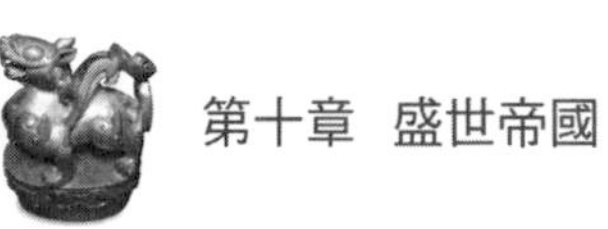

嚴陣以待的吳軍將士也被炸得血肉模糊，有的當場死亡，有的則被炸傷，不停喊叫著。

孫策、周瑜僥倖逃過一劫，但是被石屑弄得迷住了眼睛，聽到耳邊不少人都在大喊大叫，便知道情況不妙。

與此同時，早已蓄勢待發的華夏軍紛紛從戰壕中湧出，不少人扛著加長的木板，向護城河邊衝了過去，將木板架在護城河上，很快便組成一個個浮橋，舉著刀盾快速地衝到城門邊，將早已綁好的炸藥放在城門邊點燃，之後將其引爆，炸開城門。

只聽四聲劇烈的響聲，四個城門被先後炸開，但是華夏軍並不急著入城，而是先用炸藥扔向城門口。

城中的吳軍紛紛向城門口擠，想堵住城門，防止華夏軍進來，剛好遇到華夏軍扔過來的炸藥，一個個被炸得四分五裂。

爆炸聲響完，華夏軍便如同螻蟻一般衝進城裡去，舉著兵器，見人就殺，並且還不忘記將其梟首，拴在自己的腰間，以便戰後邀功。

等到城樓上的孫策、周瑜反應過來，華夏軍已經攻入城門，占領了城門附近的門樓，開始四處亂殺。

整個過程彷彿是一眨眼的事，孫策、周瑜立時被從樓梯口衝上來的士兵給包圍住，已經無路可退了。

不過，沒人再叫孫策、周瑜投降，而是掄起兵刃一擁而上，孫策武力超群，奮起反抗，連續殺死十幾個人，只覺得人越殺越多，似乎永遠都殺不完。

周瑜沒有孫策那麼強悍的武力，斬殺數名士兵後，便被華夏軍的士兵直接拿住，竟而被俘虜了。

城中一片混亂，城樓上也是精彩連連，孫策如同一頭猛虎，任誰去了都無法壓制住他，反而會被孫策所傷。

高飛見後，便對太史慈道：「你和徐晃一起聯手，務必要制服孫策，必要時可以殺掉他。」

「諾！」太史慈一得到命令，立刻策馬而出。

高飛看到前面混戰不止的合肥城，輕輕地閉上眼睛，因為這一戰，幾乎沒有什麼懸念了。他蠕動了幾下嘴唇，說道：「文台兄，要是你還健在的話，或許我們就不會以戰爭的方式結束統一了吧？」

合肥城頓時成了人間煉獄，吳軍誓死抵抗，華夏軍奮勇殺敵，兩軍在城中進行著緊張的白刃戰。

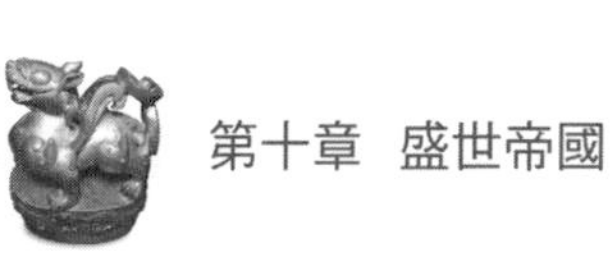

這時，一名校尉帶著兩個士兵從城中退了出來，將已經制服住的周瑜帶到了高飛的面前，校尉一臉歡喜的前來領賞。

高飛見周瑜再次被擒，嘴角上只淡淡地笑了笑，指著那個校尉，對身後的田豐道：「此人可為將軍。」

田豐是內閣丞相，主抓吏部、刑部事宜，聽完高飛的話後，便點點頭，跟在自己身後的吏部侍郎找尋將軍職位，提拔那個校尉。校尉得到賞賜後，萬分開心，於是帶著自己的親兵，再次衝進了城中，繼續和敵軍浴血奮戰。

高飛騎在馬背上，看了一眼被捆綁著的周瑜，笑道：「如今天下已經是朕的了，你逆天而行，終究是不會有什麼好下場的。我知道你寧願死，也不會投降於我。不過，我不會殺你，因為在西陵城裡，你的妻兒正在日日夜夜的牽掛著你。我將派人送你回去，將你貶為庶民，你就好好的過清閒的日子吧。」

周瑜瞪了高飛一眼，卻什麼話都沒說。

高飛也不理睬，直接對身後的親兵喊道：「來人啊，送周大都督去西陵城和他的妻兒團聚。」

周瑜並沒有被鬆綁，五花大綁的被人帶走了，他十分的不情願，回頭看著在城中上還在浴血奮戰的孫策，雙眼浸滿了淚水。

忽然，他掙脫帶走他的士兵，跑到高飛的面前，撲通一聲跪在高飛的面前，朝著地上叩頭道：「大皇帝陛下，我周瑜一生別無所求，但是我主與我情同手足，比親兄弟還親，只要大皇帝陛下不殺我主，我周瑜願意一生一世為大皇帝陛下所驅策，就算做牛做馬，在所不辭。」

高飛聽到周瑜這番話，眼皮子連動都沒有動一下，看著在城樓上已經被鮮血染成血人的孫策，那種勇猛無匹，桀驁不馴的樣子，不為所動地道：「**晚了，一切都晚了，你對我已經是可有可無了。孫策，必須死！**」

周瑜滿腔憤怒，從地上一下子站了起來，想直接撞向高飛，可是未等他行動，周圍的士兵已經將他打昏過去，抬著他離開了這裡。

合肥城上，孫策正在浴血奮戰，只覺得身邊的士兵越來越少，敵人越來越多。

「螻蟻尚且偷生，你們為什麼不珍惜自己的性命，卻來白白送死？」

孫策一邊殺著，一邊大叫著，他的耳邊不斷地響起慘叫聲，士兵一個個倒在血泊當中。

「閃開！」

一聲大喝，城樓上的華夏軍士兵全部閃到了一邊，太史慈、徐晃從階梯上走了上來。

孫策見太史慈、徐晃到了，知道是來取自己性命的，覺得能死在這樣的名將手裡，也不算吃虧了。

他冷笑一聲，衝太史慈、徐晃兩個人喊道：「一起上來吧！」

太史慈對徐晃道：「我要單獨會會他……」

「可是，皇上的旨意是速戰速決，讓我們聯手對付他……」

「出了問題，一切由我頂著。」

太史慈聲音不大，但是話語中卻給人一種不可抗拒的力量。

徐晃閃到一邊，對太史慈道：「好吧，不過，我只給你三十招，三十招後，不管你們誰勝誰負，我都要出手了。」

太史慈點點頭，將風火鉤天戟向前一揮，對孫策道：「你我單打獨鬥！」

「東萊太史慈，華夏國的虎翼大將軍，確實夠分量和我一拼，那麼，你就放膽過來吧！」孫策青筋暴起，對太史慈吼道。

太史慈不等孫策聲音落下，手中大戟已經揮出，身形快如閃電，風火鉤天戟瞬間便撲向了孫策。

孫策早有防備，舉起手中的黃金大槍便招架住太史慈，兩個人一經接觸，立刻展開了殊死戰鬥。

徐晃手持鎏金開山大斧，雙目緊緊地盯著太史慈和孫策，心裡卻在默默地念道：「一招、兩招、三招、四招……」

當二十九招過後，太史慈和孫策仍然沒有分出勝負，兩個人鬥得是酣暢淋漓，突然有一種相逢恨晚的感覺，眉宇間也帶著幾分惺惺相惜的味道。

突然，徐晃在一旁大叫一聲：「三十招已到！」

話音未落，一柄鎏金大斧在孫策和太史慈之間橫插一槓，而徐晃的這一聲吼，也給太史慈敲了一下警鐘，兩人開始共同對付孫策。

孫策和太史慈旗鼓相當，鬥得正酣時，忽然徐晃加入了戰圈，這一下孫策便感覺到有些吃力了。

太史慈、徐晃都是華夏國一流的名將，兩個人武力都不低，此時全心全意鬥他一個人，只怕撐不了多久，很快便會落敗。

可是，事情的發展卻出現了意外，太史慈、徐晃兩人從未聯手對付過敵人，對對方的打鬥套路也互相不熟悉，兵器反而經常碰到一起，變成互相掣肘。

孫策嘿嘿一笑，見縫插針，反而占了上風，大槍一出，逼得太史慈、徐晃兩個人毫無還手之力。

高飛注視著他們的戰鬥，看到那一幕時，不禁皺起了眉頭，但是什麼話都沒說，只是靜靜地等待著，因為他對太史慈和徐晃十分的有信心。

「錚！」

一聲巨響在太史慈和徐晃的兵器上傳了出來，震得兩個人的手都微微發麻。

太史慈性子烈，虎目怒嗔，衝著徐晃喊道：「你他娘的往哪裡打？一把爛斧頭胡攪蠻纏，妨礙我的事情！」

徐晃臉上一囧，吱吱唔唔地道：「我也不想啊，不過你也好不到哪裡去，你的破戟胡亂揮砍，好幾次差點刺傷我，要不是我躲得快，恐怕早已經成為你的戟下亡魂了。我說子義，你到底是和孫策打呢，還是和我打？」

「你他娘的少廢話，第一次和你配合，竟然如此笨拙，你在一邊待著，我們輪番鬥他，不管是誰殺了他，功勞平分，如何？」

「不行，皇上要我們速戰速決啊，你這樣單打獨鬥，要幾時才能殺了他？我看不如這樣，你攻他下路，我攻上路，上下齊攻，讓他不能兼顧，如何？」

「我攻上路，你攻下路。」

「行！」

兩個人你一言我一語，一邊和孫策打鬥著，一邊說著話，完全不將孫策當回事，彷彿孫策是空氣一般。

不過，孫策也開始擔心起來，這兩個人如果真的合作起來，只怕自己未必是對手。

太史慈、徐晃一改之前打鬥套路，太史慈全心全意攻擊孫策上身，徐晃全心全意攻擊孫策下身，這樣一來，兩個人便可以省去許多不必要的武功招式，兩個人一前一後，配合的竟然相當默契。

不到十招，已經將孫策完全壓制住，讓孫策毫無還手之力。

孫策雖然感到吃力，但是還未出現敗績，自己夾在太史慈和徐晃之間，甚難施展開來。他急中生智，大槍抖動，朝著太史慈便是一次快攻，完全不去防備身後，這種拼命的打法立刻奏效，逼得太史慈連連向後退去。

忽然，太史慈腳下被屍體絆了一下，一個踉蹌，身體失去了重心，向後倒去，孫策瞅準機會，長槍立刻刺出，一槍便刺在太史慈的胸口上。

不過，太史慈身上的戰甲替他擋了一下，黃金大槍沒能刺進去，但是對旁邊圍觀的人來說，看著卻是一陣驚險。

「父親！」

遠在城下守護著高飛的太史享見到這一幕，頓時失控，大喊一聲後，立刻張弓搭箭，急忙策馬而出，瞄準孫策便放了一箭。

同時，徐晃從後面殺到，孫策根本沒有提防到冷箭，收起大槍，回身抵擋徐晃的大斧，也就是在這一轉身的時間裡，太史享放出的那一支箭矢不偏不倚的朝孫策飛了過來。

等到孫策發現不對時，已經為時已晚，只能眼睜睜地看著那支鋒利無比的箭矢朝自己額頭飛來。

「噗！」那支箭矢一箭釘在孫策的額頭上，由於這是仇恨的一箭，加上這支箭矢是鋒利無比的透甲錐，所以那支箭矢深深地刺進了孫策的頭骨內，頓時讓孫策喪命。

這時，太史慈從地上站了起來，捂住胸口，雖然說孫策的那一槍沒有刺進去，但是他胸前的戰甲被大槍的巨大力道給撞擊到，還是隱隱生疼。

他看到孫策被一箭射死，順著箭矢飛來的方向看去，竟然是自己的兒子太史享。

徐晃急忙走到太史慈的身邊，問道：「子義，你沒事吧？」

「沒事，幸虧我裡面還穿了一層鎖子甲，不然可就糟了。」太史慈笑道。

徐晃看了一眼太史享，道：「**虎父無犬子**啊，你的兒子可要勝過你許多，我們辛辛苦苦在這裡打鬥，結果卻為你兒子做了嫁衣！」

「怎麼？你不服氣？要不我讓我兒子把功勞讓給你？」太史慈開玩笑地說道。

徐晃道：「嘿嘿，你還真當我那麼貪功啊？我們已經位極人臣了，功勞就給年輕的一代吧。」

太史慈和徐晃相視而笑，之後便讓人抬著孫策的屍體下了城樓，送到高飛的面前。

太史享見自己父親沒事，一行人來到高飛的面前，先行了一禮，然後興高采烈地對高飛說道：「皇上，孫策一死，城中吳軍也恐怕堅守不了多久了。」

高飛點點頭，聽著城內的喊殺聲已經沒有剛才攻入城時那麼激烈了，看了孫策的屍體一眼，嘆了口氣，對身後的田豐說道：

「將孫策駕崩的消息迅速傳到江南，同時釋放幾個俘虜，讓他們駕著船隻將孫策的屍體送回吳國。並且以朕的口吻擬寫一封信，一併送到建鄴，告訴吳國的大臣們，只要他們肯投降，朕必定會善待他們。」

田豐「諾」了一聲，便去著手督辦高飛交代的事情。

高飛對太史享說道：「朕之前說過，凡是殺死吳帝者，不論是誰，都會賞萬金，封萬戶侯。今天，你一箭射殺了孫策，將士們都親眼所見，朕也不吝嗇這賞

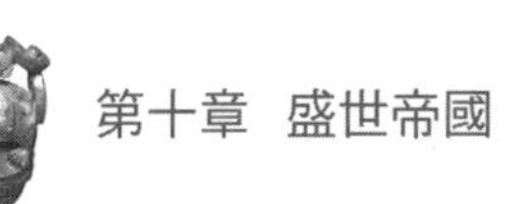

賜，**現在就封你為平陽侯，食邑萬戶**，至於那一萬枚金幣，等回到帝都之後，再派人送給你。」

太史享陰差陽錯的殺了孫策，又得到了高飛的賞賜，當即拜謝隆恩，不在話下。

到了中午，合肥城內的血戰才真正的結束，城內已經是一片狼藉，血肉模糊，血流成河，整個合肥城城內的土地上，沒有一處不帶血的。

吳軍的抵抗意志很堅強，一直戰到最後一個人，因此，華夏軍也付出了不少的傷亡代價，吳軍一萬一千零八百六十一人，全部壯烈犧牲。

其中，關平斬殺了程普、關興斬殺了韓當、趙雲的兒子趙廣斬殺了呂範，趙雲、張飛、馬超等人上表的有功將士裡面，軍中老將幾乎看不到，而是清一色的年輕一輩。

單單從這一點就不難看出，各個位極人臣的大將軍已經沒有了爭功的心思，而是全部把功勞分給了下屬。

高飛看後，什麼都沒說，便將有功將士的名單送至吏部，讓吏部按照功勞大小提升軍職。

合肥之戰後，華夏軍陣亡六千多將士，高飛讓人就地掩埋這些勇士，包括吳國將士在內，全部埋葬一起，並且豎立了一塊英雄紀念碑，以供後世敬仰這些為自己的國家浴血奮戰的烈士。

之後，大軍在合肥逗留三日作為休整，休整完畢之後，高飛重新做出戰略調整，準備自己親率剩餘的兩萬多大軍和臧霸共同進攻長江南岸，然後與甘寧的海軍共同包圍吳國的帝都建鄴。

與此同時，甘寧的海軍從海上迂迴，然後攻佔錢塘，海軍陸戰隊也由錢塘上岸，大軍向北直行。

吳國，建鄴。

孫策駕崩，吳軍精銳在江北全軍覆沒的消息，隨著孫策的屍體一併被帶回了建鄴，吳國大殿成了孫策的靈堂，遲遲沒有登基的宋王孫權率領滿朝文武跪在大殿上，為孫策的駕崩舉行國喪。

大殿內，孫權兩眼淚汪汪的，熱淚順著臉頰流淌了下來，如今吳國已經是搖搖欲墜，雖然尚有十餘萬兵馬，但是面對華夏國的百萬雄師，簡直是九牛一毛。而且華夏國的戰鬥力遠遠超過吳國，現在戰報不斷傳了回來，先是荊南失守，接著是華夏軍入侵交州，交州郡縣無法抵擋，全部望風而降。

再者便是華夏國鎮東將軍臧霸率領水軍猛攻曲阿，吳軍抵擋不住，曲阿失守，臧霸大軍步步為營，步步緊逼，朝著建鄴而來。

華夏國皇帝高飛的大軍更是所向披靡，擊敗了孫策的大軍後，一路向南，渡過長江，攻佔石城，也正向建鄴而來。

最後是華夏國虎衛大將軍甘寧攻克錢塘，數萬大軍由錢塘北進，所到之處更是聞風而降，一路朝著建鄴而來。

雖然新任大都督陸遜率領十萬大軍在湖口堵住了張遼、諸葛亮的大軍，可是現在吳國境內滿目瘡痍，各地郡縣甚至是紛紛宣布脫離吳國，掛上了華夏國的大旗，就算是陸遜率領大軍趕回，也已經是於事無補了。

短短數日之內，噩耗如同雪片般飛到了建鄴，甚至連建鄴城內的百姓也開始惶恐了起來，紛紛攜家帶眷的離開建鄴，遷徙到他處，以免華夏國大軍圍城，受到戰火的摧殘。

「大王，張昭在殿外求見！」一個太監快速地來到宋王孫權的身邊，貼在孫權的耳邊輕聲說道。

孫權聽後，立刻說道：「快請他進來。」

不一會兒工夫，張昭拄著拐杖，一瘸一拐的走了進來，上次他被孫策摔傷，到現在傷還沒有好，幾名太監更是在身邊攙扶著他。

大殿內本來是一片哀嚎，此時見張昭從外面走了進來，頓時變得鴉雀無聲，原先那些投降派的官員眼睛裡頓時露出一片流光溢彩。

丞相顧雍看到張昭來了，皺起眉頭，轉身對身後的一個人說道：「速去通知衛將軍，讓他帶人來大殿緝拿張昭。」

此時，孫權站了起來，一身孝服的他急忙跑了過去，親自迎接張昭，攙扶著張昭走進來，並且說道：「張老，陛下駕崩，我吳國已經是滿目瘡痍，華夏國數支大軍深入國內，更有一些郡縣直接反叛我吳國，如此內憂外患之時，請張老教我該如何做？」

張昭沒有回答，而是先行跪在孫策的靈堂前面，畢恭畢敬地拜祭孫策，之後開始弔念悼詞，絲毫不提政事。

顧雍見後，覺得有些奇怪，那些原先的投降派也很是疑惑，不知道張昭葫蘆裡賣的是什麼藥。

可是，孫權卻等不了，他見張昭不回答，便又問了一次，然後說道：「張老，你是我吳國的元老，侍奉我父親、我兄長兩代帝王，如今國難當頭，我吳國更是搖搖欲墜，請張老教我如何做！」

說完，孫權還畢恭畢敬的拜了拜，顯得甚為隆重。

孫權本來就是孫策指定的皇位繼承人，如今對張昭如此禮待，算是仁至義盡了。

張昭環視一圈，看到在場的大臣們都在期待著他的話，他便蠕動了下嘴唇，道：「老朽今天到此，不過是弔念先帝而已，老朽已經不是朝中大臣，如何再議論政事？大王聰慧絕頂，古來未有幾人，當此緊要關頭，應該知道當如何做才好，何必問老朽呢？」

這時，投降派的官員急忙你一言我一語的請孫權恢復張昭的朝臣位置。

顧雍聽後，立刻反駁道：「先帝靈前豈容你們在此喧嘩！況且先帝留有遺言，張昭禍國殃民，罪不容誅，是看在他昔日的功勞上才貶為庶民的，並且永不錄用，先帝剛剛駕崩，你們就說出這樣的話來，到底是何居心？」

眾人不再言語，心中卻對顧雍很是氣憤。

張昭道：「丞相大人息怒，老朽此來只是弔念先帝，別無其他用意。請丞相大人放心便是，如今弔念完畢，老朽也該離開這裡了。」

話音一落，張昭轉身便要走，卻被孫權拉住。

孫權道：「張老，你好歹也是受我們孫氏照顧，如果我們孫氏完了，那張老也將不復存在，如果張老能指出一條路來，我孫氏必定會對張老感激不盡。」

張昭聽後，看了孫權一眼，心中暗暗想道：「大王啊大王，以你的聰明智慧，心中應該早有決定。為什麼你一定要假借我的口說出這件事呢，你可知道，一旦我說出這句話來，身家性命就會不保啊……」

「大王，老朽不過是糟老頭子一個，根本不足為慮，所說之言也是庸言，還請大王放老朽離去吧。」

孫權突然跪在張昭的面前，大聲喊道：「張老如果不指點迷津，我就跪死在張老面前。」

顧雍急忙去攙扶孫權，說道：「大王，快起來，你怎麼可以……」

「都別理我，吳國就要沒了，我哪裡還是什麼大王？張老，你難道真的忍心看到我吳國受到戰火的摧殘嗎？」

這時，孫韶帶著一彪人從殿外趕來，看到孫權跪在張昭面前，登時大吃一驚，急忙叫道：「大王，你怎麼可以……」

話沒完全說出，孫韶便快步跑到孫權的面前，將孫權扶了起來，同時怒視著張昭，對身後士兵道：「將這逆賊拉出去！」

孫權急忙道：「誰也不許動，誰敢動張老一根毫毛，就是公然與我為敵！」

孫韶看著孫權，不解道：「大王！你……」

「你退下！沒有我的命令，不准踏進大殿一步！」

孫韶無奈，只能退到大殿外面去。

「張老，你真的不肯指點迷津嗎？」孫權用炙熱的雙眸盯著張昭，目光中充滿了殺意。

張昭看後，已經知道孫權起了殺心，便嘆了口氣說道：「罷罷罷！全天下的罪責，就由我一個人來承擔好了。」

他頓了頓，便對孫權道：

「昨夜我夜觀天象，吳國上空出現一層紫氳煞氣，此乃大凶之兆。聯想到華夏軍在吳國境內縱橫，便已經應驗，現在國內動盪，強敵當前，我吳國已是搖搖欲墜。我吳國自漢末紛亂而建，歷時十數載，占據東南，割裂漢土，實屬不該。其後諸侯混戰，華夏國皇帝高飛起於遼東，率領他所建立的一支東方鐵騎橫掃八荒，席捲宇內，最終擊敗群雄，建立不世功勛，實乃一代大帝也。如今宇內只剩下吳國分裂東南，華夏國神州大皇帝陛下率眾進行統一之戰，此乃造福百姓，惠及後世之舉，自秦、漢以來，國家都在統一中強大，或許，我們也應該順應天理，順應民心，順應時勢，舉國投降，免得到時候吳國境內血流成河，屍橫遍野。如果真是那樣的話，那真就是我們的罪責了！」

「一派胡言！」顧雍、孫韶異口同聲地道。

「閉嘴！此乃救吳國的大道之言！」孫權怒吼道。

顧雍、孫韶兩人受命護衛孫權，聽命於孫權，又對孫氏忠心耿耿，孫權一發火，讓兩個人真的閉上了嘴，只是他們心中卻極為不情願。

這時，原先那些投降派也紛紛發言，大說投降的好處。投降之說在朝殿上占據上風。

之後，孫權畢恭畢敬的拜謝了張昭，然後在張昭耳邊小聲道：「張老，我是兄長指定的繼承人，不能說出有違兄長的話來，所以只能假借張老之口說出來，以後就算留下罵名，也只能委屈張老代我受過了。」

張昭道：「若我一席話真能平息兩國紛爭，促成國家一統，當流芳百世才對。至於後世評論，就留給後人評說吧，**誰對誰錯，歷史自有分曉**。」

孫權心中一陣欣慰，轉身對群臣說道：「本王決定了，為了不至於讓百姓陷入戰爭的泥潭中，陷入水深火熱中，**本王當順應天理，納土投降**。」

此話一出，幾多歡喜幾多憂，投降派雀躍，堅守派憤恨。

孫權面無表情，心中卻在想著張昭所說的那句話，捫心自問道：「父親、兄長，**我這樣做，到底是對，還是錯？**」

幾天後，高飛率領華夏國的大軍和臧霸、甘寧幾乎同時抵達建鄴城。

抵達建鄴城後，讓高飛感到意外的是，建鄴沒有一點抵抗的意思，孫權更是率領滿朝文武在城門那裡列隊歡迎。同時，孫權還捧著吳國私自刻製的玉璽，以及吳國的地圖、戶籍冊等物，靜靜地等待在那裡。

高飛見到這架勢後，便知道了孫權的意思，於是派人去讓孫權攜眾多大臣過來，表示願意接受孫權的投降。

兩下照面，孫權帶著吳國的滿朝文武跪在高飛的面前，按照投降的禮數，獻出象徵國家的主權。

高飛打量著孫權，對孫權道：「仲謀，你起來說話。」

「謝皇上。」孫權從地上緩緩站了起來。

高飛翻身下馬，走到孫權的面前，笑道：「你果然識時務，如果你是皇帝的話，或許國家早就一統了。你既然投降，朕也不會虧待你，但是在華夏國內，異姓不能封王。朕與你父情同手足，朕的年紀當你父親也是可以的，所以，朕準備收你為義子，賜你國姓，從今以後，你就叫高權。你在吳國貴為宋王，朕封你為倭王，將朕所征服之瀛州封給你當食邑，世襲罔替。」

孫權哪裡知道那個瀛州在什麼地方啊，而且高飛要收他為義子，還賜姓高，看似是隆重無比，其實卻是完全將他連根拔起。

但是，他向來知道降國之君的下場，自己能夠有如此下場，已經是不錯的了，於是，孫權畢恭畢敬的假裝歡喜接受了高飛的封賞。

其後，華夏國大軍入城，孫權發出命令，讓吳國境內所有將士就地投降，從此以後，吳國將不復存在。

西元二〇四年，自從漢末一八四年黃巾起義開始，至今已經二十年過去了，高飛用了二十年的時間，完成了從統一走向分裂，又從分裂走向統一的全過程。

建鄴城內，華夏軍和吳軍把酒言歡，一笑泯恩仇。

當夜，高飛喝得有些爛醉，自己穿越而來，一路辛辛苦苦走來，歷時二十年，終於在今天完成統一天下的大業。

此時的他，感慨良多。

「子龍！」高飛躺在臥榻上，呼喊著趙雲。

趙雲侍立在高飛的身邊，聽到高飛叫他後，便道：「皇上，臣在。」

「如今天下一統了，大業也已經完成了，如何治理偌大的帝國，著實不是一件容易的事。但是，在百廢待興之前，朕要去一次泰山，去見一見那個人。」

趙雲聽到後，輕輕地點點頭，說道：「皇上請好好休息，臣這就派人去安排。我想，那個人也一定想見到皇上的。現在沒有了戰爭，你們或許還會像以前一樣再次成為好友。」

「呵呵呵，但願如此吧。」高飛的眼睛裡充滿了期待。

泰山，玉皇頂。

一座修建整齊的庭院周圍，站著一排排身穿甲衣的士兵，在他們的臂章上，都繡著一根金色的羽毛。

不消說，這些都是高飛手下最為精銳的飛羽軍，他們守在這裡，這座類似於廟宇之類的地方，已經長達許多年了。

庭院裡，放著一張石桌，石桌上畫著縱橫各十九道的棋盤，在石桌的一側，坐著一名穿著寬大衣服的老者，低著頭，看不清面容。

這時，高飛走了進來，看到那個老者後，便問道：「別來無恙？」

老者聽到這個既熟悉又陌生的聲音，抬起了頭，臉上露出一絲似有似無的笑容，淡淡地說道：「我等你七年了，本以為還要再等上幾年，沒想到你居然這麼快就來了。你來了，也就是說你已經完成了大業，不知道我是該恭喜你呢，還是替文臺兄的子嗣感到悲哀？」

「好一張刁鑽的嘴。你曹孟德一點都沒變，還是那樣的咄咄逼人，在這裡住得還習慣吧？」高飛坐在老者的對面。

坐在那裡的老者，正是曹操！昔日魏國的皇帝。

在漢中一戰被高飛擊敗後，高飛並沒有殺他，而是讓趙雲故布疑陣，將他暗自藏在了泰山，並且派遣飛羽軍守護在這裡，更將泰山列為禁地，不讓任何人進入。

曹操在這裡已經被困了七年了，**七年來，他一直在等著高飛的到來**。今天終於等到了，可是心裡卻是平靜如水。

「天下一統，百姓便不會再受到戰火的摧殘，對天下百姓來說，是一件好事。不過，在天下一統之後，如果造福百姓，讓百姓過上安居樂業的生活，卻是重中之重。你打算怎麼做？」曹操抬起眼皮，看了高飛一眼，問道。

「怕的話，我就不會讓你活著了。」

「說得好！不過，我現在已經喜歡上這閒雲野鶴的生活，同時也喜歡上了道家的清心寡欲，對於權力、女人、錢財，我已經沒有興趣了。而且你的能力本來

就在我之上，根本用不到我輔佐。我還是潛心跟隨左道長修習道術的好。」

「你真的不願意出山相助？」

「時過境遷，如果我再出現在華夏國內，只怕會引起動蕩。曹操已經死了，現在的我道號悟空。」

「悟空？哈哈哈……那我今天豈不是白來一趟？」

「也不全是，至少你來了，可以有人陪我下棋，左道長的棋藝實在太差勁了。」

「可是我不會下圍棋。」

「我教你，這一點，我比你強。」

於是，高飛便和曹操學習下棋，兩個人有說有笑的，完全將世事拋在腦後。

高飛在泰山上逗留了幾日後，便返回洛陽，開始致力於國內的繁榮昌盛，一個盛世的帝國開始慢慢形成……

（全書完）

感謝您對《三國疑雲》長久以來的支持，本社即將推出最新《風雲偵探經典系列——亞森·羅蘋》，敬請期待。

三國疑雲 卷16 盛世帝國【大結局】

作者：水的龍翔
發行人：陳曉林
出版所：風雲時代出版股份有限公司
地址：10576台北市民生東路五段178號7樓之3
電話：(02) 2756-0949
傳真：(02) 2765-3799
執行主編：朱墨菲
美術設計：吳宗潔
行銷企劃：林安莉
業務總監：張瑋鳳

初版日期：2022年10月
版權授權：蔡雷平
ISBN：978-626-7153-10-9

風雲書網：http://www.eastbooks.com.tw
官方部落格：http://eastbooks.pixnet.net/blog
Facebook：http://www.facebook.com/h7560949
E-mail：h7560949@ms15.hinet.net
劃撥帳號：12043291
戶名：風雲時代出版股份有限公司

風雲發行所：33373桃園市龜山區公西村2鄰復興街304巷96號
電話：(03) 318-1378
傳真：(03) 318-1378
法律顧問：永然法律事務所 李永然律師
北辰著作權事務所 蕭雄淋律師

行政院新聞局局版台業字第3595號 營利事業統一編號22759935

定價：290元

國家圖書館出版品預行編目資料

三國疑雲 / 水的龍翔著. -- 初版. -- 臺北市：風雲時代出版股份有限公司, 2022.03- 冊； 公分

ISBN 978-626-7153-10-9（第16冊：平裝）

857.7 110019815